Gütersloher Taschenbücher / Siebenstern 414

Die Denkschriften der Evangelischen Kirche in Deutschland

Herausgegeben von der Kirchenkanzlei der Evangelischen Kirche in Deutschland

Mit einer Einführung von Ludwig Raiser

Band 1
Frieden, Versöhnung und Menschenrechte
Teil 1 und 2

Band 2
Soziale Ordnung

Band 3
Ehe, Familie, Sexualität, Jugend

Die Denkschriften der Evangelischen Kirche in Deutschland

Band 1/2

Frieden, Versöhnung und Menschenrechte

Gütersloher Verlagshaus
Gerd Mohn

CIP-Kurztitelaufnahme der Deutschen Bibliothek

Evangelische Kirche in Deutschland
Die Denkschriften der Evangelischen Kirche in
Deutschland hrsg. von d. Kirchenkanzlei d.
Evang. Kirche in Deutschland. Mit e. Einf. von Ludwig Raiser.
Gütersloh: Gütersloher Verlagshaus Mohn.
(Gütersloher Taschenbücher Siebenstern; ...)
NE: Raiser, Ludwig [Vorr.];
Evangelische Kirche in Deutschland / Kirchenkanzlei
Bd. 1. → Frieden, Versöhnung und Menschenrechte

Frieden, Versöhnung und Menschenrechte.
Gütersloh: Gütersloher Verlagshaus Mohn.
2. – 1. Aufl. – 1978.
(Die Denkschriften der Evangelischen Kirche in Deutschland; Bd. 1)
(Gütersloher Taschenbücher Siebenstern; 414)
ISBN 3-579-04802-3

ISBN 3-579-04802-3

Gesamtherstellung: Clausen & Bosse, Leck
Umschlagentwurf: Dieter Rehder, Aachen
Printed in Germany

Inhalt

Band 1/2

7.

Die christliche Friedensbotschaft, die weltlichen Friedensprogramme und die politische Arbeit für den Frieden

Handreichung eines Theologischen Ausschusses des Rates der Evangelischen Kirche in Deutschland zur Friedensfrage

Dezember 1962

Die Gefahr eines dritten Weltkrieges ist so groß, daß wir als Glieder der Kirche Jesu Christi nicht müde werden dürfen, zum Frieden zu mahnen, um den Frieden zu beten und bußfertig das Unsere für den Frieden zu tun, soweit wir das nur vermögen. Wir dürfen die Botschaft von Christi Friedensreich nicht in ein weltliches Friedensprogramm umfälschen, aber wir wollen uns auch durch Enttäuschungen und Mißerfolge nicht entmutigen lassen, in der Liebe Christi für den Frieden in dieser Welt zu wirken. Wir haben daran bisher zuwenig Liebe, Mut und Leidensbereitschaft gewandt.

I.

Das Wort »Friede« hat dadurch an Wert verloren, daß es immer wieder mißbraucht wird, indem eine bestimmte weltpolitische Zielsetzung, darum auch bestimmte, im Dienste dieser Zielsetzung stehende Einzelmaßnahmen mit der Sache des Friedens gleichgesetzt werden. Daß jemand die eigene Sache als die Sache des Friedens ausgibt, das eben schafft Unfrieden. Keine Partei, kein Staat, kein politisches System kann für sich allein behaupten, Wahrer und Schützer des Friedens zu sein. Friede meint ja ein Verhältnis, eine Beziehung zwischen verschiedenen Menschen, Völkern und Staaten. Wer nur darauf bedacht ist, selbst ans Ziel zu kommen, und dabei nicht auch vom anderen her denkt und die Wirkungen seines Tuns auf den anderen in sein Denken einbezieht, hat kein Recht, vom Frieden zu sprechen.

Wir sind aufeinander angewiesen. Wir sollten nicht bei dem Versuch stehenbleiben, in grundsätzlichen Erörterungen einander zu überzeugen. Vielmehr sollten wir über erste Schritte nachdenken, die praktisch zu tun sind zur Entspannung, zur Entgiftung der Atmosphäre, zum Abbau des Hasses, zur Annäherung und Versöhnung. Wir sollten uns anstrengen, mit der Phantasie der Liebe Möglichkeiten zu entdecken und zu nutzen, wo wir schon heute trotz aller bestehenden Gegensätze zusammenarbeiten können. Das fordert den Mut zum Risiko und das Wagnis des ersten Schrittes.

Es ist von der Kirche immer wieder verlangt worden, sie solle »konkret« werden im Sinne unmittelbarer politischer Entscheidung und bestimmter politischer Parteinahme. Käme sie solchem Ansinnen nach, so überschritte sie damit ihre Zuständigkeiten und verriete auch ihren eigentlichen Friedensauftrag (vgl. III, Abs. 1).

Daß die Kirche sich streng an ihren Auftrag hält, hat ihr von politischer Seite viele Vorwürfe, Verdächtigungen und Unterstellungen eingebracht. Gerade darin, wie sie das trägt, muß sie ihre Gesinnung des Friedens bewähren. Sie muß aber – und das ist bisher zuwenig geschehen – klar sagen, was sie immer wieder zur Zurückhaltung genötigt hat. Um ihres Friedensauftrages willen darf die Kirche sich nicht propagandistisch und machtpolitisch in den Dienst einer der beiden Seiten nehmen lassen und damit ihren Mittlerdienst versäumen. Sie kann also in der jeweiligen konkreten Lage und bei bestimmten Vorgängen – zum Beispiel in der Frage eines deutschen Friedensvertrages oder der Geschehnisse des 13. August 1961 – gerade nicht parteilich reden.

Nach dem Osten gewendet, muß die Kirche erklären: Man kann nicht so tun, als gäbe es eine forcierte konventionelle und atomare Rüstung nur auf westlicher Seite. Man kann auch nicht vereinfachend die NATO als einen Angriffspakt und den Warschauer Vertrag als ein Verteidigungsbündnis bezeichnen. Man kann nicht so tun, als werde Abrüstung nur im sozialistischen Bereich ernstlich erstrebt. Man halte sich vor Augen, welche Wirkungen im Westen die marxistisch-leninistische Theorie haben muß, nach der die kapitalistische Ordnung notwendig den Krieg verursacht und darum unter allen Umständen beseitigt werden muß, sei es auch mit Bürger- und Klassenkrieg. Wer Frieden will, darf nicht mit zweierlei Maß messen.

Nach dem Westen gewendet, muß die Kirche sagen: Wer Frieden will, darf nicht dem Verdacht Nahrung geben, als hege er Revancheabsichten und suche eine von ihm abgelehnte Ordnung – etwa gar unter dem Vorzeichen einer Kreuzzugsideologie – gewaltsam aus der Welt zu schaffen. Wer Frieden will, darf nicht restaurativ in der Erhaltung des Bestehenden verharren wollen, sondern muß sich auch für Neuentwicklungen der menschlichen Gesellschafts- und Sozialordnung offenhalten. Wer Frieden will, darf sich nicht vom Wohlstandsdenken beherrschen lassen, sondern muß zu opfern bereit sein.

Schon 1948 und 1950 hat die Kirche den Abschluß eines Friedensvertrages als dringend notwendig bezeichnet. Heute besteht Sorge, daß der Friedensvertrag zur politischen Waffe wird und damit erst recht Unfrieden schafft. Ein Friedensvertrag hat nur dann Sinn, wenn nicht der Verdacht aufkommen kann, es solle jemand überfahren oder ausgestochen werden. Beispielsweise könnte ein Friedensvertrag, der die Teilung Deutschlands verfestigt, kein Beitrag zum Frieden sein. Die Kirche sieht es als ihre Aufgabe an, den Fundus an Vertrauen schaffen zu helfen, der für einen wirksamen Friedensschluß unerläßlich ist. Sie bemüht sich darum, stellvertretend und richtungweisend, Verständnis und Geduld – herüber und hinüber – zu bewahren und zu wecken.

II.

Wir bekennen, daß in der Frage, wie dem Frieden der Welt gedient wird, auch unter uns Christen keine Einmütigkeit herrscht. Wir nehmen darin an der Not der ganzen Welt teil.

Die Übereinstimmung ist indes größer, als es nach außen hin immer wieder den Anschein hat. Ungezählte Male hat die Kirche in voller Einmütigkeit zum Frieden gerufen. Verwiesen sei nur auf den eindringlichen Friedensappell der Synode der EKD von 1950 in Berlin-Weißensee und die vielen Verlautbarungen zum Frieden auf ökumenischer Ebene, an denen die evangelischen Kirchen in Deutschland durch ihre Vertreter beteiligt gewesen sind.

Meinungsverschiedenheiten gibt es unter uns nicht in der Frage, ob man sich um den Frieden bemühen soll, sondern nur darüber, wie das am besten zu geschehen habe. Wir sind gemeinsam der Überzeugung, daß ein Weltkrieg mit nuklearen Waffen der Selbstmord der Menschheit wäre und daß jeder Krieg die Gefahr in sich schließt, sich zu einer solchen Menschheitskatastrophe auszuweiten. Niemand unter uns heißt den Krieg, vollends Atomkrieg, sittlich gut. Eine Lehre vom gerechten Krieg kann heute nicht mehr vertreten werden. Nur das ist unter uns strittig, ob der Krieg mit dem Wagnis einseitigen Rüstungsverzichts oder mit dem Wagnis des Rüstungsgleichgewichts eher zu verhindern ist. Es ist für unsere Bemühungen um den Weltfrieden entscheidend wichtig, daß wir über der Verschiedenheit der Wege die Gemeinsamkeit der Absicht nicht übersehen.

III.

Die Kirche ist weder berufen, die politischen Aufgaben zu lösen, die, soll es zum Frieden kommen, bewältigt werden müssen, noch hat sie ein Rezept dafür. Sie verkündet Gottes heiligen und gnädigen Willen, sie hat es allen zu bezeugen, daß auch politische Entscheidungen, nicht zuletzt die über Krieg und Frieden, vor Gott verantwortet werden müssen. Dabei muß es uns gerade um des Glaubens willen darum gehen, daß nüchterne politische Sachfragen nicht durch eine moralisierende Propaganda verschleiert werden, vielmehr in größtmöglicher Sachlichkeit angefaßt und ausgetragen werden. Zur Sachlichkeit kommt es aber gerade da, wo das Wort Gottes angenommen wird, das alle unsere Ziele und Methoden seiner Kritik unterwirft und allen illusionären Hoffnungen dieser Welt die wahre Hoffnung gegenüberstellt. Wir verkündigen Gottes Reich, das ein Reich des Friedens ist. Wir haben nicht die Zusage, daß es gelingt, die Welt vor Anbruch des Jüngsten Tages zu befrieden, aber wir haben die dringliche Pflicht, als Träger des Friedens Gottes in der Welt Frieden zu stiften, sosehr wir das nur vermögen. Dabei wird es unsere besondere Aufgabe sein, durch das, was wir sind und reden und tun, und durch unser Gebet die Voraussetzungen für die Gewinnung des Friedens schaffen zu helfen.

Wer vom Wort Gottes her denkt, weiß um die Vorläufigkeit und Begrenztheit aller irdischen Ordnungen. Er wird darum das spannungsreiche Nebeneinander der beiden Weltsysteme, die zur Zeit besonders bei uns aufeinanderstoßen, unter der Herrschaft Gottes sehen. Er wird deshalb dieses Nebeneinander nicht für untragbar halten, mag damit auch vieles verbunden sein, was er um Gottes Willen nicht bejahen kann, und mag er für sich selbst auch politisch klar entschieden sein. Es wäre unverantwortlich, zu meinen, der Friede der Welt sei nur möglich, wenn eines der beiden Systeme, das östliche oder das westliche, einfach beseitigt wird, etwa gar durch Gewalt.

Wir sehen in der gegenwärtigen Weltlage keine andere Möglichkeit des Friedens als auf dem Boden der Koexistenz. Es muß ernsthafter als bisher durchdacht werden, warum die Parole der Koexistenz bisher nicht zur Verständigungsbasis geworden ist. Der Begriff bedarf einer genauen maßgeblichen und sachgerechten Auslegung. Koexistenz wird in sich unwahr, wenn sie nur als taktisches Mittel zur Durchsetzung der eigenen Ziele verstanden wird. Dann fehlt die Deckung durch Vertrauen. Es hat keinen Sinn, Koexistenz zu verlangen und über Koexistenz zu verhandeln, solange nicht durch Mäßigung, Geduld und durch ein bewußtes Denken vom anderen her die moralische Vertrauenswürdigkeit hergestellt ist.

Wie müßte Koexistenz aussehen? Wir wagen einige Konkretionen:

Für den Bereich der Weltpolitik:

1. Wer Koexistenz sagt, entscheidet sich dafür, daß die beiden (nach ihrem Selbstverständnis sich gegenseitig ausschließenden) Weltsysteme in einer Welt miteinander leben sollen.

2. Wer Koexistenz sagt, muß darauf verzichten, den anderen durch Krieg oder List zu beseitigen. Eine Seite muß jeweils das Faktum respektieren, daß es die andere Seite gibt. Unbeschadet der bestehenden Unterschiede bedarf es der ständigen Fühlungnahme und der wirtschaftlichen Kooperation.

3. Wer Koexistenz sagt, begrenzt sich selbst und seine Forderungen an den anderen. Er übt Verzicht und weiß, daß der Friede auch schmerzhafte Opfer verlangt. Er fragt nicht nur: Was ist für mich unaufgebbar?, sondern zugleich: Was kann ich dem anderen zumuten?

4. Wer Koexistenz sagt, steht zu seinem gegebenen Wort. Ohne politische Kreditwürdigkeit gibt es keine Koexistenz.

5. Wer Koexistenz sagt, willigt in wirksame kontrollierte Abrüstung ein.

6. Wer Koexistenz sagt, stellt sich auf den Boden der allgemeinen Menschenrechte, wie sie die Vereinten Nationen 1948 deklariert haben, und tritt dafür ein, daß sie wirklich allen Menschen gewährt werden.

7. Wer Koexistenz sagt, verzichtet auf imperialistische und weltrevolutionäre Unterwerfung anderer Völker und gibt jedem Volk das Recht, über seine Lebensordnung in freier Entscheidung selbst zu bestimmen.

Speziell für den deutschen Bereich:

8. Wer Koexistenz sagt, vergißt nicht, daß die beiden zur Zeit bestehenden deutschen Staaten Provisorien sind und keinesfalls als staatsrechtlich angemessener Ausdruck für die Einheit unseres Volkes gelten können (vgl. Erklärung der außerordentlichen Synode der EKD 1956).

9. Wer Koexistenz sagt, findet sich nicht damit ab, daß in beiden Teilen Deutschlands gegeneinander gerüstet wird.

10. Wer Koexistenz sagt, weiß und erkennt an, daß man außenpo-

litisch nicht fordern kann, was man innenpolitisch nicht praktiziert. Die in den Verfassungen verankerten Grundrechte dürfen nicht angetastet werden (zum Beispiel Unabhängigkeit der Rechtsprechung, Rechtsgleichheit aller Bürger, Versammlungs- und Redefreiheit, Wahlrecht, Glaubens- und Gewissensfreiheit).

11. Wer Koexistenz sagt, muß den Menschen aus beiden Teilen Deutschlands die Möglichkeit geben, zueinander zu kommen.

12. Wer Koexistenz sagt, verabscheut unlautere Propagandamethoden, Verleumdung, Hetze und Haß. Meinungsverschiedenheiten müssen in fairer Weise ausgetragen werden. Der Gegner darf nicht öffentlich angegriffen werden, wenn er nicht Gelegenheit hat, sich vor derselben Öffentlichkeit zu rechtfertigen. Presseerzeugnisse und Literatur werden, wo man Koexistenz will, herüber und hinüber ungehindert ausgetauscht. Störsender und Hetzsendungen sind Instrumente des Kalten Krieges und mit der Koexistenz unvereinbar.

Für den einzelnen in seinem Lebensbereich und besonders für die christliche Gemeinde:

13. Wer Koexistenz sagt, meint, daß es zum Abbau der die Welt quälenden Angst und des Mißtrauens großer Geduld, großen Mutes und der Bereitschaft zum Leiden bedarf; zum Beispiel gehört es zur Koexistenz, daß wir uns nicht nur persönlich vor Verleumdungen hüten, sondern auch den Mut haben, für den anderen, der verleumdet wird, einzutreten.

14. Wer Koexistenz sagt, bemüht sich, die verhärteten Fronten immer wieder zu durchbrechen und, indem er das Vertrauen des Andersdenkenden sucht, im kleinen zu leisten, was er im großen für nötig hält.

15. Die Gemeinde Jesu Christi insbesondere wird ihr priesterliches Amt darin wahrnehmen, daß sie Brücken schlägt, auch wenn sie dafür – vielleicht von beiden Seiten – angefeindet wird. Sie hat – bei allen auch in ihren Reihen vorhandenen Verschiedenheiten – der Welt unbeirrbar vorzuleben, was Koexistenz ist. Auch um ihrer Verantwortung für den Frieden willen wird sie allen Versuchen widerstehen, ihre Einheit zu zerstören, wie sie etwa in der Evangelischen Kirche in Deutschland ihren sichtbaren Ausdruck findet.

Wir können nicht voraussetzen, daß die Welt an Christi heimliche Herrschaft und an die Macht seiner Versöhnung glaubt, von der her die Kirchen glauben, denken und handeln wollen, aber wir können der Welt den Frieden Christi bezeugen. Wir tun es, wenn wir auch den Feind lieben und damit den Frieden nicht nur proklamieren, sondern auch praktizieren.

8.

Friedensaufgaben der Deutschen

Eine Studie

Vorgelegt von der Kammer der Evangelischen Kirche in Deutschland für öffentliche Verantwortung

Gliederung

Vorwort

Die vorliegende Studie ist ein Arbeitsergebnis der Kammer der Evangelischen Kirche in Deutschland für öffentliche Verantwortung. Sie ist aus einer Zusammenarbeit evangelischer Christen in beiden Teilen Deutschlands hervorgegangen. Sie bemüht sich um eine Haltung, welche die Position beider Seiten kennt und ernst nimmt, aber auch wägt und dem Ziel der Friedenserhaltung unterordnet.

Die Studie soll ein Gesprächsbeitrag sein.

Unter den Mitgliedern der Kammer hat sie keine einhellige Zustimmung gefunden. Auch im Rat der EKD bestehen über ihren Inhalt unterschiedliche Auffassungen. Trotzdem hat der Rat zugestimmt, daß die Kammer die Studie zur öffentlichen Diskussion stellt. Es ist nicht Aufgabe der Evangelischen Kirche in Deutschland, ihre Gliedkirchen und deren einzelne Glieder mit den Erwägungen einer solchen Studie zu binden, wohl aber ihnen zu einer Auseinandersetzung mit den gestellten Fragen zu verhelfen. Die Vielfalt der Meinungen darf dabei nicht verschwiegen werden; sie muß vielmehr zu einer offenen und sachlichen Diskussion führen. Dazu soll die Studie beitragen, zumal sie selbst eine Frucht eingehender Aussprachen zwischen Christen aus beiden Teilen Deutschlands ist.

Tübingen, den 1. März 1968

Professor D. Dr. Ludwig Raiser
Vorsitzender der Kammer für öffentliche Verantwortung

I. Kirchlicher Auftrag

Der deutsche Protestantismus ist durch eine lange Geschichte im Guten wie im Bösen mit dem politischen Weg Deutschlands verbunden. Diese Verbundenheit wurde durch die Katastrophe des Zweiten Weltkrieges noch vertieft, zumal die evangelische Kirche ihren Anteil an Schuld und Verstrickung des deutschen Volkes nicht leugnen kann. Im Bewußtsein ihrer Mitverantwortung ist die Evangelische Kirche in Deutschland seit dem Ende des Zweiten Weltkrieges nicht müde geworden, auf einen Frieden für das deutsche Volk und für die Deutschen untereinander hinzuwirken.

Dieser Dienst der Kirche muß und kann tiefer begründet werden als mit dem Hinweis auf die Schwierigkeiten der inneren und äußeren Situation des deutschen Volkes. Er folgt vielmehr aus dem Auftrag des Evangeliums, der den Dienst am Nächsten einschließt. Es würde dem Zeugnis der Heiligen Schrift, der geschichtlichen Erfahrung der Christenheit und den heutigen Erkenntnissen der ökumenischen Gemeinschaft der Kirchen aller Konfessionen widersprechen, wollte sich die Evangelische Kirche in Deutschland um der Verkündigung des reinen Evangeliums willen auf die Botschaft vom persönlichen Heil der Menschen beschränken, wie ihr manchmal angeraten wird. Die Verkündigung des Wortes Gottes hat es immer mit Menschen zu tun, die unter bestimmten gesellschaftlichen und politischen Verhältnissen leben. Zum kirchlichen Dienst gehört daher auch eine Bemühung um die sittlichen und menschlichen Bedingungen des Zusammenlebens der Menschen in Staat und Gesellschaft und einer auf den Frieden gerichteten Völkerordnung.

Der EKD ist dieser Dienst heute im politisch gespaltenen Deutschland aufgegeben. Sie muß sich dabei in der Auseinandersetzung zwischen der Bundesrepublik Deutschland und der Deutschen Demokratischen Republik als eine unabhängige Institution verstehen, die sich nach beiden Seiten hin für eine kritische Solidarität offenhält. Dabei muß sie hinreichend konkrete Beiträge leisten, die Vernunft und Gewissen der verantwortlichen Politiker zu treffen vermögen, ohne die Grenzen in die Tagespolitik hinein mit Einzelratschlägen zu überschreiten.

Im Zentrum der deutschen Aufgaben steht die Suche nach einem Frieden unter den Deutschen. Das bedeutet, daß die Deutschen auch im Verhältnis zu allen anderen Völkern, vor allem ihren Nachbarn und ehemaligen Kriegsgegnern, Frieden gewähren und erhalten. Die deutsche Frage läßt sich jedoch nicht isoliert lösen, sie ist mit den Friedensaufgaben in Europa und der Welt eng verknüpft. An der Verantwortung für diese Aufgaben haben die Deutschen Anteil. Wenn sie ihre Verantwortung dafür wahrnehmen, fördern sie auch ihre eigene Sache.

In diesem Rahmen muß sich auch ein kirchlicher Beitrag bewegen. Dabei ist sich die Kirche bewußt, daß es keinen in ihrer Macht stehenden Sonderweg zum Frieden und zur Lösung politischer Streitfragen gibt. Auch das kirchliche Wort zu politischen Aufgaben muß die Instrumente und Bedingungen politischen Handelns berücksichtigen. Doch kommt es darauf an, als die Motive öffentlicher Mitverantwortung der Kirche den Dienst am Menschen in Liebe und Versöhnung erkennbar zu machen. Aus Liebe und Versöhnungsbereitschaft allein lassen sich politische Aufgaben nicht lösen; aber sie müssen als mitgestaltende Faktoren so geltend gemacht werden, daß auch die politische Vernunft sie als unentbehrlich erkennt.

II. Weltweite Aufgaben

1. Der Weltfriede – hier verstanden als Abwesenheit von Krieg – beruht heute auf der Erkenntnis, daß die Durchsetzung politischer Ziele mit allen militärischen Mitteln zum Selbstmord führt. Denn der Angegriffene hat auch nach dem ersten Schlag des Angreifers noch die Kraft zur mehrfachen Vernichtung des Lebens im gegnerischen Gebiet. Das Gleichgewicht der Abschreckung zwischen den beiden Weltmächten USA und UdSSR bewirkt den Weltfrieden. Es ist in seiner Wirkung auf Europa zwiespältig und in sich selbst labil.

a) Die letzte Entscheidung über den großen Krieg liegt heute allein in der Hand beider Weltmächte. Die Völkerordnung weist allenfalls noch formal die Gleichheit auf, wie sie das 19. Jahrhundert kennzeichnet und auch noch in der Charta der Vereinten Nationen grundsätzlich vorgesehen ist. Der Vorsprung der Weltmächte bringt ihnen einen Vorrang an Pflichten. Dazu gehören nicht nur Rüstungsbeschränkungen und entsprechende Kontrollen, sondern vor allem eine umfassende Friedenskonzeption für die Welt. Die anderen Völker sind dabei unentbehrliche Partner. Wenn sie in diesem Bewußtsein an einer sich wandelnden Völkerordnung positiv mitarbeiten und die heutige Phase als ein Stück des Weges zur Weltinnenpolitik ansehen, können sie sich von überholten Positionen uneingeschränkter Souveränität aus den früheren Epochen leichter lösen. Sie werden bedenken müssen, daß sich jeder örtliche Krieg mit konventionellen Waffen, jeder Bürgerkrieg und jede Subversion zum Konflikt zwischen den Weltmächten und damit zum Weltkrieg ausweiten kann.

b) Die zwiespältige Wirkung des Gleichgewichts besteht u. a. darin, daß es in Europa den militärischen Frieden stabilisiert, zugleich aber durch Konfrontation der Weltmächte die Spaltung Europas befestigt und damit eine nachhaltige Entspannung behindert. Politische Lösungsversuche gegen den Willen einer der beiden Weltmächte erscheinen aussichtslos. Doch sollte dies die europäischen Staaten in Ost und West veranlassen, Querverbindungen zum Zweck der Friedenssicherung zu suchen.

c) Das gegenwärtige Gleichgewicht ist labil. Es kann im Rüstungswettlauf durch dritte Mächte in Frage gestellt werden. Noch größer ist die Gefahr des Ungleichgewichts durch den Rüstungswettlauf der Weltmächte selbst, der den großen Krieg wieder möglich machen kann (Beispiel: ABM-System). Bindende weltweite Lösungen sind daher auf die Dauer unausweichlich.

2. Die größte Aufgabe der kommenden Zeit ist der soziale Weltfrieden. Die Völker der Dritten Welt sind heute in den Kampf um ihre politische und ökonomische Unabhängigkeit eingetreten; sie suchen neue gesellschaftliche Ordnungen und sehen sich zugleich von einer Hungerkatastrophe noch nie erlebter Ausmaße bedroht. Diese Hungerkatastrophe hängt zusammen mit dem Mißverhältnis von rapider Bevölkerungszunahme und sich erst langsam entwickelnden

Produktivkräften. Wertvolle kulturelle und religiöse Traditionen stehen unabweisbaren Modernisierungen vielfach im Weg.

In dieser Lage wird das Verhalten der Industrienationen zu den Völkern der Dritten Welt für den sozialen Weltfrieden entscheidend sein. Die Industrienationen stehen vor höchsten Anforderungen. Solidarität mit den Notständen ferner Menschen erfordert neue Vorstellungskraft. Sie käme zu spät, wenn sie als letztes Mittel der Selbstverteidigung der reichen Völker erschiene. Die drohende Unlösbarkeit des Gesamtproblems darf nicht zur Resignation führen. Der Entwicklungsbeitrag, der von den Industrieländern geleistet werden muß, darf nicht eine laufende Almosenzahlung sein, sondern muß die Befähigung zur Selbsthilfe fördern. Daher muß er langfristig die Modernisierung des ganzen Lebens der jungen Staaten von der Landwirtschaft über eine angemessene Industrialisierung bis zum Bildungswesen umfassen. Bis dahin aber ist eine schnell anwachsende materielle und personelle Hilfe erforderlich, die den reichen Ländern keine geringeren Anstrengungen abverlangt als moderne Kriege.

Ein weltweiter Lastenausgleich ist nur möglich, wenn die vorhandenen Quellen nicht versiegen, sondern stärker fließen. Die erforderlichen Mittel werden den Industrienationen nur zur Verfügung stehen, wenn sie in ihrer eigenen Gütererzeugung immer leistungsfähiger werden. Dies ändert aber nichts daran, daß die Mittel für wirksame Hilfe vornehmlich aus dem Aufwand freigesetzt werden müssen, der gegenwärtig der Erhaltung und Steigerung der militärischen Schlagkraft der feindlichen Lager innerhalb der Industrienationen dient.

Diese Umdispositionen sind auf die Dauer auch aus Sicherheitsgründen nötig. Sie müssen behutsam und ohne nachhaltige Gefährdung des militärischen Gleichgewichts gefördert werden. Langsam muß aus dem politischen Wettbewerb der beiden Lager in der Dritten Welt eine Kooperation entstehen, ohne die keine ernsthafte Chance für den sozialen Weltfrieden besteht.

Die Aufgabe der Industrienationen gegenüber den Entwicklungsländern erschöpft sich nicht in verschiedenen Formen der Hilfe. Sie zielt vielmehr auf volle politische Partnerschaft.

III. Gemeinsame Aufgaben in Europa

Die Friedenssicherung wird zur beherrschenden gemeinsamen Aufgabe in einer Welt, die als Gefahrengemeinschaft und als zivilisatorische Einheit langsam zusammenwächst. Neben den beiden Weltmächten kommt diese Aufgabe auch einzelnen Regionen der Erde zu, deren Staaten durch geographische Lage, Entwicklungsstand und kulturelle Gemeinsamkeit einander zugeordnet sind. Europa bildet eine solche Region, nicht als Bereich vollzogener politischer Einigung und gesellschaftlicher Gleichförmigkeit, aber als Zone gemeinsamer Gefahren und Interessen. Es gilt, aus solchen objektiven Übereinstimmungen gemeinsame Funktionen zu entwickeln, die den Frieden und das Zusammenleben auch dann fördern, wenn politische Streitigkeiten untereinander noch nicht überwunden sind.

Die europäische Region bildet sich aus Nationen und ihren Zusammenschlüssen. Die UdSSR hat einerseits an den Aufgaben der Region Europa eigenen Anteil; andererseits ist sie in ihrer Eigenschaft als Weltmacht ebenso wie die USA Partner Europas. Eine Beschreibung von Aufgaben der Region setzt eine Verständigung über die Rolle der Nation voraus.

1. Der souveräne Nationalstaat als oberster politischer Wert fand seine letzte konsequente Ausgestaltung in Europa 1919. Er ist erfolglos geblieben.

- weil er sich absolut setzte, die Kräfte der gegenseitigen Zerstörung mobilisierte und damit den Übergang der Führung im politischen Kräftefeld auf die beiden Weltmächte einleitete
- und weil er den Anforderungen auf den Gebieten der Wissenschaft, Wirtschaft und Sicherheit heute nicht mehr gewachsen ist.

2. Nach 1945 setzte sich daher die Erkenntnis durch, daß es notwendig sei, die europäischen Nationalstaaten in größere Einheiten einzuordnen. Dieser Versuch hat bisher sein Ziel nur teilweise erreicht, weil er

- dem Bewußtsein der Völker vorauseilt und die noch immer unersetzbaren Funktionen der Nation in der Staatsführung und gesellschaftlichen Integration unterschätzte
- und weil er sich zu sehr auf die ideologisch bestimmte und der gegenseitigen Bekämpfung dienende Blockbildung stützte. Innerhalb dieser Blöcke haben sich mittlerweile manche nationalen

Bindungen gegenüber den ideologischen als stärker erwiesen. Das nationale Interesse hat einerseits zur bilateralen Zusammenarbeit über die Blockgrenzen hinweg geführt und andererseits Gegensätze innerhalb der Blöcke neu belebt.

3. Für die nächste Phase ist also davon auszugehen, daß die Nation noch politische Wirklichkeit ist. Sie ist keine unabänderliche Schöpfungsordnung, sondern historisch geworden. Der unabhängige Nationalstaat, der ohne Verpflichtung für übernationale friedliche Ordnungen nur seine eigenen Ziele verfolgt, ist für uns endgültig überholt. Aber die völlige Verneinung der Nation ist historisch, politisch und gesellschaftlich ebensowenig realistisch. Die Völker in Europa wollen noch immer in eigener Verantwortung sie selbst im Sinne von Nation sein. Sowenig sie in ihrem eigenen Bewußtsein aufgehört haben, Subjekt zu sein, so unentbehrlich sind sie als Träger von Funktionen, als Bausteine und Ordnungsfaktoren einer größeren Einheit. Es gibt keine Zukunft für eine Nation, die den Frieden und die gemeinschaftlichen Aufgaben im übernationalen Rahmen nicht respektiert und fördert. Aber es werden bis auf weiteres auch keine Friedensordnungen und Gemeinschaftswerke gelingen, die sich nicht auf die Nationen als lebendige Gemeinwesen stützen können. Die Nation ist in unserer Zeit geprägt durch

- gemeinsame Geschichte, in den meisten Fällen auch durch gemeinsame Sprache, Kultur und Lebensgewohnheiten;
- gemeinsame Grundwerte, die sich freilich nicht von denen anderer Nationen unterscheiden müssen, sondern den Weg zur werdenden Gemeinschaft aller Menschen ebnen können;
- das Bewußtsein gemeinsamer Aufgaben für eine gemeinsame Zukunft.

Als Nation suchen wir gemeinsame Antworten auf gemeinsame Geschichte (Haftungsgemeinschaft). Da die Nation primär der Ort zur Verwirklichung gemeinsamer Grundwerte ist, geschieht in ihr die Integration der gesellschaftlichen Gruppen zu staatlicher Tätigkeit nach innen und außen. Dazu gehört auch der Schutz des eigenen Platzes in einer friedlichen Völkerordnung und der Beitrag zur Behebung von Notständen und Friedensgefährdungen.

4. Es mehren sich die Aufgaben, als deren Träger die Nation allein nicht mehr ausreicht. Sowenig die vielen Menschen und Gruppen

ohne Vermittlung durch ihre Nationen den Weg zu größeren Einheiten gehen können, sowenig können die vielen Nationen ohne Vermittlung durch regionale Gebilde den Aufgaben des technischen Zeitalters im Zuge der sich bildenden Weltgemeinschaft gerecht werden.

Zu den gemeinsamen Aufgaben für Europa gehören:

a) ökonomische, technologische und wissenschaftliche Zusammenarbeit.

Die Erfordernisse der Beschäftigung und Produktion, der Investitionen und des Absatzes führen zwingend zu einem großen, die nationalen Grenzen überspringenden Markt, der sich nach außen nicht abkapseln darf. Dies schließt einen gemeinsamen Arbeitsmarkt und eine abgestimmte Wirtschafts- und Handelspolitik ein. Auch die Entwicklungspolitik gegenüber der Dritten Welt erfordert dringlich eine enge Zusammenarbeit. Die jüngsten Verhandlungen im GATT haben die Stärke Europas gezeigt, die es in weltweiter Verantwortung einzusetzen gilt.

Auf dem Gebiet der zivilen Technologie sind die europäischen Nationen zur Zusammenarbeit genötigt. Sie erstreckt sich auf die wissenschaftlichen Großprojekte, die der Energie, der Luft, dem Wasser und anderen Gebieten gelten. Auch die Verkehrspolitik und Raumplanung in der Grenznachbarschaft gehören unabhängig vom Ausmaß der politischen Übereinstimmung der Nachbarn dazu. Vom Erfolg der Kooperation in der Ausbildung, der Forschung und den Großprojekten wird die Fähigkeit Europas, auf den Weltfrieden einzuwirken, maßgeblicher als von seinen militärischen Rüstungsanstrengungen beeinflußt werden.

b) Ausreichende Friedenssicherung in Europa ist vorläufig nicht ohne Präsenz der beiden Weltmächte möglich. Diese birgt aber auch Gefahren in sich, sei es durch Unfälle atomar gerüsteter Streitkräfte, Überraschungsangriffe oder die Einbeziehung Europas in außereuropäische Konflikte der Weltmächte. Die zentraleuropäischen Völker leben entlang der Demarkationslinie in besonderem Maße in einer Gefahrengemeinschaft. Die daraus entstehenden gemeinsamen Interessen sollten dazu anspornen, über die Blockgrenzen hinweg Maßnahmen der Friedenssicherung zu treffen, auch solange die ideologischen und politischen Differenzen noch nicht überwindbar erscheinen. Dazu gehören Gewaltverzichtserklärungen, heiße Drähte zwischen den Nachbarn oder der Austausch von Manöverbeobachtern. Die militärischen Rüstungen in Europa und damit auch die Streitkräfte der beiden Weltmächte in dieser Region lassen sich um so eher vermindern, je besser es den europäischen Nationen gelingt, den dadurch frei werdenden Spielraum ohne Gefährdung des Gleichgewichts durch parallele und später gemeinsame Maßnahmen der Sicherheitspolitik auszufüllen.

c) Zum Wichtigsten gehört die gemeinsame geistige Aufgabe für die Europäer.

In Europa ist eine Vielfalt von Traditionen lebendig. Der Dialog zwischen ihnen ist unerläßlich. Er ist gegenwärtig durch die Ost-West-Spaltung teils gehemmt, teils einseitig fixiert. Er muß nicht nur zwischen Christentum und Marxismus geführt, sondern auch zwischen der abendländischen und der morgenländischen Tradition, zwischen den christlichen Konfessionen und zwischen Christentum und aufgeklärtem Atheismus intensiviert werden.

Der rasche Wandel der Welt, an dem der europäische Geist einen hohen Anteil hat, zwingt uns Europäer nicht weniger als die Völker anderer Kulturen und Kontinente zur Selbstkritik an den eigenen Überlieferungen. Er fordert, daß wir uns von bestimmten Anschauungen der Welt und der Rolle des Europäers in ihr lösen und auf neue Fragen neue Antworten finden. Die von uns mitgeschaffenen Machtmittel müssen für ein menschenwürdiges Leben in den reichen und in den armen Ländern nutzbar gemacht werden. Auch erwarten die Völker der jungen Staaten gerade von den Europäern, daß sie zeigen, wie Staaten verschiedener Gesellschaftsordnung und Ideologie gemeinsame Aufgaben anpacken können und wie der Wettbewerb zwischen Gesellschaftssystemen zum nachbarlichen Dialog über exemplarische Lebensformen und damit vielleicht auch zu einer langsamen Annäherung der Systeme führt.

5. Die gemeinsamen Aufgaben erfordern für Europa auf die Dauer zwingend gemeinsame Institutionen. Die bereits bestehenden übernationalen Zusammenschlüsse können hierzu als Vorstufe dienen; sie haben sich als wandlungsfähig erwiesen und lassen ideologische Akzente immer mehr zurücktreten. Sie machen die beteiligten Nationen zunehmend mit der Wirkungsweise und dem Nutzen übernationaler Institutionen vertraut. Bilaterale Annäherungen zwischen Ost- und Westländern können multilaterale Regelungen gut vorbereiten.

Je besser die Kooperation zwischen den Nationen und ihren schon vorhandenen Zusammenschlüssen wird, desto eher lassen sich daraus die notwendigen gemeinsamen Institutionen entwickeln.

Zusammenschlüsse in Europa werden immer mehr Aufgaben der Nationalstaaten übernehmen. Vorläufig werden aber in Europa die Nationen als Ordnungselemente unentbehrlich sein. Weder die europäischen Nationen noch ihre Zusammenschlüsse werden die Wiederherstellung des vollsouveränen Nationalstaates oder die Bildung eines ideologischen Blockes zum Ziel haben. Sie müssen sich vielmehr als notwendige Träger politischer Funktionen in einer werdenden Weltgemeinschaft verstehen.

IV. Der Beitrag der Deutschen

Welchen Beitrag zur Friedenssicherung können wir als Deutsche leisten? Das führt zur Vorfrage: In welchem Sinn und in welchem Rahmen gehören wir als Deutsche zusammen? Oder ist der Friede am besten gesichert, wenn die Deutschen sich trennen?

1. Geschichte

Das deutsche Volk hat es wegen seiner zentralen, nach allen Seiten offenen Lage in Europa und als Träger des mittelalterlichen Reichsgedankens, der seine Kräfte überforderte, schwerer als andere Völker gehabt, seine politische Einheit in einem festen staatlichen Rahmen zu finden. Die Schwäche der königlichen Gewalt, der die römische Kaiserkrone Glanz, aber auch übermäßige Lasten brachte, gab in der feudalen Ordnung allen partikulären, nach Unabhängigkeit strebenden Kräften der vielen Fürsten und Herren Auftrieb und Raum zur Verselbständigung ihrer Herrschaftsgebiete. Das Reich zerfiel; am Ende der Glaubenskämpfe des 16. und 17. Jahrhunderts mit ihren schweren Schäden blieb von ihm nicht viel mehr als ein loser Bund halbsouveräner Territorialfürsten. So hat das deutsche Volk in seiner reichen Geschichte viel später als die meisten Völker Europas vor knapp 100 Jahren zur vollen staatlichen Einheit gefunden. Nach den vergeblichen, aber für die deutsche Geschichte hochbedeutsamen Versuchen des Jahres 1848 entstand erst das Bismarcksche Deutsche Reich als vollsouveräner, föderativer Nationalstaat.

Diese Lösung entsprach dem Zeitgeist und den Wünschen der Mehrzahl im Volk, das sich schon seit den Napoleonischen Kriegen mehr und mehr seiner Einheit bewußt geworden war. Sie wurde auch von den Nachbarvölkern als Ergebnis einer natürlichen Entwicklung empfunden und politisch als ein Schritt zur Ordnung in Zentraleuropa akzeptiert. Im deutschen Nationalbewußtsein fehlte zur Willensgemeinschaft der Staatsbürger freilich die ausreichende Demokratisierung. Arbeiterbewegung, linke Liberale und auch der katholische Volksteil gerieten in Widerspruch zur inneren Ordnung des damaligen Deutschen Reiches. Die Spaltung zwischen Nationalbewußtsein und Demokratie hat später mit dazu beigetragen, den Weg für den Nationalsozialismus zu ebnen und die Überwindung der Zertrennung Deutschlands nach 1945 zusätzlich zu erschweren. Eine politische Gemeinschaft unter den Deutschen wird nur möglich sein, wenn diese Spaltung vollends überwunden wird. Dessenungeachtet ist es 1871 zu einer deutschen Einheit gekommen, die die Deutschen seither freiwillig nicht aufgegeben haben, auch nicht am Ende des Zweiten Weltkrieges.

2. Zusammengehörigkeit der Deutschen heute

Die Geschichte, zumal die deutsche, liefert genügend Beispiele dafür, daß Abspaltungen möglich sind und auf dem alten Boden mehrere Nationen entstehen können. Dennoch sprechen die folgenden Tatsachen für die Fortdauer nur einer deutschen Nation:

a) Die heutige Trennungslinie zwischen den beiden Teilen Deutschlands folgt weder einer eindeutigen geographischen oder stammesmäßigen noch einer geschichtlichen Grenze; sie ist willkürlich gezogen und zerreißt alte menschliche, politische und wirtschaftliche Zusammenhänge. Darum lebt auch im Volke bis heute ein elementares Bewußtsein zusammenzugehören. Es ist stärker als die Gegensätze, die von der Zugehörigkeit beider Teile zu grundverschiedenen Systemen gesellschaftlicher und politischer Ordnung ausgehen. Dieses Bewußtsein äußert sich im Verlangen nach ungehinderter Kommunikation auf allen Gebieten. Verwandten- und Freundesbesuche, Jugendfahrten und wissenschaftliche Kontakte, künstlerischer Austausch und Sportreisen, Wirtschaftsbeziehungen und kritisch-lebhafte Anteilnahme an Rundfunk und Fernsehen sind trotz aller Behinderungen Zeichen der wechselseitigen Abhängigkeit. Wie stark beide Teile aufeinander bezogen sind, äußert sich auch in der besonderen Form des Wettbewerbs untereinander und im Ärger und der Enttäuschung über das Versagen des anderen. In der Neigung auf beiden Seiten, die Gegensätze ins Grundsätzliche zu wenden und sie damit zu verhärten, statt sie pragmatisch zu überbrücken, zeigt sich hüben und drüben die gleiche Denkweise. Gerade in ihren Gegensätzen kommen die beiden Teile nicht voneinander los. Das Bewußtsein von der Ferne des anderen Teils ist Ausdruck einer inneren Nähe, die es den Menschen in beiden Teilen unerträglich macht, den anderen irgendeinem Nachbarn oder einem beliebigen Ausland gleichzusetzen. Beide Regierungen sprechen daher auch von einer deutschen Nation.

b) Die bis 1945 gemeinsam erlebte Geschichte läßt sich in ihren Höhen und Tiefen nicht auslöschen. Beide Teile wurzeln in dieser Geschichte und können sich von ihr nicht lossagen, auch wenn sie es wollten. Beide haften für die Folgen der selbstverschuldeten Katastrophe von 1933 bis 1945. Beide staatlichen Ordnungen versuchen, wenn auch auf verschiedene Weise, eine politische und geistige Antwort auf den Nationalsozialismus zu geben.

c) Beide Teile verbindet das gemeinsame geistige Erbe in Sprache und Dichtung, in Religion, Kunst und Recht, in Wissenschaft und Philosophie. Cusanus und Luther, Bach und Beethoven, Kant und Hegel, Goethe und Schiller und viele andere Gestalten unserer Kulturgeschichte gehören nicht nur auf die eine oder die andere Seite des heute geteilten Landes. Sie haben Karl Marx und Bert Brecht ebenso geprägt wie Alfred Delp und Dietrich Bonhoeffer. In Bamberg und Naumburg, in Speyer und Magdeburg, in Lübeck, Rostock und Stralsund stehen die Zeugnisse ein und derselben Kultur, ihr geistiger und religiöser Gehalt wirkt in die Gegenwart hinein. Erst recht gilt das von der Reformation, die vor 450 Jahren von Wittenberg ausging und die bis heute, oft in säkularisierter Gestalt, als lebendige Kraft in allen Lebensbereichen des deutschen Volkes spürbar ist.

d) Die Deutschen gehören auch im Bewußtsein der anderen Völker zusammen. Diese Völker verbinden damit Befürchtungen, Erwartungen und Hoffnungen. Der gegenwärtige politische Zustand der Fehde zwischen zwei deutschen Regierungen erfüllt sie mit Sorge. Andererseits empfinden unsere Nachbarvölker die Vorstellung eines neuen vollsouveränen deutschen Zentralstaates mit 75 Millionen Einwohnern und mit dem kombinierten Wirtschaftspotential der beiden, in ihren Blöcken jeweils zweitstärksten Industrie- und Handelsländer als nicht minder bedrohlich. Deshalb erhoffen sie politische Lösungen, welche die Deutschen in größere Zusammenhänge einbinden, ohne ihnen die Identität als ein zusammengehöriges Volk zu rauben.

e) Auch aus den Sorgen und Hoffnungen der Nachbarn ergibt sich also die Notwendigkeit und Chance für die Deutschen, gemeinsam zur Befriedung Europas beizutragen. Sind die Deutschen durch ihre Lage im Zentrum Europas von seiner Spaltung am meisten betroffen, so hängt es auch von der Kraft ihres Zusammenhaltes und ihrer politischen Einsicht am stärksten ab, ob sich die Spaltung Europas schrittweise überwinden läßt. Nationen in allen Teilen Europas haben ein Lebensinteresse nicht nur daran, daß Europa in Zukunft vor einer neuen deutschen Gefahr bewahrt bleibt, sondern auch, daß die beiden Deutschlands das allmähliche Zusammenwachsen Europas fördern, anstatt es durch ihren Gegensatz zusätzlich zu hindern. Es gibt kein befriedetes Europa ohne ein befriedetes Deutschland, wie es kein befriedetes Deutschland ohne Friedensordnung in Europa gibt.

3. Gemeinsame Grundwerte und Aufgaben

Zum Nationalbewußtsein gehört wesentlich das Bewußtsein einer eigenen Verantwortung der Nation und ihrer Bürger, die nicht auf andere Völker übertragen werden kann. Es konzentriert sich auf gemeinsame Grundwerte und gemeinsame Aufgaben. Sollen die beiden Teile Deutschlands wieder zueinanderfinden, so müssen solche Grundwerte und Aufgaben für die überwiegende Mehrheit der Bürger beider Teile verständlich und annehmbar sein. Andererseits brauchen sie sich nicht durchgehend von den Grundwerten und Aufgaben anderer Völker zu unterscheiden. Die Zukunft Europas fordert vielmehr geradezu, daß in seinen Völkern das leicht zur nationalistischen Überheblichkeit verleitende Bewußtsein der eigenen Besonderheit mehr und mehr hinter dem zurücktritt, was von ihnen gemeinsam gewußt und bekannt werden kann.

Die Deutschen hatten wenig Gelegenheit, an den Wendepunkten ihrer Geschichte sich die für ihr nationales Selbstverständnis wesentlichen Grundwerte bewußtzumachen und durch alle Wechselfälle durchzuhalten. Das war lange die Ursache politischer Schwäche; es ermöglicht aber auch einen neuen, gemeinsamen Anfang im Zeichen künftig gemeinsam verbindlicher Werte. Als solche Werte, in denen sich die Deutschen zusammenfinden können, seien der Frieden, die Freiheit, die Gleichheit und die Solidarität genannt. Alles, was heute schon von einem der beiden Teile Deutschlands im Sinn dieser Werte praktisch getan werden kann, geschieht darum für alle Deutschen, auch soweit es nicht unmittelbar der Zusammenführung der Deutschen zu einer politischen Gemeinschaft dient.

a) Die Deutschen sind es ihrer Geschichte nicht weniger als ihren Nachbarn und ihrer eigenen Zukunft schuldig, den Grundwert des Friedens unter den Völkern und der Welt als die wichtigste Basis ihrer Gemeinschaft zu betrachten. Das hat sich in jeder Phase unserer Geschichte neu zu bewähren. Heute folgt daraus als gemeinsame Aufgabe die aktive Teilnahme an friedenssichernden Maßnahmen, insbesondere der gleichgewichtigen Abrüstung, der Streitkräfteverdünnung und Rüstungskontrolle, dem Abbremsen des atomaren Rüstungswettlaufs und der Nichtverbreitung atomarer Waffen, der Verhütung von militärischen Unfällen und Überraschungsangriffen, dem Austausch von Gewaltverzichtserklärungen, und bei anderen Schritten zu einer europäischen Friedensordnung.

b) Auf den Frieden beziehen sich Freiheit, Gleichheit und Solidarität, um die wir uns als Deutsche bemühen. Freiheit soll dem einzelnen und den Gruppen in der Gesellschaft ein Höchstmaß an Entfaltungsspielraum gewähren und sich in der Verantwortung für das Ganze bewähren. Gleichheit bedeutet Rechtsgleichheit und gleiche Startchancen für jeden. Nach allem, was anderen Völkern im deutschen Namen angetan wurde, nach der Vertreibung vieler Millionen Deutscher aus ihrer Heimat und nach der Wiederaufbauhilfe, die Deutschen von ehemaligen Gegnern gewährt wurde, sind wir in besonderem Maß zur Solidarität und brüderlichen Mitverantwortung aufgerufen. Wo diese Solidarität geübt wird, innerhalb eines der beiden Teile Deutschlands, zwischen ihnen, gegenüber ihren Nachbarn, vor allem aber gegenüber den Entwicklungsländern, geschieht dies im Namen und Interesse der Deutschen und dient dem Frieden.

4. Voraussetzung einer politischen Gemeinschaft der Deutschen

Die Herstellung einer politischen Gemeinschaft der Deutschen ist denkbar und als friedensfördernder Schritt anzustreben. Sie muß Ausdruck dafür werden, daß die menschlichen, kulturellen und politischen Bindungen zwischen den beiden deutschen Teilen stärker sind als die der beiden Teile zu ihren jeweiligen Nachbarn. Zu ihren Voraussetzungen gehören:

a) Die Verwirklichung einer politischen Gemeinschaft der Deutschen in der BRD, in der DDR und in beiden Teilen Berlins sollte nicht durch Auseinandersetzungen über Gebiete behindert werden, die zum Deutschen Reich gehörten, heute aber kaum mehr von Menschen deutscher Sprache bewohnt sind.

b) Die Wiederherstellung voller nationalstaatlicher Souveränität sollte nicht angestrebt werden. Ziel muß eine europäische Ordnung sein, die auf Zusammenarbeit ihrer Glieder unter erheblichen Souveränitätsverzichten und ohne hegemoniale Übergewichte angelegt ist. Nur in diesem Rahmen erscheint eine politische Gemeinschaft der Deutschen möglich und sinnvoll.

c) Der Weg zu diesem Ziel wird lang und beschwerlich sein. Während dieser Zeitspanne werden wir mit der Existenz zweier politischer Ordnungen rechnen müssen. Ihr Verhältnis zueinander muß vom Gegeneinander des kalten Krieges wegführen und über ein geregeltes Nebeneinander zum konstruktiven Miteinander hinleiten.

d) Ein Neben- und Miteinander der beiden Teile Deutschlands würde erleichtert, wenn in ganz Deutschland die Stimmen aller Parteien legal Gehör finden, die gegenwärtig im deutschen Bundestag und in der Volkskammer der DDR vertreten sind. Ohne die Mitwirkung dieser Parteien ist der Weg zur Errichtung einer politischen Gemeinschaft der Deutschen kaum denkbar.

e) Die politische Gemeinschaft ist zur Zeit nur vorstellbar, wenn sie einen betont föderativen Charakter haben wird, da die Sozialstruktur in beiden Teilen Deutschlands verschieden ist, eine Annäherung längere Zeit braucht und Veränderungen noch lange von der Entscheidung des jeweils betroffenen Teiles mit abhängig sein müssen.

f) Die jeweiligen Formen der gemeinsamen Einrichtungen richten sich nach dem Stand der fortschreitenden Zusammenarbeit.

Damit die Deutschen auf der Basis ihrer Grundwerte ihren gemeinsamen Aufgaben gerecht werden können, geht es vorerst darum, zwischen den beiden Teilen ein geordnetes Nebeneinander herzustellen. Beide Teile Deutschlands müssen sich zunächst als vorläufige politische Ordnungen ansehen.

a) Die zwischen beiden Teilen Deutschlands wünschenswerte Kooperation verlangt Beziehungen zwischen den Partnern in angemessenen Rechtsformen. Sie sollen dazu dienen, den Weg zu einer politischen Gemeinschaft der Deutschen zu ebnen. Solche politischen und rechtlichen Beziehungen können weit intensiver sein als diplomatische Beziehungen, wenn und weil sie keine Auslandsbeziehungen sind.

Sollte die Mehrheit der Bürger in einem der beiden Teile in freier Entscheidung die dauernde Trennung wünschen, so wäre dies vom jeweils anderen Teil zu respektieren.

Ohne diese Voraussetzungen dagegen würde ein bloßer Botschafteraustausch lediglich die endgültige Trennung zweier verfeindeter deutscher Staaten völkerrechtlich fixieren und wäre damit der Sicherung des Friedens nicht dienlich. Er böte keine Garantie dafür, daß sich die heute bestehenden Spannungen mindern und der Umgang miteinander menschlicher wird.

b) So groß auch die Schwierigkeiten sind, so wird schließlich doch der freie Wille der Bürger für eine politische Gemeinschaft der Deutschen den Ausschlag geben. Inzwischen hat jeder, der heute in Deutschland politische Verantwortung trägt, die Pflicht, sich bei jeder politischen Handlung zu fragen, ob er damit auch bei den Menschen im andern Teil Deutschlands Verständnis und Zustimmung finden kann. Er wird sie um so eher finden, je mehr er auf dem Boden der Grundwerte aller Deutschen handelt und damit Aufgaben in Angriff nimmt, die im Interesse aller Deutschen liegen. Sie wird ihm um so weniger zuteil werden, je mehr er sich der Verketzerung des Gegenübers, der Propaganda und politischer Ansprüche bedient, mit denen jeweils einer der beiden Teile meint, allein die Interessen und die wahre Meinung aller Deutschen vertreten und die legitimen Ziele der Nation verfolgen zu können.

c) Die Deutschen sollten die Nöte und Chancen im jeweils anderen Teil nüchtern miterkennen, mitbedenken und mittragen. Dazu sollten sie alle Mittel der eigenen Orientierung durch Reisen, Kontakte und Information ausschöpfen. Gerade die Erkenntnis, daß die Deutschen am Beginn eines vermutlich langen Weges zu Koexistenz und Kooperation stehen, sollte ihnen die Gelassenheit geben, Zustände vorurteilsfrei zu sehen und zu beurteilen, die ihnen fremdartig und zum Teil unannehmbar erscheinen. Sie sollten sich nicht in gegenwärtig unlösbaren internen Gegensätzen verstricken, sondern sich wechselseitig den Blick für die gemeinsamen Aufgaben gegenüber den Nachbarnationen und der Welt weiten und damit zur Sicherung des Friedens beitragen. So sollten sie den langen Mut gewinnen, den sie auf ihrem Weg in eine gemeinsame Zukunft nötig haben.

9.

Der Friedensdienst der Christen

Eine Thesenreihe zur christlichen Friedensethik
in der gegenwärtigen Weltsituation

Erarbeitet von der Kammer
der Evangelischen Kirche in Deutschland
für öffentliche Verantwortung

Gliederung

Vorwort

Die vorliegende Thesenreihe ist von der Kammer der Evangelischen Kirche in Deutschland für öffentliche Verantwortung im Rahmen ihrer langfristigen Studien zum Thema »Kriegsverhütung und Friedenssicherung« erarbeitet worden. Ein Sammelband mit Einzelbeiträgen zu einer Ethik des Friedens, die der Ausarbeitung der Thesen zugrunde liegen, wird vorbereitet.

Wie schon bei früheren Gelegenheiten hat sich auch bei diesen Thesen keine volle Zustimmung zu allen Formulierungen und den hinter ihnen stehenden Auffassungen unter den Mitgliedern der Kammer erzielen lassen. Gleichwohl sind diese Thesen geeignet, dem gegenwärtig in der kirchlichen und politischen Öffentlichkeit geführten Gespräch zur Sicherung des Friedens ethische Kriterien anzubieten und neue Impulse zu geben. Der Rat der Evangelischen Kirche in Deutschland hat daher diese Ausarbeitung als Gesprächsbeitrag zur Veröffentlichung freigegeben.

Tübingen, den 1. Dezember 1969

Professor D. Dr. Ludwig Raiser
Vorsitzender der Kammer
für öffentliche Verantwortung

I. Das Problem

1. Die christliche Kriegs- und Friedensethik ist von den frühen christlichen Gemeinden bis zu den Kirchen zur Zeit des Zweiten Weltkrieges vorwiegend von der Frage bestimmt gewesen, ob der Christ sich an Kriegen beteiligen dürfe. Von den pazifistischen Minoritäten abgesehen, wurde die Kriegsfrage einerseits mit der Lehre von der erlaubten Beteiligung des Christen an einem »gerechten« Kriege, andererseits mit der reformatorischen Formulierung vom Recht des Staates, rechtmäßige Kriege zu führen, beantwortet. Die Zuspitzung des ethischen Problems auf den individuellen christlichen Gehorsam war möglich, weil der Krieg als ein ethisch berechtigtes äußerstes Mittel galt, für Recht und Gerechtigkeit zu sorgen. Zudem galten »vorgegebene« Formen politischer und sozialer Ordnung als legitime Objekte militärischen Schutzes.

In den letzten Jahrzehnten hat vor allem die Einsicht in die verheerenden physischen, sozialen, politischen und moralischen Folgen moderner Kriege die Kriegs- und Friedensfrage zu einem zentralen Thema gesellschaftlicher Verantwortung werden lassen. Die These vom Krieg als einem Mittel vernünftiger und sittlich berechtigter Politik bedurfte nun ebenso der ethischen Überprüfung wie die Annahme, die nationalen höchsten Güter seien unantastbar. Seit dem Zweiten Weltkrieg, an dessen Ende erstmals atomare Waffen verwendet wurden, sind die Diskussionen der ökumenischen Christenheit über den Friedensdienst der Christen von dieser radikaleren Weise des Fragens beherrscht. Als Ziel trat nun in Sicht, den Krieg angesichts seiner zerstörerischen Dimensionen im atomaren Zeitalter aus dem politischen Denken und Handeln der Nationalstaaten und Staatengruppen völlig auszuschließen. Der unter Einsatz von Kernwaffen geführte und für die Menschheit tödlich werdende Krieg wurde als Inbegriff des Krieges überhaupt gesehen. Als zentrale Friedensaufgabe wurde daher die sittliche Ächtung des Krieges und die Suche nach wirksameren Vorkehrungen, kriegerische Verwicklungen zu verhindern, verstanden.

Es reicht nicht aus, Friede als Abwesenheit von Krieg zu verstehen. Dabei bleibt ungeprüft, ob mit einer möglichen künftigen Abwesenheit von Kriegen auch bereits die humane Lösung bestehender Konflikte im Sinne sozialer Gerechtigkeit und politischer Freiheit universell gesichert ist. Die ungelösten Probleme von politischer Freiheit und sozialer Gerechtigkeit in den meisten Staaten der »Dritten Welt«, aber auch im Bereich der Industrienationen, stellen heute vor neue Fragen und verlangen neue Überlegungen. Durch die Entwicklung der politischen und militärischen Weltlage ist diese Einsicht in den letzten Jahren immer stärker in den Vordergrund der ökumenischen Diskussion getreten. Sie markiert den Beginn einer dritten Phase christlicher Friedensethik. Es steht nicht zu erwarten, daß es den Industrienationen gelingen wird, wirksame Schritte auf dem Weg zu internationaler Gerechtigkeit in den Lebensbedingungen von Staaten und Gruppen zu tun, wenn sie weiterhin ihre außenpolitischen Anstrengungen vorwiegend auf eine Sicherheitspolitik konzentrieren, die der Erhaltung des weltpolitischen Status quo dient. Ein Weltfriede aber auf Kosten benachteiligter Staaten und Gruppen, d. h. ein Friede auf Kosten sozialer Gerechtigkeit, ist ein Scheinfriede. Er provoziert die wachsende Auflehnung der Benachteiligten und ist bereits heute vielfach nur um den Preis der Unterdrückung solcher Auflehnung möglich. Friede als Abwesenheit von Krieg auf Kosten sozialer Gerechtigkeit kann nicht der Friede sein, dem Christen dienen sollen. Staaten und Gruppen, die unter der ungleichen Verteilung von wirtschaftlichen Gütern und politischer Macht, unter dem Gefälle im Sozial- und Bildungsstandard leiden, haben durch ihren Ruf nach Befreiungskriegen mit sozialer Zielsetzung die Christenheit vor ein Problem gestellt, das in ähnlichem Ausmaß und gleicher Schärfe bisher nicht aufgetreten ist und das angesichts der Gefahren moderner Waffentechnik und der Schwierigkeit, einmal ausgebrochene Kriege auf ihre Ursprungsregion zu beschränken, neu durchdacht werden muß. Dürfen Christen Krieg, der heute das Überleben der Menschheit gefährdet, auch dort verurteilen, wo er im Namen sozialer Gerechtigkeit und politisch-wirtschaftlicher Freiheit gefordert und geführt wird? Diese Frage stellt sich mit besonderer Dringlichkeit, wenn die Unmenschlichkeit und Ungerechtigkeit der Lebensbedingungen, deren gewaltsame Änderung gefordert wird, offen zutage liegen.

In den vorliegenden Thesen wird nicht der Versuch unternommen, diese Frage zu beantworten. Dazu bedarf es eingehenderer Überlegungen, als sie in der evangelischen Christenheit in Deutschland bisher vorliegen. Jedoch kann die theologische Diskussion über die Frage, wie unter den Gegenwartsbedingungen Friede und humane Lösungen weltweiter sozialer Konflikte sich vereinigen lassen, nicht sachgemäß geführt werden, ohne daß im Bewußtsein bleibt, aus welchen Motiven und Einsichten die evangelische Christenheit in den vergangenen Jahren in der Verhinderung von Kriegen die vorrangige Friedensaufgabe gesehen hat. Diesem Ziel dienen die folgenden Thesen. Wenn daher im folgenden von Frieden und Friedensdienst die Rede ist, so werden zwar im wesentlichen nur die Argumente und Möglichkeiten erörtert, die sich auf die Verhinderung von Kriegen beziehen, dennoch ist ein Verständnis von Frieden zugrunde gelegt, das die humane Lösung globaler Konflikte einschließen und damit mehr umfassen soll als die bloße Abwesenheit von Krieg. Das wird in der folgenden These erläutert.

II. Frieden und Friedensdienst

2. Die Abwesenheit von Krieg ist nicht schon Friede. Krieg ist der Versuch, bestehende Konflikte militärisch zu lösen. Die Abkehr von militärischen Formen der Auseinandersetzung entschärft, aber beseitigt nicht schon die bestehenden Konflikte und ihre Ursachen. Frieden ist nicht nur die Verhinderung der mit dem Krieg verbundenen Leiden, Opfer und Schrecken. Friede bedeutet auch die Überwindung der Leiden, Ängste und Drohungen, der Verletzungen von Recht und Gerechtigkeit, die sich aus Konflikten ergeben oder zu ihnen führen.

Dennoch ist Friede nicht identisch mit Konfliktlosigkeit. Die Idee eines harmonischen Friedensreiches ist illusionär. Denn zum einen spricht in der geschichtlichen Erfahrung nichts dafür, daß sich soziale, wirtschaftliche und politische Spannungen ein für allemal beheben lassen. Auch der dynamische Prozeß technisch-wissenschaftlicher Entwicklung schließt nicht aus, daß Machtungleichgewichte und soziale Ungerechtigkeit verfestigt oder neu geschaffen werden.

Friede muß daher jeweils neu erarbeitet werden. Zum anderen scheint es auch nicht wünschenswert, alle Spannungen aufzuheben, die im zwischenmenschlichen Bereich auftreten. Konflikte können positive soziale Funktionen erfüllen, weil sie gesellschaftliche oder zwischenstaatliche Fehlentwicklungen bewußtmachen und ständig zur Überprüfung des Status quo zwingen. Sie sind somit das dynamische Element des Friedens. Sie wirken der Beharrungstendenz entgegen, die die Sicherung des Status quo der Verteilung von Bildung, Macht und gesellschaftlichen Gütern anstrebt und dauernd einen Frieden sucht, der auf das Verschweigen oder die Unterdrükkung bestehender Spannungen angewiesen ist.

Zu den Ursachen kriegtreibender Konflikte ist zu rechnen,
– daß die technologische Entwicklung einen erheblichen Vorsprung vor dem ethischen und politischen Denken gewonnen hat;
– daß auf der Ebene der Rassen, Klassen, Staaten oder Weltreligionen sich ein Kampf um Machtpositionen abspielt;
– daß feindliche ideologische Systeme miteinander konkurrieren;
– daß jedes gesellschaftliche System sich nur so behaupten kann,
– daß es bestimmte persönliche Bedürfnisse von Menschen einschränkt oder unterdrückt, so daß diese für Haß, Gewalt und Zerstörungslust anfällig werden;
– daß individuelle menschliche Ängste und Enttäuschungen, Schuldgefühle und Ohnmachtsempfindungen sich mit dem Wunsch nach Geborgenheit, nach Selbstbestätigung und Macht verbinden und dies eine Atmosphäre der Aggressivität erzeugt, die sich leicht für die gewaltsame Durchsetzung politischer Ziele mißbrauchen läßt.

III. Gottes Friede mit den Menschen und christlicher Friedensdienst

3. Christen müssen sich bewußt sein, daß sie an der Entstehung aller dieser genannten Konflikte beteiligt sind. Für den christlichen Glauben liegt die tiefste Verstrickung in die Friedlosigkeit in dem Verstoß gegen den Friedenswillen Gottes selber. Gott will mit den Menschen in einem Reich des Friedens leben. Dieser Friedenswille und der Dienst Jesu Christi an der Versöhnung mit und in der Welt schaffen eine Gemeinde, die ihre Schuld am Unfrieden mit Gott und an der Friedlosigkeit der Welt bekennt.

Das Neue Testament bezeugt, daß sich Jesus Christus für die Friedlosen und gegen den Unfrieden einsetzt. Er holt in die Friedens- und Rechtsgemeinschaft des Volkes Gottes zurück sowohl die, die den Willen Gottes verfehlen, wie auch diejenigen, denen das Recht Gottes vorenthalten wird. Er überwindet die Gewalttätigkeit, Ungerechtigkeit und Unbarmherzigkeit, gleichviel, ob sie von denen ausgeübt werden, die sich für fromm halten, die Macht besitzen oder die am Rand der Gesellschaft existieren. Indem der Friedensstifter sich als Friedensstörer zum Tod am Kreuz verurteilen läßt, bezeugt er, daß Friedensdienst nur als Versöhnung geschehen kann und Opfer einschließt. Indem Gott Jesus von den Toten auferweckt, bezeugt er, daß er nicht den Frieden auf Kosten der Schuldigen, sondern den Frieden durch Versöhnung für die Welt will.

Weil Christen durch die Botschaft vom Versöhnungswerk Christi und durch brüderliche Friedensinitiativen der Gemeinde erfahren, daß Friede durch Versöhnung eine Wirklichkeit ist, sollen und können sie selber am Friedensdienst sich beteiligen. Sie sollen und können sich für die Entrechteten und für die Beendigung von Gewalttätigkeit, Ungerechtigkeit und Unbarmherzigkeit einsetzen.

4. Christen, die in der Welt für den Frieden eintreten, erfahren, daß ihr Bemühen am Ungeist des Hasses und des reinen Machtdenkens, an Gruppenegoismus und ideologischen Voreingenommenheiten, an den Zwangslagen des politischen, gesellschaftlichen und wirtschaftlichen Lebens und nicht zuletzt am eigenen Unvermögen und Versagen scheitert. Diese Anfechtungserfahrung droht viele in Zweifel an der Realität des Friedenswillens Gottes, in Resignation und Mutlosigkeit zu stürzen. Aus ihr gewinnen auch zwei christliche Scheinlösungen immer wieder verführerische Macht, als wäre der Gottesfriede auf das innerliche Verhältnis des einzelnen zu Gott beschränkt, um sich so zwar in persönlicher und privater Mitmenschlichkeit, nicht aber in den Verhältnissen und Strukturen des politischen, gesellschaftlichen und wirtschaftlichen Lebens auswirken zu können, oder als würde der Gottesfriede ausschließlich in der zukünftigen neuen Welt Gottes wirksam, während die gegenwärtige Welt hoffnungslos den Mächten der Sünde, der Zwietracht und des Todes verhaftet ist.

Das Wort vom Kreuz nimmt diese Anfechtung ernst und überspielt sie nicht durch einen verharmlosenden Optimismus und unrealistischen Utopismus. Wer in den Dienst des leidenden und gekreuzigten Friedensbringers tritt, wird mit ihm angefochten sein, Opfer zu bringen haben und an der Verborgenheit der Friedensmacht Gottes unter Schwachheit und Fehlschlägen leiden. Aber das Kreuz ist nicht Zeichen des Scheiterns des Friedenswillens Gottes an der Welt, sondern Zeichen seiner friedenstiftenden Liebe für die Welt. Das bekennt und erkennt der Glaube im Licht der Auferstehung Christi. Weil Christus schon jetzt der Herr ist und wirkt, können Christen den Mut und die Hoffnung gewinnen, in der Welt vorläufige und fragmentarische, aber verheißungsvolle Vorzeichen der Friedensherrschaft Gottes, die im Kommen ist, aufzurichten. Dazu sendet der Herr seine Gemeinde als ganze und alle ihre Glieder. Dazu will er sie durch Wort und Sakrament und brüderliches Gespräch stets neu rüsten. Die Gemeinde soll der Ort sein, an dem Menschen aus Illusionen und Depressionen zu dem Dienst gerufen und gestärkt werden, den sie im Alltag für den Frieden tun sollen und können.

5. Christen sind zugleich Bürger eines bestimmten Staates, Angehörige eines bestimmten gesellschaftlichen Systems, Vertreter einer Nation, Rasse, Religion, Konfession oder Kultur. Sie stehen daher ständig in der Gefahr, in der Konkretion ihren christlichen Friedensauftrag mit kulturellen, konfessionellen, nationalen, gesellschaftlichen oder staatlichen Eigeninteressen zu identifizieren.

So konkret aber der Friedensdienst sein muß, so universal ist seine Aufgabe. Darin ist er mit dem missionarischen Verkündigungsauftrag der Christen identisch. Daher darf es für den Friedensdienst der Christen keine selbstgesetzten Grenzen der Nationalität und Staatlichkeit, der Sprache und Rasse, der gesellschaftlichen Systeme und Kulturen, der Religion und Konfession geben.

Die ökumenische Gemeinschaft der Christen und Kirchen dient dazu, daß Christen die Verständigung zwischen den Staaten, gesellschaftlichen Systemen, Klassen, Rassen und Religionen verstärken oder stellvertretend für sie aufeinander hören, einander verstehen lernen und die Nöte der anderen zu ihren eigenen machen. Daraus ergeben sich zahlreiche Möglichkeiten, bei drohenden oder akuten Konflikten zum Frieden zu helfen und unnötige Blockbildungen mit abzubauen.

6. In der Christenheit hat es verschiedene Versuche gegeben, vom christlichen Friedensauftrag her das Problem des Krieges – diese gefährlichste Äußerung von Friedlosigkeit – sittlich und politisch zu bewältigen.

Einer dieser Wege ist der prinzipielle Pazifismus, wie er in der Vergangenheit vornehmlich von den historischen Friedenskirchen vertreten wurde. Sofern hier der Pazifismus das Gebot Christi, nicht zu töten und Unrecht willig hinzunehmen, allen anderen Aspekten des christlichen Friedensauftrages im Sinne der Sorge für die Brüder in gesellschaftlich-politischer Verantwortung überordnete, stand er in Gefahr, um dieses Zeugnisses willen die Welt ihrem Unfrieden zu überlassen.

Vielfach ist dieser Pazifismus als biblizistisches Mißverständnis der Schrift angegriffen worden. Das Gespräch mit den historischen Friedenskirchen zeigt aber, daß sie nicht pauschal für die Vergangenheit und noch weniger für die Gegenwart auf diese Position festgelegt werden dürfen.

Zudem haben die Friedenskirchen gegen jede pseudochristliche Rechtfertigung und Glorifizierung des Krieges den Friedensauftrag der Christen durch ihren Einsatz bezeugt und helfen so der Christenheit bis in die Gegenwart, sich auf ihren Auftrag zu besinnen. Deshalb ist es eine dringliche und aktuelle Aufgabe, das begonnene brüderliche Gespräch mit den Friedenskirchen verstärkt weiterzuführen und die Frage, welches Tatzeugnis der Gehorsam gegenüber dem Evangelium des Friedens von den Christen fordert, nicht zu überhören.

7. Einen anderen Weg haben Christen mit der Lehre vom »gerechten Krieg« beschritten. In einer Zeit, in welcher der Krieg als unvermeidliches Übel galt, diente die Lehre vom »gerechten Krieg« ursprünglich dazu, sittliche Regeln aufzustellen, die dem Krieg Grenzen setzen sollten. War aber unter den gesellschaftlichen und militärischen Bedingungen früherer Zeiten, in denen Kriege zur Verhütung noch extremerer Formen von Unfrieden und Ungerechtigkeit denkbar schienen, die Aufgabe der Christen, die Ausweitung des Krieges zum Extrem der Ungerechtigkeit und Friedlosigkeit schlechthin zu verhindern, so kann heute der Auftrag der Christen nur sein, die Menschheit vor diesem Übel bewahren zu helfen. Zudem war die Lehre vom »gerechten Krieg« immer einer dreifa-

chen Gefahr ausgesetzt: Sie verführte leicht dazu, zur christlichen Legitimation reiner Machtkriege mißbraucht zu werden; sie legte außerdem das Mißverständnis einer zeitlos gültigen Lehre über den Krieg nahe; schließlich stand sie in der Gefahr, daß ein im Sinn dieser Lehre gerechtfertigter Krieg die eigenen Gewissen entlasten und den Gegner mit der ganzen Verantwortung für den Krieg belasten konnte. Heute verbietet das Zerstörungspotential akuter und potentieller kriegerischer Konflikte, Kriege sittlich zu rechtfertigen. Nicht bloß Eindämmung und damit bedingte Rechtfertigung des Krieges, sondern die höchste Anstrengung, ihn zu verhindern, ist die Aufgabe der Christen.

8. Die Lehre vom gerechten Krieg versucht wie der prinzipielle Pazifismus, das Friedenszeugnis der Christen in eine zeitlos gültige theologische Norm umzusetzen.

Der Friedensdienst der Christen geschieht jedoch unter ihren gesellschaftlichen und politischen Lebensbedingungen. In der jeweiligen geschichtlichen Situation ist deshalb zu prüfen, welche konkrete Gestalt der Friedensdienst der Christen nach Gottes Willen annehmen soll. Sicher gilt heute wie früher, daß die Christen nur da ihrem Auftrag gerecht werden, wo sie klar bezeugen, daß der Krieg unvereinbar ist mit Gottes Friedenswillen, wie er in Christus in Erscheinung tritt. Sicher gilt auch heute ebenso wie früher, daß, wo immer Christen in einem Staat leben, sie ihrem Friedensauftrag nur gerecht werden können, wenn sie sich und anderen die Pflicht des Staates und die Verantwortung jedes Staatsbürgers für die Friedens- und Rechtssorge einschärfen.

Christen haben sich deshalb dafür einzusetzen, daß die staatlichen Gewalten – Legislative, Judikative und Exekutive – im Gebrauch ihrer Machtmittel an die Ziele der Rechts- und Friedenssicherung gebunden bleiben. Dabei können sie nicht übersehen, daß in dieser Welt kein Staat prinzipiell darauf verzichten kann, physische Gewalt gegen diejenigen, die den Frieden verletzen und das Recht brechen, anzudrohen und auszuüben. Von welcher Gestalt jedoch die vom Willen der Staatsbürger legitimierte und kontrollierte »Gewaltsamkeit« des Staates in Androhung und Ausübung sein solle, ist auf Grund vernünftiger Einsicht und unter Berücksichtigung der jeweiligen geschichtlichen Bedingungen zu entscheiden. Ob überhaupt und unter welchen Umständen dabei auch die Anwendung militärischer Gewalt der Rechts- und Friedenssicherung dienen könne, hängt von vielen Bedingungen politischer, militärischer und gesellschaftlicher Art ab. Was unter den Verhältnissen früherer Jahrhunderte denkbar schien, kann sich im atomaren Zeitalter als undurchführbar erweisen.

Sosehr die Christen in dieser Frage auf die Analyse ihrer Zeit und Gesellschaft verwiesen sind, so sehr behält andererseits doch die Einsicht ihre Gültigkeit, daß Kriege unvereinbar sind mit Gottes Friedenswillen, wie er in Jesus Christus sichtbar wurde. Das kann zu einer ethisch schwerwiegenden Spannung – im äußersten Fall zu einem offensichtlichen Widerspruch – zwischen dem Anspruch des Friedenswillens Gottes und der tatsächlichen Anstrengung führen, diesem Willen auch in der Anwendung staatlicher Machtmittel zu dienen, von denen militärische Gewalt nicht prinzipiell ausgeschlossen ist.

Die in dieser Spannung liegende Beunruhigung des Gewissens hält die Frage lebendig, wie der Friedenswillen Gottes in der politischen Wirklichkeit befolgt werden kann.

Die folgenden Thesen zeigen, welche Wege die Christen in dieser Situation heute gehen.

IV. Verhinderung von Kriegen

9. Kriege als Mittel außenpolitischer Auseinandersetzung zwischen Staaten zur Sicherung jeweiliger höchster nationaler Güter oder sogenannter allgemeiner menschlicher Werte sind seit dem Aufkommen der modernen Waffentechnik und der industriellen Massenproduktion von Kriegsgerät nur noch um den Preis schwerster Schädigungen oder gar der Vernichtung nicht nur wirtschaftlicher Güter, sondern großer Teile der Weltbevölkerung möglich. Das gilt keineswegs nur für einen potentiell weltumspannenden, mit ABC-Waffen geführten Vernichtungskrieg, sondern bereits auch für den sogenannten begrenzten Krieg, der die Ausrottung des Schwächeren und die große atomare Katastrophe riskiert. Ziel allen ethisch verantwortlichen politischen Tuns kann daher nur sein, den Ausgleich der gegensätzlichen Interessen der Staaten, die Herstellung sozialer Gerechtigkeit und den Schutz staatlicher und individueller Freiheit im Rahmen einer weltweiten Friedensordnung zu suchen, die nicht

durch atomare und andere Kriege bedroht ist. Dies ist nur erreichbar, wenn die Staaten auf ein ehemals klassisches Mittel nationalstaatlicher Politik – die militärische Austragung von Konflikten – zugunsten nichtmilitärischer Mittel verzichten, wie sie von demokratischen Verfassungen für die Austragung innenpolitischer Konflikte vorgesehen sind. Dazu wird es ebenfalls erforderlich sein, daß Staaten darauf verzichten, jeweilige höchste nationale Güter absolut zu setzen, und statt dessen eine Charta gemeinsamer Interessen und Zielsetzungen aller Staaten verbindlich anerkennen. Dies erfordert wiederum, daß an die Stelle des nationalstaatlichen Souveränitäts-Ideals das Ziel internationaler Solidarität tritt. Der Wandel von der gegenwärtigen durch das Gleichgewicht der Abschreckung der Großmächte gesicherten Außenpolitik souveräner Staaten oder Staatengruppen zu einer gemeinsamen demokratischen Lebensform im Sinn einer Weltinnenpolitik erfordert nicht nur einschneidende Änderungen im politischen Denken, sondern auch soziale, wirtschaftliche und militärische Umdispositionen größten Stiles.

Aus dieser Sicht der Dinge sind zwei gegensätzliche Meinungen über die gegenwärtig notwendigen Schritte zur Kriegsverhütung entstanden:

a) Unter den Christen in der Bundesrepublik treten die einen für eine Politik des Rüstungsgleichgewichts ein. Sie verweisen darauf, daß die bestehenden militärischen, politischen, ideologischen und gesellschaftlichen Gegensätze zwischen den Völkern bisher weder die Abschaffung des Krieges noch den Aufbau einer Friedensordnung zugelassen haben. Das begründe die Sorge vor fremden Angriffen und zwinge deswegen vorläufig auch dazu, zur Abschreckung weiterhin das Mittel des Krieges bereitzuhalten. Diese Bereitschaft zum Krieg, die das Risiko der Vernichtung der gesamten Menschheit einschließt, soll dabei den Ausbruch eines weltweiten Krieges gerade verhindern und den Spielraum schaffen, innerhalb dessen an einer allmählichen Herausbildung friedlicher Regelung der Weltkonflikte, an dem Aufbau einer internationalen Friedensordnung gearbeitet werden kann.

Eine solche Politik steht vor den folgenden Risiken: Es kann trotz der Abschreckung zu einer Auseinandersetzung unter Einschluß der Verwendung von Atomwaffen kommen, da die Weiterentwicklung atomarer Waffen ständig erneut Ungleichgewichte schafft und so ein stabiles Gleichgewicht der Abschreckung nicht zuläßt. Da auch die

Verluste in einem Atomkrieg heute bereits kalkulierbar erscheinen, ist es nicht auszuschließen, daß es in bestimmten Situationen den um Hegemonie oder Parität kämpfenden Mächten politisch vorteilhaft erscheinen könnte, einen Krieg zu beginnen. Hinzu kommen Überlegungen, daß es einem Staat nicht möglich sein werde, der Ausweitung eines zunächst begrenzten Krieges dritter, von ihm unterstützter Staaten auszuweichen. In einer solchen Lage würde auch eine deutsche Regierung genötigt sein, der Logik der von ihr bejahten Abschreckungsstrategie bis in den heißen Konflikt hinein zu folgen. Bei der militärgeographischen Lage und der Bevölkerungsdichte Deutschlands würde das die höchsten Vernichtungsziffern und wahrscheinlich eine Vernichtung des deutschen Volkes und der deutschen Kultur bedeuten. Was man durch Verteidigungsbereitschaft schützen wollte, wird so gerade vernichtet. Sodann hat es sich bisher als unmöglich erwiesen, eine perfekte Kontrolle über die vorhandenen atomaren Vernichtungssysteme zu gewinnen. Sogenannte atomare Unfälle lassen sich auf absehbare Zeit nicht ausschließen. Sie können unter Umständen einen atomaren Krieg unbeabsichtigt auslösen. Die Hoffnung auf die Autonomie der militärischen und politischen Entscheidung erweist sich also als illusorisch. Das Risiko, einen atomaren Krieg auszulösen, ist letztlich nicht kalkulierbar. Erst recht verfügen die Gegner im Fall eines atomaren Schlages nicht mehr autonom über den Verlauf und die mögliche Begrenzung oder Beendigung des Krieges. Die Erwartungen, die sich in den frühen sechziger Jahren an die internationale Politik auf der Basis der »Rüstungskontrolle« knüpften, lassen sich darum heute nicht mehr aufrechterhalten. Die Sicherheitsmaßnahmen der Rüstungskontrolle, mögen sie auf internationalen Verträgen, auf informellen Absprachen der Großmächte oder auf technischen Neuerungen beruhen, können die entscheidenden Unsicherheitsfaktoren der Abschreckungspolitik nicht beseitigen.

Eine wirksame Politik der militärischen Abschreckung ist darauf angewiesen, nach innen gegenüber der eigenen Bevölkerung und nach außen gegenüber dem potentiellen Gegner glaubhaft zu erscheinen. Das erfordert die Einschüchterung des Gegners und die psychologische Vorbereitung der Bevölkerung auf mögliche militärische Handlungen. Die Bereitschaft dazu wird dadurch erzeugt, daß oft in übertriebener Weise feindliche Angriffsabsichten unterstellt werden und so eine gegenseitige Gesinnung aus Furcht befestigt wird. Die Abschreckungspolitik zahlt dafür einen hohen Preis. Furcht und Feindseligkeit entziehen sich einer rationalen politischen Kontrolle; sie verändern die psychische Struktur und die moralischen Urteile der Menschen tiefgreifend und können unabsehbare Wirkungen haben. Indem die Strategie der Abschreckung an die tiefen seelischen Mechanismen der Angst und Feindseligkeit anknüpft, begibt sie sich auf den Weg des unkalkulierbaren Risikos irrationaler Aktionen und Reaktionen.

b) Andere Christen fordern die Entscheidung für einen sofortigen Rüstungs- oder Waffenverzicht. Sie setzen sich politisch für die sofortige Abschaffung nationaler Armeen ein oder verweigern exemplarisch den Wehrdienst. Ihr Ziel ist, damit in aller Öffentlichkeit sichtbar zu machen, daß militärische Aktionen nicht mehr als legitimes Mittel der Politik gelten können. Sie wollen an der Herstellung eines öffentlichen Klimas mitarbeiten, in dem die Entscheidung für den Einsatz anderer Mittel der internationalen Politik zum Aufbau einer friedensfähigen Weltgesellschaft möglich wird. Außerdem setzen Christen durch eine solche Entscheidung für den Waffenverzicht Kräfte für neue Formen von Friedensdiensten frei.

Auch die Politik des sofortigen Rüstungsverzichts (unilaterale Abrüstung) führt zu Risiken. Das gilt auch für den exemplarischen Waffenverzicht, gerade wenn er nicht nur als Antwort auf ein unmittelbar verständliches göttliches Gebot, sondern auch als eine politische Alternative zum Rüstungswettlauf und daher als eine Tat politischer Verantwortung verstanden sein will. So muß mit der Möglichkeit gerechnet werden, daß der exemplarische Waffenverzicht, wenn er eine bestimmte Größenordnung und eine entsprechende öffentliche Resonanz erreicht, aber nicht in allen Staaten einigermaßen gleichmäßig entwickelt wird, ein militärisches Kräftegefälle entstehen läßt, das zu einer Intervention in bestimmten Situationen herausfordern kann. Dabei kann unter Umständen auch bereits die Androhung massiver militärischer Gewalt dazu nötigen, sich dem Willen des Aggressors zu beugen. Damit wird die Herrschaft von imperialen Staatsführungen begünstigt, die bereit sind, Repressalien zu ergreifen. Man muß daher in letzter Konsequenz bereit sein, das Opfer der politischen Freiheit, Selbstbestimmung und Rechtssicherheit des eigenen Landes zu bringen und hinzunehmen, daß die Geltung von Menschenrechten durch Androhung von Gewalt eingeschränkt wird.

10. Es zeigt sich, daß beide Verhaltensweisen, die auf die Verhinderung von Kriegen abzielen – militärische Verteidigungsbereitschaft und Rüstungs- oder Waffenverzicht –, Risiken enthalten, die nur teilweise zu kalkulieren sind. Eine besondere Schwierigkeit liegt darin, daß sich eine neue Ethik des Friedens erst in Umrissen abzeichnet und auf die politische Wirklichkeit von heute noch nicht unmittelbar angewendet werden kann.

In dieser Situation ist unter den evangelischen Christen in der Bundesrepublik die These aufgestellt worden, daß beide Entscheidungen, sosehr sie sich gegenseitig ausschließen, sich doch auch begrenzen und im Blick auf das gemeinsame Ziel des Friedens ergänzen. Diese These geht davon aus, daß es sich bei den verschiedenen Entscheidungsweisen nicht um ein zeitloses Nebeneinander, sondern um einen geschichtlichen Prozeß handelt, in dem durch allmähliche Abrüstung und Aktivierung der internationalen Organisationen die Entscheidung gegen die Aufrechterhaltung eines Rüstungsstandes immer stärker das politische Feld bestimmt, bis eine wirksame und politisch vertretbare Ordnung für eine Regulierung internationaler Konflikte durchgesetzt worden ist. Die Notwendigkeit der Ergänzung beider Verhaltensweisen wird einmal damit begründet, daß eine Verabsolutierung der militärischen Verteidigungsbereitschaft das Kriegsrisiko steigern würde. Denn die Öffentlichkeit der Verteidigungsvorbereitung wird so bei den Nachbarn das Gefühl der Bedrohung steigern und weitere militärische Rüstung provozieren und dadurch die Gefahr eines militärischen Konfliktes verstärken. Ein Staat hingegen, der die auf Rüstungsverzicht tendierende Haltung in sein politisches Gesamtkonzept mit aufnimmt und so der Rüstung Grenzen setzt, kann glaubwürdig darstellen, daß starke öffentliche Kräfte alle Möglichkeiten zur Realisierung einer internationalen Friedensordnung ausschöpfen werden. Dadurch gibt er dem politischen Nachbarn die Chance, dessen Furcht vor der militärischen Ausnutzung kritischer Situationen abzubauen.

Eine solche Politik trägt zum andern auch den Risiken Rechnung, die ein sofortiger und einseitiger Rüstungsverzicht (unilaterale Abrüstung) mit sich bringen würde. Unter diesen Voraussetzungen sind die beiden gegensätzlichen Entscheidungen für einen wirksamen Weg zum Frieden mit einem aus der Physik entlehnten Begriff komplementär genannt worden.

11. Die in der These von der Komplementarität enthaltenen Annahmen und Hoffnungen drohen so lange an der Realität zu scheitern, als es nicht gelingt, neben den exemplarischen Handlungen einzelner auch das öffentliche Bewußtsein und die Träger politischer, wirtschaftlicher und militärischer Entscheidungen für neue Wege einer Friedenspolitik zu gewinnen, die das gegenwärtige drastische Übergewicht der Abschreckungspolitik reduzieren. Die Abschreckungsdoktrin der Ost- und Westmächte tendiert ständig zu einer militärisch-technischen und psychologischen Eigengesetzlichkeit, die alternative Wege zum Frieden eher verhindert als begünstigt. Sie bestimmt die Prioritäten in der Verwendung staatlicher Haushaltsmittel. Sie fixiert wissenschaftliche Forschung weitgehend auf militärtechnologische Ziele. Sie beeinflußt die wirtschaftliche Investitionspolitik. Damit bindet sie wirtschaftliche und wissenschaftliche Kräfte, die für die Lösung internationaler Friedensaufgaben (besonders in der Dritten Welt) dringend notwendig sind. Eine psychologische Erziehung zur Kriegsbereitschaft verfestigt diesen Prozeß noch. In einer Art Rückkoppelung schlagen sich die erzeugte Angst vor dem Aggressor und die Drohgebärde gegenüber dem Gegner in den Forderungen nach qualitativen Verbesserungen des Rüstungspotentials nieder.

Ohne Frage geben die gesellschaftlichen und ideologischen Gegensätze zwischen Staaten und Staatengruppen heute realen Anlaß zu Furcht voreinander. Der psychologische Zwang zu krassen Feindbildern jedoch schafft zusätzliche Angst und läßt ein generelles Mißtrauen gegenüber dem Gegner entstehen, das den Abschluß von Abkommen, die Aufnahme von Verhandlungen und den Anfang einer Kooperation zur Lösung allgemeiner technisch-wissenschaftlicher, sozialer und politischer Fragen erschwert.

Wirksame Schritte in Richtung einer internationalen Friedenspolitik sind nur möglich, wenn politische und wirtschaftliche Entscheidungen den gleichen Rang erhalten, den heute die militärische Sicherstellung einer Strategie der Abschreckung besitzt. Dies muß sich u. a. auch darin ausdrücken, daß in steigendem Maß finanzielle Mittel für eine planvolle internationale Gesellschaftspolitik (Bildungs- und Forschungspolitik, Entwicklungs- und Sozialpolitik) eingesetzt werden.

Für den einzelnen Christen bleibt die Schwierigkeit zweier gegensätzlicher Entscheidungen trotz ihrer Komplementarität schwer erträglich. Sofern er Wehrpflichtiger ist, kann er nicht gleichzeitig den

Wehrdienst bejahen und verweigern. Es ist dringend erforderlich, daß nichtmilitärische Formen des Friedensdienstes geschaffen werden, die eindeutig den Zielen internationaler Solidarität dienen. Sie sollen für den einzelnen anstelle seines Wehrdienstes treten können, ihn dabei aber nicht zu einer Gewissensentscheidung gegen den Wehrdienst zwingen.

Im Zusammenhang mit der Komplementaritätsthese bleibt noch eine Reihe von Fragen, auf die sich keine fertigen und eindeutigen Antworten geben lassen.

a) In der Erkenntnis, daß militärische Rüstung heute nur darin ihr Ziel haben kann, den Ausbruch eines atomaren Krieges zu verhindern, und daß sogenannte begrenzte Kriege das Risiko einer Eskalation zum Atomkrieg in sich tragen, kann in der christlichen Ethik nicht mehr von einem rechtmäßigen Krieg die Rede sein, wie es in der Reformationszeit noch denkbar war. Für den militärischen Dienst sind damit neuartige Belastungen verbunden. Zugleich stellt sich damit die Frage nach dem Selbstverständnis souveräner Nationalstaaten und nach der Selbstverständlichkeit, mit der sie ihre Bürger auch heute noch zum Waffendienst verpflichten.

b) Die Abschreckungsstrategie will zwar den Krieg verhindern, darf aber um ihrer Glaubwürdigkeit willen den faktischen Einsatz atomarer Waffen für den Fall eines lebensbedrohenden gegnerischen Angriffs nicht von vornherein in Frage stellen. Diese Logik der Abschreckungspolitik ist in der kirchlichen Diskussion über die Komplementaritätsthese mit dem Satz ausgedrückt worden: Wer A sagt, muß damit rechnen, B sagen zu müssen. Die Logik der Abschreckungspolitik verliert für den Fall eines atomaren Krieges ihren menschlichen Sinn und ihre sittliche Grundlage: Sie diente ja dazu, mit der größtmöglichen Kriegsdrohung gerade den Frieden zu bewahren. Andererseits verbietet es die Logik der Abschreckungsstrategie, aus dieser Erkenntnis eine verbindliche Voraussage oder ethische Anweisung für das Verhalten im Kriegsfall zu ziehen.

Die Komplementaritätsthese besagt, daß es unter den gegenwärtigen weltpolitischen Bedingungen zwei – gegensätzliche – sittlich verantwortete Wege gäbe, sich für die Erhaltung des Friedens einzusetzen. Ihre Prämisse, beide Wege hätten der Erhaltung des Friedens zu dienen, wird im Fall des atomaren Krieges jedoch hinfällig. Wer sich dann nach der Logik der Abschreckungsstrategie entscheidet, kann dafür nicht die Komplementaritätsthese als ethische Legitimation anführen. Was in einer solchen Situation sittlich verantwortetes Tun sei, beantwortet diese These nicht.

Wie sich der Christ im Fall eines atomaren Krieges im Widerstreit seines Gewissens zu verhalten hat, läßt sich mit der These von der Komplementarität nicht mehr sagen. Die Auflösung dieses Widerstreits im Ernstfall selbst kann gedanklich nicht vorweggenommen werden. Es ist Teil der Verantwortung der Kirche, den Gewissenskonflikt zusammen mit den Betroffenen in Warnung und Zuspruch durchzustehen.

Durch die Komplementaritätsthese können die daraus entstehenden psychischen Belastungen für die Streitkräfte, die Politiker und jeden Bürger, die letztlich mit der Vorläufigkeit und Gefährdetheit heutiger Friedensbemühungen zusammenhängen, nicht einfach aufgehoben, sie müssen vielmehr für verstärkte Friedensanstrengungen eingesetzt werden. Die Komplementaritätsthese ist der Versuch, das ungelöste Problem, wie angesichts der lebensbedrohenden Möglichkeiten heutiger Konfliktaustragungen eine neue politische Moral zu schaffen sei, als eine der vordringlichsten Aufgaben sittlicher Verantwortung ständig im Bewußtsein der Gemeinden und der Öffentlichkeit zu halten.

V. Seelsorge an Wehrpflichtigen

12. Der Friedensauftrag der Christen nötigt die Kirche zu einem intensiven Dienst an Wehrpflichtigen (die noch vor der Entscheidung über den Wehrdienst stehen), an Wehrdienstleistenden und Wehrdienstverweigerern. Dabei muß die Kirche durch die Art der Durchführung ihres Dienstes sichtbar machen, daß sie unter den verschiedenen Friedensstrategien und den gegensätzlichen Entscheidungen in der Frage des Wehrdienstes keine Position zur ausschließlich christlichen erklärt. Sie muß sich aber auch dafür einsetzen, daß die Wehrpflichtigen ihre Entscheidung nicht unberaten und uninformiert treffen. Die Bedeutung, die der Gewissensentscheidung in der Wehrdienstfrage in der Vergangenheit zugemessen wurde, stand immer in der Gefahr, die isolierten Entscheidungen des einzelnen zu überschätzen. Es gibt keine Entscheidung, die andere nicht mitbetrifft. Eine verantwortliche Gewissensentscheidung wird sich auf begründete Zielvorstellungen und auf ein geschultes Urteils-

vermögen stützen müssen, das notwendig Information über politische Sachverhalte zur Voraussetzung hat. Seelsorge an Wehrpflichtigen soll helfen, daß bei der Entscheidung über die Teilnahme am Wehrdienst und in der Ausübung der alternativen Friedensdienste der Wille Jesu Christi, wie er im Evangelium verkündigt wird, den letzten Ausschlag gibt. Seelsorge an Wehrpflichtigen erinnert an den Friedensauftrag Jesu Christi, vor dem die Christen ihre politische Entscheidung zu verantworten haben.

Viele Menschen suchen heute zu ihrer Gewissensentscheidung objektive Information über die politischen Ziele sowie über die Friedenschancen und Kriegsrisiken der militärischen Sicherheitspolitik wie auch der nichtmilitärischen Friedensbemühungen. Sie begegnen einer Kirche mit Mißtrauen, die sich offenbar um die Gewissenhaftigkeit der Entscheidung sorgt, dabei aber die Information vernachlässigt, um welchen Frieden es sich hier handelt (Verhinderung von Kriegen, Friede und Gerechtigkeit) und mit welchen Chancen und Risiken die verschiedenen Wege, ihn zu erreichen, verbunden sind. Eine solche Kritik muß von der evangelischen Kirche aufgenommen werden, wenn sie auf Versäumnisse in der Vergangenheit hinweist. Nach evangelischem Verständnis ist eine politische Entscheidung von Gewicht immer zugleich eine Gewissensentscheidung. Und umgekehrt erfordert eine Gewissensentscheidung im Fall politischer Alternativen gerade das Abwägen der Ziele und Mittel. Insgesamt bedarf das Problem gewissensmäßig getroffener Entscheidungen in politischen Fragen allerdings noch weiterer Klärung, als es in der gegenwärtigen Diskussion zum Gewissensverständnis möglich ist.

Es gehört also zur Aufgabe der Kirche, sich dafür einzusetzen, daß der Bürger sich in der Friedensfrage ausreichend informieren kann, das heißt, daß ihm öffentlich Informationen zureichend geboten werden. Die Kirche, die sich in der Wehrdienst- und Rüstungsfrage nicht auf eine politische Alternative festlegen kann, sieht es als ihre Chance an, Anstöße zu dieser Diskussion zu geben und in ihrer eigenen Argumentation eine Vereinseitigung und Verfestigung der Standpunkte zu durchbrechen.

Wehrdienst kann unter den gegenwärtigen Bedingungen nicht ohne besondere Reflexion als Dienst für den Frieden betrachtet werden. Die Problematik einer militärischen Friedenssicherung hat sich in noch nie dagewesener Weise verschärft. Die Bereithaltung bewaffneter Streitkräfte ist zwar die traditionelle Form staatlicher Sicherheitspolitik, sie gefährdet aber gleichzeitig den Frieden, den sie schützen soll. Wo Christen aber zu dem begründeten Urteil kommen, daß es derzeit keinen besseren und sichereren Weg zur Verhütung von Kriegen gibt als den Wehrdienst, muß dieses als christlich verantwortete Entscheidung für den Dienst am Frieden bejaht werden.

Unbestritten ist auch, daß die Vorläufigkeit und Gefährdetheit traditioneller militärischer Friedenssicherungspolitik immer unausweichlicher Schritte zu einer »konstruktiven Friedenspolitik«, zu einer politischen, nichtmilitärischen Sicherung des Friedens erfordert. Die Wehrdienstverweigerung ist in der Vergangenheit vornehmlich geübt und verstanden worden als Ausnahmeentscheidung bestimmter Gruppen und Personen, die im Waffenverzicht ohne Rücksicht auf unmittelbar politische und militärische Folgen ein absolutes Gebot ihres Gewissens sahen. So wird sie auch heute noch weithin aufgefaßt. Außerdem finden sich jedoch seit längerer Zeit immer stärker Gruppen, die die Kriegsdienstverweigerung als ein vorläufiges und fragmentarisches Zeichen einer von der Gesamtheit der Bürger zu verwirklichenden konstruktiven, nichtmilitärischen Friedenspolitik verstehen und praktizieren. Wo Christen den Waffenverzicht als absolutes Gebot ihres Gewissens verstehen, dem sie ohne Rücksicht auf politische und militärische Folgen gehorchen, muß dieses als christlich verantwortete Entscheidung für den Dienst am Frieden bejaht werden. Dasselbe gilt für diejenigen Christen, die in ihrem Gewissen zu dem Urteil kommen, daß sie den Waffenverzicht als Zeichen und Ansatz einer konstruktiven, nichtmilitärischen Friedenspolitik üben müssen.

Zu diesen beiden grundsätzlichen Möglichkeiten des Dienstes am Frieden – Wehrdienst oder Waffenverzicht – hat sich die evangelische Christenheit in Deutschland in den vergangenen Jahren mehrfach bekannt.

Wer den Wehrdienst aus politischer Verantwortung und Zielsetzung verweigert, muß sich freilich bewußt sein, daß er damit als einzelner die Entscheidung der gewählten Volksvertretung, die gleichfalls aus politischer Verantwortung für unser Volk gehandelt und die allgemeine Wehrpflicht zum Gesetz erhoben hat, in Frage stellt. Dieser Sachverhalt zwingt den einzelnen zu verschärfter, selbstkritischer Gewissensprüfung. Es ist Sache von Parlament und

Regierung, die in einer anderen geschichtlichen Situation erlassenen Gesetze zu überprüfen und die Möglichkeit alternativer Friedensdienste auszubauen. Die Vorschläge für derartige neue gesetzliche Regelungen bedürfen noch eingehender Diskussion. So wird gegenwärtig davon gesprochen, die Bundeswehr statt auf der Grundlage der allgemeinen Wehrpflicht als Berufsheer zu organisieren, oder es wird erwogen, den Dienstpflichtigen die Möglichkeit der freien Wahl zwischen Wehrdienst und nichtmilitärischem Friedensdienst zu geben. Der Fortfall eines besonderen Prüfungsverfahrens würde einen großen Gewinn darstellen, denn in den Beratungen derartiger Verfahren kann kaum geklärt werden, wieweit politische Sachargumente für den Betroffenen Gewissensfragen sind: Die Behauptung einer Gewissensentscheidung ist für den Außenstehenden aus dem Wesen des Gewissens heraus im Kern unzugänglich.

In der gegenwärtigen politischen Übergangssituation kommt es vor allem darauf an, die Auseinandersetzung über die Formen des Friedensdienstes nach allen Seiten offenzuhalten und die jeweiligen Entscheidungen vor Diffamierung zu bewahren.

Im Rahmen der geltenden Gesetze haben die Wehrdienstverweigerer und ihre Organisationen das Recht, ihre Überzeugung zu äußern und zu verbreiten, sind aber verpflichtet, sich dabei nur legitimer politischer Mittel zu bedienen. Wo die Truppe durch Wehrdienstverweigerer mittels Sabotage oder Manipulation in der Wahrnehmung ihrer militärischen Aufgaben behindert wird, wird die Wehrdienstverweigerung aus Gewissensgründen insgesamt diskreditiert. Die Kirche muß sich für die Glaubwürdigkeit der Kriegsdienstverweigerung aus Gewissensgründen einsetzen. Sie wird daher in solchen Fällen dafür eintreten, daß im politischen Meinungskampf die Berufung auf das Gewissen nicht leichtfertig oder fälschlich in Anspruch genommen wird. Auf der anderen Seite wird sich die Kirche da, wo es notwendig ist, auch dafür einsetzen müssen, daß sittlich verantwortete Wehrdienstverweigerung nicht ihrerseits unter Verweis auf eine Behinderung der Truppe erschwert wird.

Aufgabe der Seelsorge an Wehrpflichtigen ist es, diese Zusammenhänge deutlich zu machen. Dabei hat sie denen, die den Wehrdienst *leisten* oder noch vor der Entscheidung stehen, besonders zu bedenken zu geben, daß eine verantwortliche Entscheidung für den Wehrdienst nicht gedankenlos und gleichgültig, sondern nur im

Bewußtsein des Friedensauftrages der Christen gefällt werden kann. Denjenigen ihrer Glieder, die den Wehrdienst *verweigern* oder noch vor der Entscheidung stehen, hat sie besonders zu bedenken zu geben, daß eine verantwortliche Entscheidung nicht nur der Salvierung des eigenen Gewissens dienen darf und daß sie darüber hinaus die Bereitschaft einschließen muß, sich für einen konstruktiven Dienst am Frieden einzusetzen. Die Christenheit sollte beide, Wehrdienstleistende und Wehrdienstverweigerer, beraten und ihnen kritisch und orientierend zur Klarheit über den Sinn ihrer Entscheidung helfen. Sie soll die Wehrdienstverweigerer über konkrete Möglichkeiten und Aufgaben des Friedensdienstes informieren.

Denen, die den Wehrdienst leisten, und denen, die ihn verweigern, ist das Evangelium von der Vergebung zu bezeugen als die Befreiung von aller Selbstrechtfertigung und als Ermutigung, zu prüfen, welches der Wille Gottes in diesem politischen Bereich ist.

VI. Ausbau der Friedensdienste

13. Mit dem zivilen Ersatzdienst, den Entwicklungsdiensten und den privaten Friedensdiensten, die für internationale Verständigung und Solidarität arbeiten, sind neue Formen des Friedensdienstes geschaffen worden. Die Bereitschaft der jungen Generation, sich für den Frieden zu engagieren, erfordert zusätzliche Investitionen auf dem Gebiet der Friedensdienste. Da den Initiativen einzelner und kleiner Gruppen Grenzen gesetzt sind, fällt Staat und Öffentlichkeit die Aufgabe zu, einen ausreichenden institutionellen Rahmen für sinnvolle Friedensdienste bereitzustellen. Die Kirche wird diese Aufgabe der Öffentlichkeit bewußtmachen und selbst konkrete Initiativen entfalten müssen. Dabei kommt der planmäßigen Ausbildung für konkrete Friedensdienste und der langfristigen Erziehung zum Frieden sowie der Anregung von Friedensforschung in den Wissenschaften besondere Bedeutung zu. Spezifische Möglichkeiten des Friedensdienstes fallen den Kirchen zu, weil sie durch das Evangelium einen universalen Auftrag haben und in ihrer Katholizität für den Aufbau tragfähiger Strukturen einer zukünftigen Weltgesellschaft Verantwortung tragen. Dem entspricht es, daß in der ökumenischen Bewegung und in der praktischen Zusammenarbeit des Weltrates der Kirchen mit der römisch-katholischen Kirche der

Friedensarbeit und dem Entwicklungsdienst heute der Vorrang vor allen anderen Problemen gegeben wird.

Die Ausbildung für Friedensdienste sollte grundsätzlich so angelegt sein, daß die Teilnahme nicht auf Wehrdienstverweigerer beschränkt ist. Dadurch wird deutlich gemacht, daß der konstruktive Beitrag und nicht eine negative Entscheidung das Entscheidende ist. Die Ausbildung sollte sich einmal auf die praktischen Einsätze selber, zum zweiten auf die Leitung von Einsatzgruppen und schließlich auf die Entwicklung von Lehrprogrammen konzentrieren, deren Grundgedanken auch der kirchlichen und gesellschaftlichen Öffentlichkeit im Sinne einer Erziehung zum Frieden vermittelt werden sollen, um in den kirchlichen und politischen Gemeinden eine breite Basis für die Friedensdienste zu gewinnen. Voraussetzung für den Aufbau einer solchen Ausbildung ist eine sorgfältige Analyse der Erfahrungen, Erfolge und Fehlschläge in den bisherigen deutschen, ökumenischen und internationalen Versöhnungs- und Verständigungsdiensten, Hilfs- und Entwicklungsdiensten.

Auf Grund ihrer eigenen Initiativen und Erfahrungen wird die Kirche Anregungen für die Förderung der Friedensdienste unabhängiger Verbände und nötigenfalls für die Einrichtung staatlicher Friedensdienste geben können. In einem Teilbereich kann sie dabei an gegenwärtige Entwicklungen staatlicher Förderung anknüpfen. Die Christen und die kirchlichen Organe in der Bundesrepublik müssen ihre volle Aufmerksamkeit darauf richten, daß diese neuartigen Aufgaben von Abgeordneten, Parlamenten, Ministerien und in der Öffentlichkeit nachdrücklich vertreten und in Angriff genommen werden.

Hinweise

1. Zu dieser Thesenreihe befindet sich ein Sammelband in Vorbereitung: W. Danielsmeyer (Hg.): Der Friedensdienst der Christen, Gütersloh: Gütersloher Verlagshaus G. Mohn. Der Sammelband enthält Beiträge, die der Ausarbeitung der Thesenreihe zugrunde lagen.
2. Die Äußerungen der EKD zu Fragen des Wehrdienstes und der Wehrdienstverweigerung finden sich jeweils in den kirchlichen Jahrbüchern (Kirchliches Jahrbuch für die Evangelische Kirche in Deutschland, Gütersloh: C. Bertelsmann 1948ff.; ab 85. Jg. [1958] Gütersloher Verlagshaus Gerd Mohn). Sie sind für die Jahre 1945–1959 zusammengefaßt in: Kundgebungen. Worte und Erklärungen der Evangelischen Kirche in Deutschland 1945–1959. Verlag des Amtsblattes der Evangelischen Kirche in Deutschland, Hannover o. J. Die Quellen sind nahezu vollständig noch einmal abgedruckt in: Arbeitstagung Frankfurt 1965. Bericht über die Arbeitstagung der Dritten Synode der Evangelischen Kirche in Deutschland vom 8. bis 10. November 1965 in Frankfurt a. M., Verlag des Amtsblattes der Evangelischen Kirche in Deutschland, Hannover 1968, S. 191ff. Dieser Bericht enthält darüber hinaus weitere Dokumente zu Fragen der Militärseelsorge, der Kriegsdienstverweigerung und des Zivilen Ersatzdienstes.
   Unter den Verlautbarungen der EKD sind besonders hervorzuheben:
   - Wort der Synode der Evangelischen Kirche in Deutschland von Weissensee 1950 »Was kann die Kirche für den Frieden tun?«
   - Ratschlag des Rates der EKD zur gesetzlichen Regelung des Schutzes der Kriegsdienstverweigerer »Kirche und Kriegsdienstverweigerung« vom 15. und 16. Dezember 1955.
   - Entschließungen der Arbeitstagung der dritten Synode der EKD vom 8. bis 10. November 1965 in Frankfurt am Main »Der Dienst der Kirche an den Soldaten« und »Zum Dienst des Friedens im atomaren Zeitalter«.
   - Handreichung der »Konferenz der evangelischen Kirchenleitungen in der DDR« für Seelsorge an Wehrpflichtigen »Zum Friedensdienst der Kirche« von 1965 (abgedruckt in: Kirchliches Jahrbuch für die Evangelische Kirche in Deutschland 1966, Gütersloher Verlagshaus Gerd Mohn, S. 249ff.).

3. Die rechtlichen Regelungen der Militärseelsorge sind einzeln aufgeführt in: Das Recht der Evangelischen Kirche in Deutschland, Verlag des Amtsblattes der Evangelischen Kirche in Deutschland, 3. Aufl., Hannover 1964, S. 136–154.
– »Kriegsdienstverweigerung als christliche Entscheidung«. Im Auftrag der Evangelischen Arbeitsgemeinschaft zur Betreuung der Kriegsdienstverweigerer (EAK), hg. von M. Schröter, Theol. Existenz heute, H. 120, Chr. Kaiser Verlag, 2. Aufl., München 1965.
– »Heidelberger Thesen« von 1959, in: »Atomzeitalter, Krieg und Frieden«, hg. von G. Howe, Witten und Berlin 1959.

10.

Gewalt und Gewaltanwendung in der Gesellschaft

Eine theologische Thesenreihe
zu sozialen Konflikten

Erarbeitet von der Kammer
der Evangelischen Kirche in Deutschland
für öffentliche Verantwortung

Inhalt

Vorwort

Seit Jahren werden in der evangelischen Kirche die bedrängenden Fragen der Gewaltanwendung erörtert. Die eingehenden Debatten über den Widerstand gegen totalitäre Systeme, über Wiederbewaffnung, Kriegsdienstverweigerung und atomare Waffen, über die Obrigkeitsschriften von Bischof D. Otto Dibelius legen beredtes Zeugnis davon ab, daß sich die evangelische Christenheit die Antwort auf die Gewaltfrage nicht leichtgemacht hat. Die Thesenreihe »Der Friedensdienst der Christen« (Gütersloher Verlagshaus Gerd Mohn, 4. Auflage 1970), in der die Lehre vom gerechten Krieg einer kritischen Überprüfung unterzogen wurde, war bisher das letzte wichtige Dokument in der langen Reihe kirchlicher Äußerungen zur Gewaltfrage.

Die folgenden Thesen »Gewalt und Gewaltanwendung in der Gesellschaft«, die die Kammer der Evangelischen Kirche in Deutschland für öffentliche Verantwortung mit Billigung des Rates der EKD der Öffentlichkeit übergibt, versuchen, diese Reihe mit neuen Akzenten fortzusetzen: sie bauen auf der Thesenreihe von 1969/1970 auf, bringen aber die Probleme, die – in der sog. Dritten Welt wie auch in unserem eigenen Land – seither aufgebrochen sind, in die Diskussion ein.

Rat und Kammer sind sich der Situationsgebundenheit der Thesen ebenso bewußt wie der Tatsache, daß die Vielschichtigkeit der Fragen nur vorläufige, ihrerseits wieder der Korrektur bedürftige Bekundungen zuläßt. Sie gehen davon aus, daß die vorliegenden Thesen helfen werden, gerade auch diese Vielschichtigkeit deutlich zu machen und damit manche Einseitigkeiten der bisherigen Diskussion zu beseitigen.

Nur so wird es auch möglich sein, sich einer weiteren zentralen Frage des öffentlichen Lebens zu nähern, die heute dringender als jemals zuvor ist: der Frage der Autorität des Staates und seiner Rechtsordnung.

Bonn, den 15. April 1973

Prof. Dr. Roman Herzog
Staatssekretär
Vorsitzender der Kammer der EKD für öffentliche Verantwortung

I. Einführung

Das Anti-Rassismus-Programm des Ökumenischen Rates hat innerhalb der beteiligten Kirchen eine Fülle von Fragen aufgeworfen. Die Diskussion, die sich in den deutschen Kirchen daran angeknüpft hat, ist durch eine Zuspitzung auf das Problem der Zulässigkeit von Gewaltanwendung gekennzeichnet. Diese Engführung der Diskussion ist zu beklagen, weil darüber entscheidende Punkte des Programms nicht zureichend beachtet werden, insbesondere die enge Verbindung zwischen dem Rassismus-Problem und der wirtschaftlichen Abhängigkeit farbiger Völker von den weißen Industrienationen und die Aufgaben einer breiten Bewußtseinsbildung zu diesen Fragen sowohl in den Kirchen als auch in der gesamten Gesellschaft.

Daß die Diskussion in der Bundesrepublik weitgehend auf die Gewaltfrage beschränkt wurde, hat verschiedene Gründe. Die umfassenden Diskussionen, die nach 1945 im Zusammenhang mit den Erfahrungen im nationalsozialistischen Staat über die Frage des Widerstandes gegen totalitäre Regime, im Zusammenhang mit der Wiederaufrüstung über die Frage der Kriegsdienstverweigerung und im Zusammenhang mit dem Streit um die atomare Bewaffnung der Bundeswehr über das Problem des »gerechten Krieges« stattgefunden haben, machen es verständlich, daß auch das Anti-Rassismus-Programm vorwiegend unter diesem Gesichtspunkt erörtert wurde. Schon dieser Verlauf der kirchlichen Diskussion läßt es zweckmäßig erscheinen, grundsätzliche Erwägungen zum Gewaltproblem anzustellen. Die blutigen Auseinandersetzungen in der sogenannten Dritten Welt und in manchen europäischen Ländern, die den Menschen durch die Massenmedien fast stündlich vor Augen geführt werden, aber auch das Umsichgreifen von Gewalttätigkeit in unserer eigenen Gesellschaft legen darüber hinaus die Befürchtung nahe, daß Gewalttätigkeit und Blutvergießen eine der großen Fragen der nahen Zukunft sein werden. Ob die verstärkte Information über Gewalttaten zur zunehmenden Abstumpfung gegenüber Brutalität und Terror oder zur Schärfung des Bewußtseins und der sittlichen Verantwortung führt, ist eine bislang nicht gelöste Frage.

Die folgenden Thesen versuchen einen klärenden Beitrag zu der notwendigen Diskussion über Gewalt und Gewaltanwendung zu leisten. Sie vermögen das um so eher, als sie auf früheren Äußerungen der EKD, vor allem auf der Thesenreihe »Der Friedensdienst der Christen« (1969), aufbauen können. Diese Thesenreihe entwarf eine christliche Friedensethik in kritischer Auseinandersetzung mit der Lehre vom »gerechten Krieg« und unterzog die »These vom Krieg als einem Mittel vernünftiger und sittlich berechtigter Politik« der ethischen Überprüfung (Nr. 1 der Thesenreihe »Der Friedensdienst der Christen«). Sie beschränkte sich thematisch auf Konflikte zwischen Staaten, klammerte innerstaatliche Konflikte, also »Befreiungskriege«, »Bürgerkriege« und »Revolutionen«, aber aus. Auf diese Probleme wies sie lediglich hin, indem sie bemerkte: »Dazu bedarf es eingehenderer Überlegungen, als sie in der evangelischen Christenheit in Deutschland bisher vorliegen. Jedoch kann die theologische Diskussion über die Frage, wie unter den Gegenwartsbedingungen Friede und humane Lösungen weltweiter sozialer Konflikte sich vereinigen lassen, nicht sachgemäß geführt werden, ohne daß im Bewußtsein bleibt, aus welchen Motiven und Einsichten die evangelische Christenheit in den vergangenen Jahren in der Verhinderung von Kriegen die vorrangige Friedensaufgabe gesehen hat« (a. a. O. Nr. 1).

Die vorliegenden Thesen über die Gewaltfrage setzen die Thesenreihe über den Friedensdienst der Christen voraus. Sie können deshalb nach der dort vollzogenen Ablehnung der Lehre vom gerechten Krieg nicht als Legitimation einer Lehre von der gerechten Revolution verstanden werden. Noch eine andere prinzipielle Beschränkung ist zu betonen: sie befassen sich nicht mit den außen- und sicherheitspolitischen Aspekten, also mit der Kriegsthematik, und behandeln auch das Problem innergesellschaftlicher Anwendung von Gewalt allein unter ethischen Gesichtspunkten, weshalb umfassendere Fragestellungen nicht erörtert werden, die mit den Stichworten Gesellschaft und Gewalt, Herrschaft und Gewalt, Aggression und Gewalt umschrieben werden können. Ihre bewußte Beschränkung und Zeitgebundenheit darf also nicht übersehen werden. Überdies ist es unvermeidlich, daß auch in sie die Erfahrungen und Bedrängnisse der deutschen und europäischen Geschichte dieses Jahrhunderts in besonderem Maß eingegangen sind.

Die Auseinandersetzungen, die sich über die Zulässigkeit von Gewaltanwendung entwickelt haben, sind durch erhebliche begriffliche Unklarheiten belastet. Ausdrücke wie Gewalt, Herrschaft und Macht werden mit verschiedensten Inhalten verwendet und einander auf unterschiedlichste Weise zugeordnet. Dazu kommen Unterscheidungen wie die zwischen Gewalt gegen Personen und Gewalt gegen Sachen, zwischen legitimer und illegitimer Gewalt, zwischen physischer Gewalt und sonstigen Formen von Herrschafts- oder Machtausübung. Die Tatsache, daß physische Gewalt oft gar nicht ausgeübt zu werden braucht, sondern daß schon ihre Androhung, ja selbst die bloße Gefahr ihrer Anwendung zu Unfreiheit und Unterdrückung führen können, tritt erschwerend hinzu.

Ohne begriffliche Klarheit ist es nicht möglich, die Probleme in der gebotenen Sachlichkeit zu erörtern und zu ihrer Lösung beizutragen.

Die folgenden Thesen bemühen sich demgemäß, mit möglichst wenigen und einfachen Begriffen auszukommen und damit die Gefahr von Mißverständnissen möglichst auszuschließen. Darauf ist es zurückzuführen, daß Begriffe wie Herrschaft, Macht u. ä. möglichst nicht verwendet werden und daß unter Gewalt im wesentlichen nur die Anwendung physischer Gewaltmittel (Waffengewalt, Brachialgewalt u. dgl.) verstanden wird.

Im übrigen beschäftigen sich die Thesen mit der Anwendung physischer Gewaltmittel durch den einzelnen Menschen und durch gesellschaftliche Gruppen, sei es gegeneinander, sei es gegen den Staat. Dabei wird gesehen, daß auch andere als staatliche Gewaltausübung die Bereitschaft zu Gegengewalt provozieren kann (vgl. These 3).

In diesen Beschränkungen mag auf den ersten Blick eine Verengung der Problematik gesehen werden. Sie ermöglichen es aber, jene Aspekte des Gewaltproblems, die augenblicklich im Vordergrund der Diskussion stehen, scharf zu erfassen, und fördern daher diese Diskussion. Hier wird die Zeitgebundenheit der folgenden Thesen besonders deutlich.

II. Der Einfluß unterschiedlicher Verhältnisse auf die Frage der Gewaltanwendung

1. Das Gewaltproblem kann nicht vernünftig erörtert werden, ohne daß die unterschiedlichen politischen und gesellschaftlichen Verhältnisse in Betracht gezogen werden, unter denen Gewalt gefordert oder gar angewendet wird. Je weniger ein politisches System für gewaltlose Veränderungen offen ist, die von relevanten Gruppen der Bevölkerung gewünscht werden, je weniger insbesondere rechtsstaatliche und demokratische Garantien einen gewaltlosen Prozeß der Meinungsbildung und der legalen Veränderung gewährleisten, desto mehr wachsen erfahrungsgemäß die Neigung zur Gewaltanwendung und die Bereitschaft, Gewaltanwendung hinzunehmen, ja zu rechtfertigen. Je mehr auf der anderen Seite solche Garantien einer gewaltlosen Anpassung der Verhältnisse bestehen, desto kritischer sind die Anwendung von Gewalt, die Bereitschaft zu ihr und auch ihre Unterstützung zu betrachten.

Es besteht ein wesensmäßiger Zusammenhang zwischen der Möglichkeit, als ungerecht empfundene gesellschaftliche und politische Verhältnisse in offenen Willensbildungs- und Entscheidungsprozessen zu verändern, und der Neigung, Gewalt anzuwenden, für verständlich zu halten oder zu rechtfertigen. Je größer die Chance gewaltloser Veränderung ist, desto ablehnender wird die Einstellung zur Gewaltanwendung sein müssen. Die Frage nach der Zulässigkeit von Gewaltanwendung darf daher nicht losgelöst von den jeweiligen politischen und gesellschaftlichen Verhältnissen erörtert werden.

Deshalb ist bei der Untersuchung der Gewaltfrage nicht nur zwischen den Verhältnissen in den einzelnen Ländern der sogenannten Dritten Welt, sondern vor allem auch zwischen den Verhältnissen in dieser »Dritten Welt« und den Verhältnissen in den demokratisch und parlamentarisch regierten Staaten West- und Mitteleuropas klar zu unterscheiden. Die unterschiedliche gesellschaftliche und staatliche Situation läßt es weitgehend nicht zu, über die Zulässigkeit und Notwendigkeit von Gewaltanwendung für jede Gesellschaft und jeden Staat in gleicher Weise und vor allem mit gleichem Ergebnis zu urteilen. In einer »offenen Gesellschaft«, wie sie z. B. in der Bundesrepublik Deutschland besteht, stellt sich die Frage der Gewaltanwendung prinzipiell anders als in diktatorisch regierten und freiheitlich-rechtsstaatliche Grundsätze prinzipiell mißachtenden Ländern.

III. Notwehr und Nothilfe in der Individualethik

2. In der christlichen Individualethik ist weitgehend unbestritten, daß bei einem unmittelbaren und gewaltsamen rechtswidrigen Angriff auf die Person der Angegriffene ein Recht zur Notwehr und jeder Dritte ein Recht zur Nothilfe hat.

Diese These setzt voraus, daß Gewaltanwendung individualethisch grundsätzlich zu verwerfen ist und, wenn sie überhaupt gebilligt werden soll, einer besonderen Rechtfertigung bedarf. Sie beruft sich auf einen allgemeinen ethischen Grundsatz, der eine lange Tradition hat und den z. B. die Europäische Menschenrechtskonvention (Art. 2 II) formuliert, nach der gewaltsame Verteidigungshandlungen, nötigenfalls sogar die Tötung des Angreifers, zulässig sind, »um die Verteidigung eines Menschen gegenüber rechtswidriger Gewaltanwendung sicherzustellen«.

Dieses Recht zur Notwehr beruht auf allgemeinen ethischen Erwägungen, die, auch wenn sie eine alte Tradition hinter sich haben, aus der Sicht des christlichen Glaubens nicht unproblematisch sind.

Sowohl das Gebot der Feindesliebe in der Bergpredigt wie Jesu Aufruf zum Friedenstiften und seine Ablehnung von Gewaltausübung stellen den Christen vor die Frage eines prinzipiellen Gewaltverzichts. In diesem Sinn hat sich christlicher Pazifismus auf Jesu Gebot, insbesondere auf die Bergpredigt, berufen.

Des weiteren wurde die Anschauung vertreten, daß nur Nothilfe zugunsten eines angegriffenen anderen, nicht aber Notwehr in eigener Sache zulässig sei. So sagt Martin Luther in der Schrift »Von weltlicher Obrigkeit, wie weit man ihr Gehorsam schuldig sei« (1523): »Schwert soll kein Christ für sich und seine Sache führen oder anrufen, wohl aber mag und soll er es führen und anrufen für einen anderen, damit der Bosheit gesteuert und Frömmigkeit geschützt werde.«

Da die Diskussion um das Gebot eines prinzipiellen Gewaltverzichts und um die Berechtigung von Gewaltanwendung im Fall der Notwehr bislang zu keiner eindeutigen Antwort geführt hat, setzt die These voraus, daß die Spannung zwischen grundsätzlichem Gewaltverzicht und sittlicher Erlaubtheit von gewaltsamer Notwehr (bzw. Nothilfe) nicht gelöst ist (vgl. hierzu »Der Friedensdienst der Christen«, Nr. 6–8).

Auf diese in der Sache begründete Schwierigkeit einer eindeutigen Antwort seitens der christlichen Ethik sei ausdrücklich hingewiesen. Wer die Grundvoraussetzung der These nicht teilt, daß die Individualethik ein Recht zur Notwehr (bzw. Nothilfe) auch mit gewaltsamen Mitteln einräumt, wird konsequenterweise auch die Folgerungen der nächsten Thesen nicht teilen können. Ebenso wird derjenige, der einem Notrecht für die Individualethik zustimmt, die Folgen dieser Auffassung für die Sozialethik notwendig bedenken und anerkennen müssen.

IV. Androhung und Anwendung von Gewalt durch die Gesellschaftsstruktur

3. Für die sozialethische Betrachtung ist das Problem der Gewaltanwendung wegen seiner Verflechtung in gesellschaftliche Zusammenhänge komplizierter. Anders als in der individualethischen Notwehrsituation geht es hier oft nicht um die Abwehr unmittelbarer gewaltsamer Angriffe auf die einzelne Person. Menschen können auch schon durch Gewaltandrohung, durch die Bereitstellung von stehenden Heeren, von Polizeikräften und vor allem von politischer Polizei, aber auch durch Androhung und Anwendung wirtschaftlicher Machtmittel, durch den Entzug von Informations- und Bildungsmöglichkeiten, durch Erzeugung einer Atmosphäre von Unfreiheit, Unsicherheit und Rechtlosigkeit, mit einem Wort: durch die Struktur des gesellschaftlichen Systems im ganzen unterdrückt werden. Diese Formen der Unterdrückung können weit schwerwiegender sein als der gewaltsame Eingriff in die Rechte des einzelnen.

Die sozialethische Bewertung der Gewalt muß zunächst davon ausgehen, daß keine staatliche Ordnung auf den Einsatz von Gewalt grundsätzlich verzichten kann (vgl. auch »Der Friedensdienst der Christen«, Nr. 8). Wo immer einzelne oder Gruppen den Versuch unternehmen, die für jedes menschliche Zusammenleben unerläßliche Ordnung zu zerstören oder auf Kosten anderer zu mißachten, muß die staatliche Ordnung notfalls mit Gewaltmitteln ihren Anspruch durchsetzen. Diese Ordnungsgewalt ist unabdingbarer Bestandteil der staatlichen Handlungsmöglichkeiten – auch dann, wenn sie nur in besonderen Situationen angewendet wird. Solange sie im Rahmen einer ausgebildeten und tatsächlich wirksamen

Rechtsordnung steht, kann sie weder als Instrument der Unterdrükkung bezeichnet noch als Rechtfertigung für gewaltsamen Widerstand herangezogen werden (vgl. auch These 7).

Von dieser rechtmäßigen staatlichen Gewalt unterscheidet sich grundsätzlich die durch die immanente Eigenart des politischen oder gesellschaftlichen Systems begründete strukturelle oder institutionalisierte Gewalt, auf die die These hinweist. Als strukturelle oder institutionalisierte Gewalt wird in Äußerungen aus Ländern der sog. Dritten Welt ein gesellschaftliches System bezeichnet, das die Bürger in einem Zustand der Ungerechtigkeit, Unfreiheit und wirtschaftlichen Ausbeutung erhält. Die Träger dieser Herrschaftsform sind meist anonym und können sich oft nicht einmal auf den Schein einer Legitimation berufen. Sie ist in ihrer Wirkungsweise schwerer zu durchschauen und in ihrer Wirkung doch ungleich bedrückender als offener staatlicher Gewalteinsatz. Sie ist nicht ein gezielt und befristet eingesetztes Mittel, um die staatliche Ordnung herzustellen oder zu schützen, sondern dauerndes Kennzeichen einer »Situation der Ungerechtigkeit«, die die Lateinamerikanische Bischofskonferenz 1968 deshalb als institutionalisierte Gewalt bezeichnet hat, »weil die gegenwärtigen Strukturen fundamentale Rechte verletzen« (vgl. das Dokument dieser Konferenz, in: Feil-Weth [Hg.], Diskussion zur »Theologie der Revolution«, 1969, S. 356ff.). Weitgehende politische Rechtlosigkeit sowie wirtschaftliche Abhängigkeit und Ausbeutung kennzeichnen die Wirkung struktureller Gewalt, die wenige Privilegierte infolge ihrer politischen oder wirtschaftlichen Übermacht einsetzen können, um vielen »Unterprivilegierten« die Menschenrechte und vor allem die sozialen Grundrechte vorzuenthalten, und die sich meist sogar der staatlichen Gewalt als eines Instruments zur Durchsetzung ihrer Interessen bedienen kann. Ein solches politisches System ist auf Gewalt gegründet, weil es den größten Teil der Bürgerschaft zur Unfreiheit verurteilt, ja oft durch Terror unterdrückt, und weil es ohne die Gewalt der Waffen auch nicht lange Bestand hätte.

V. Die Problematik gesellschaftlicher Notwehr als gewaltsamer Gegenwehr gegen institutionalisierte Unterdrückung

4. Der Entschluß, sich gegen institutionalisierte Unterdrückung (These 3) gewaltsam zur Wehr zu setzen, kann von einer christlichen Ethik, die ein Recht zu Notwehr und Nothilfe anerkennt, nicht von vornherein verurteilt werden. Dabei ist freilich zu bedenken, daß diese Unterdrückung für die Betroffenen meist schwerer erkennbar ist als die direkte physische Gewaltanwendung. Auch ihre Ursachen und Folgen sind im allgemeinen schwerer überschaubar. Die Kompliziertheit der Zusammenhänge, aber auch Mängel an Information und Bildung hindern die Betroffenen oft, ihre Situation zu verstehen, die Chancen ihrer Änderung hinreichend realistisch einzuschätzen und die Folgen eigener Gewaltanwendung vorherzusehen. Zudem sind sowohl bei der gewaltsamen Veränderung als auch bei der gewaltsamen Aufrechterhaltung bestehender Verhältnisse wesentlich mehr Menschen betroffen als in der individualethischen Notwehrsituation.

Die vorstehende These zieht die Folgerungen aus der Tatsache, daß die christliche Ethik überwiegend ein Notwehr- bzw. Nothilferecht anerkennt, und aus der weiteren Tatsache, daß institutionalisierte Unterdrückung den Menschen oft nicht weniger bedrängt als offene Gewaltanwendung. Die sozialethische Beurteilung kann sich von der individualethischen nicht durch eine grundsätzlich andere Einstellung zur Gewalt, sondern nur dadurch unterscheiden, daß sie auf die im sozialethischen Bereich besonders schwerwiegenden Probleme der Erkenntnis und der Folgen mit Ernst hinweist. Dem dienen insbesondere auch die Thesen 8, 9 und 10.

Jede Beurteilung eines Gewalteinsatzes nach sozialethischen Kriterien muß berücksichtigen, daß damit in wichtige Zusammenhänge des betreffenden gesellschaftlichen und politischen Systems eingegriffen wird. Zahllose Menschen sind daher ebenso unmittelbar wie nachhaltig betroffen. Dieser Tatbestand führt in mehrfacher Hinsicht zu Folgen, die sozialethisch bedacht werden müssen.

Für das politische Handeln entsteht mit dieser Einordnung des Gewaltproblems in weite gesellschaftliche Zusammenhänge ein schwieriges Erkenntnisproblem. Die Zusammenhänge, die Gewalt als politisches Instrument entstehen und wirksam werden lassen, sind in der Regel schwer zu durchschauen. Der allzu rasche Entschluß zur Gegengewalt macht daher oft unfähig, den Ursprung der Gewalt und der Unterdrückung zu erkennen. Selbst das subjektive Betroffensein durch strukturelle Gewalt, obwohl möglicherweise ein Grund zu individueller Notwehr, ist daher noch kein hinreichendes Argument für »gesellschaftliche Notwehr«.

»Gesellschaftliche Notwehr« wie jede Art von Gewaltanwendung in solchen funktionalen Zusammenhängen führt beim heutigen Stand der Waffentechnik und der öffentlichen Versorgungssysteme in vielen Ländern zu Folgen, die objektiv kaum zu berechnen sind und die zahlreiche Unbeteiligte existentiell betreffen können: weder beschränkt sich die Wirkung der modernen Waffen auf die am Kampfesgeschehen Beteiligten, noch läßt sich die Zerstörung von Infrastruktur (Straßen, Brücken, Schulen, Krankenhäuser, Elektrizitätswerke usw.) vermeiden, von deren Existenz zumindest in den hochtechnisierten Ländern oft das Leben und das Wohlergehen von Hunderttausenden abhängt.

Trotz dieser Problematik muß festgestellt werden, daß mit der systembedingten Gewalt das Maß der Unterdrückung und gleichzeitig auch die Zahl derjenigen steigt, die darunter leiden. Das wird Christen dazu herausfordern, im Eintreten für den Nächsten diese Formen der Gewalt zu überwinden.

VI. Das Gewaltmonopol des Staates und seine Grenzen

5. Die im vorstehenden entwickelten sozialethischen Aspekte gelten grundsätzlich auch, wenn auf der einen Seite einer gesellschaftlichen Auseinandersetzung der Staat steht. Wäre die hergebrachte Lehre vom legitimen Monopol des Staates an physischer Gewalt in jeder Beziehung richtig, so ergäbe sich daraus, daß Gewaltanwendung ihm gegenüber in jedem Fall unzulässig wäre. Die Erfahrungen mit totalitären Unrechtsstaaten lehren aber, daß die Frage der Gewaltanwendung gegenüber dem Staat entscheidend auch vom Charakter des Staates abhängt. Ist in einem Staat hinreichend gesichert, daß Veränderungen, die von relevanten Gruppen der Bevölkerung für nötig gehalten werden, die Chance der Realisierung erhalten und daß die Menschenrechte nicht prinzipiell verletzt werden, so ist ihm schon um des inneren Friedens willen ein Gewaltmonopol zuzubilligen; denn nur so kann die gewaltsame Selbsthilfe der gesellschaftlichen Gruppen ausgeschlossen werden. In einem solchen Staat richtet sich staatliche Gewaltanwendung zudem nur gegen Personen und Gruppen, die sich dem allgemeinen Prozeß der Willensbildung entziehen.

Der Streit um die Frage, ob dem Staat unter den Formen gesellschaftlicher Organisation eine besondere geistige Qualität zukommt, ist in Staatslehre und Politikwissenschaft bis heute nicht ganz ausgetragen. Nach wie vor gibt es vereinzelt Auffassungen, die diese Frage, vor allem im Gefolge Hegelscher Staatsphilosophie, bejahen. Abweichend von dieser Lehre steht die These auf dem Standpunkt, daß der Staat seinen Wert nicht aus einem wie auch immer gearteten geistigen Wesen, sondern aus seinen Leistungen für das Volk empfängt. Weil er und in dem Umfang, in dem er den inneren und äußeren Frieden sichert, für eine funktionierende und am Gedanken der Gerechtigkeit, auch der sozialen Gerechtigkeit, orientierte Rechtsordnung sorgt und die bedeutsamen sozialen Leistungen sicherstellt, von denen der heutige Mensch abhängt, kommt ihm eine besondere Aufgabe im Leben der Gesellschaft zu.

Ein lückenloses Gewaltmonopol jedes Staates, wie es früher gelegentlich behauptet wurde und dann freilich auch zur Unzulässigkeit jeglicher Gewaltanwendung gegen den Staat führen müßte, hat es weder historisch gegeben, noch läßt es sich ohne die eindeutige Ausrichtung des einzelnen Staates an den genannten humanen Zwecken rechtfertigen. Andererseits bleibt es bei der Feststellung der Thesenreihe »Der Friedensdienst der Christen« (Nr. 8), »daß in dieser Welt kein Staat prinzipiell darauf verzichten kann, physische Gewalt gegen diejenigen, die den Frieden verletzen und das Recht brechen, anzudrohen und auszuüben« (vgl. auch These 3). Damit ist die Feststellung der 5. These der Barmer Theologischen Erklärung aufgenommen: »Die Schrift sagt uns, daß der Staat nach göttlicher Anordnung die Aufgabe hat, in der noch nicht erlösten Welt, in der auch die Kirche steht, nach dem Maße menschlicher Einsicht und menschlichen Vermögens unter Androhung und Ausübung von Gewalt für Recht und Frieden zu sorgen. Die Kirche erkennt in Dank und Ehrfurcht gegen Gott die Wohltat dieser seiner Anordnungen an. Sie erinnert an Gottes Reich, an Gottes Gebot und Gerechtigkeit und damit an die Verantwortung der Regierenden und

Regierten. Sie vertraut und gehorcht der Kraft des Wortes, durch das Gott alle Dinge trägt.«

Von diesem Standpunkt aus sind die besonderen Befugnisse und Machtmittel, die dem Staat zugesprochen werden, in ihrer Einmaligkeit insoweit legitim, als er seiner lebensschützenden und lebenserhaltenden Aufgabe gerecht wird, die Würde und Freiheit seiner Bürger achtet und unentwegt für die Verbesserung ihres sozialen Status und für die Schaffung von sozialer Gerechtigkeit wirkt. Staaten, die dazu nicht bereit sind, erheben den Anspruch auf ein uneingeschränktes Monopol der Gewalt daher zu Unrecht. Aber auch sonst muß im Hinblick auf den einzelnen Staat geprüft werden, ob seine Gewaltausübung sozialethisch anerkannt werden kann. Nur Staaten mit einer Rechtsordnung, in der die Unterdrückung des Menschen prinzipiell unerlaubt und, wo sie vorkommt, ihre Beseitigung mit gewaltfreien Mitteln wahrscheinlich ist, werden sich dieser kritischen Anfrage der christlichen Sozialethik stellen können. Der parlamentarisch-demokratische, die freiheitlichen Grundrechte garantierende Rechtsstaat ist in all seiner Unvollkommenheit eine denkbare Antwort auf diese Herausforderung. Doch mögen, besonders in manchen Teilen der Welt, auch andere Staatsformen bestehen oder sich entwickeln, die diesem Anspruch gerecht werden.

VII. Die mannigfaltigen Formen des Rechtes auf Widerstand gegen den Mißbrauch staatlicher Gewalt

6. Gegen den Mißbrauch staatlicher Gewalt kennt die ethische Überlieferung auch christlicher Traditionen ein Widerstandsrecht. Begründet wird ein solches Widerstandsrecht durch die Verletzung fundamentaler Rechte der Person. In diesem Fall ist der Christ berechtigt, zu seinem eigenen Schutz und zugunsten anderer, denen Gewalt angetan wird, Widerstand zu leisten. Die Formen solchen Widerstandes sind mannigfaltig. Sie reichen von der schlichten Gehorsamsverweigerung über Formen des passiven Widerstandes und der gewaltfreien Aktion bis zur Ausübung eines aktiven, im äußersten Fall auch gewaltsamen Widerstandes.

Der christliche Glaube hat sich von Anfang an darauf berufen, man müsse Gott mehr gehorchen als den Menschen (Apostelgeschichte 5,29). Das Gebot Gottes ist der staatlichen Autorität sowie den gesellschaftlichen Forderungen übergeordnet. Es ist daher ein fundamentales Mißverständnis, wenn man davon ausgeht, daß der christliche Glaube jeglichen Widerstand gegen staatliche Gewalt ausschließt.

Strittig war jedoch, vor allem in und seit der Reformationszeit, welche Mittel bei der Ausübung solchen Widerstandes zulässig sind. Unbestritten war dabei, daß es ein Recht, sogar eine Pflicht zu passivem Widerstand (Gehorsamsverweigerung, Leiden) wie zu einem aktiven Widerspruch gegen Unrecht durch das öffentliche Bekenntnis, also mit dem Wort, gibt. Offen blieb die Frage, ob dem Untertan ein Recht zu aktivem, gewaltsamem Widerstand gegen eine ungerechte Obrigkeit zusteht. Diese Frage wurde von den Reformatoren unterschiedlich beantwortet, ohne daß die sich überlagernden theologischen, naturrechtlichen, staatsrechtlichen und politischen Argumente hier im einzelnen dargestellt und geprüft werden können.

Im Vergleich zur Reformationszeit haben sich die Voraussetzungen für die Ausübung eines Widerstandsrechts entscheidend gewandelt. Zum einen ist an die Stelle des den Reformatoren vorgegebenen Obrigkeitsstaates der neuzeitliche Rechtsstaat mit seinen Verfassungsgrundsätzen und -garantien getreten; die allgemeine Anerkennung von fundamentalen Rechten des Staatsbürgers verändert auch die Stellung des einzelnen als eines verantwortlichen Staatsbürgers zum Widerstandsrecht. Zum anderen haben die Reformatoren (so Luther in seiner Vision des apokalyptischen Großtyrannen) zwar mit der Möglichkeit totalitärer ideologischer Tyrannei gerechnet, aber sie doch nicht als gegenwärtige Realität vorausgesetzt. Darum verwiesen sie auf die Freiheit des Gewissens, die unabhängig von der leiblichen Unterdrückung und Verfolgung möglich sei. Die neuzeitliche Erfahrung der totalen Gefährdung des Menschen hat demgegenüber einen aktuellen Zusammenhang zwischen Widerstandsrecht und Menschenrechten offengelegt.

VIII. Widerstandsrecht und Menschenrechte

7. In der Rechtswissenschaft wird die Ausübung des Widerstandsrechtes überwiegend von schweren und andauernden Verletzungen der Menschenrechte durch den Staat abhängig gemacht. Dem wird sich die ethische Beurteilung für den Augenblick anschließen müssen. Ungesichert ist freilich, welche Bedürfnisse und Interessen des Menschen heute von Menschenrechten geschützt werden. Es ist nicht zu verkennen, daß die hergebrachten Freiheits- und Gleichheitsrechte zugunsten der gesamten Gesellschaft wesentliche Beschränkungen erfahren müssen und daß sie in allen Gesellschaftsformen der Ergänzung durch Grundsätze der sozialen Gerechtigkeit («Soziale Grundrechte«) bedürfen.

Fragt man nach den Voraussetzungen, von denen die Ausübung des Widerstandsrechtes abhängt, so liegt der Gedanke nahe, daß Widerstand immer dann gerechtfertigt ist, wenn der Staat »vom Wege des Rechts abweicht«. Aber diese Formel hält kritischer Betrachtung nicht stand. Einerseits wäre es mit dem Ordnungsauftrag des Staates nicht vereinbar, dem einzelnen gegen jede Rechtsverletzung ein Recht zum gewaltsamen Widerstand zuzubilligen. Andererseits ist zu sehen, daß es der Staat selbst ist, der als Gesetzgeber den Inhalt des Rechtes weithin bestimmt. Die Spannungslage zwischen der Rechtsidee und der staatlichen Herrschaft über das Recht ist dadurch zu lösen, daß diese ihre Grenze an der überpositiven Rechtsidee findet und ein Widerstandsrecht gerade dort besteht, wo sich staatliche Organe bei Rechtssetzung und Rechtsanwendung gegen die Idee des Rechts als solche vergehen.

Freilich wird damit eine grundsätzliche Schwierigkeit deutlich: die Unsicherheit über das Wesen der Rechtsidee, die vor allem für pluralistische Gesellschaften kennzeichnend ist. Rechtslehre und Politikwissenschaft versuchen dieser Schwierigkeit dadurch zu entgehen, daß sie auf die Idee der Menschenrechte als zugleich konstituierendes und eingrenzendes Prinzip des Rechtsdenkens zurückgreifen. Dem folgt die vorliegende These.

Ausgangspunkt des Widerstandsrechtes ist demnach letzten Endes die Idee der Menschenrechte und die Einstellung des jeweiligen Staates zu ihnen. Ein Staat, der die Menschenrechte – nicht nur in Verfassungs- und Gesetzestexten, sondern in der Wirklichkeit seiner Politik – achtet und pflegt, kann nicht Objekt von Gewaltausübung durch seine Bürger sein, wohl aber ein Staat, der die Menschenrechte andauernd und schwer verletzt.

Freilich ist damit keine in jeder Beziehung eindeutige Antwort auf die Frage der Gewaltausübung erzielt. Weder in der Sozialethik noch in den Staatswissenschaften gibt es eindeutige und unbestrittene Aussagen darüber, welchen Inhalt die Menschenrechte haben und welche Grenzen ihnen gerade von Staats wegen gezogen werden können. Allgemein anerkannt ist wohl, daß das Leben und die Unversehrtheit der Person, die Würde des Menschen, die Freiheit seines Denkens und Redens zu den Menschenrechten gehören. Aber schon diese Begriffe verschwimmen in ihren Grenzzonen, und überdies muß auch der moderne Staat das Recht haben, im Einzelfall in sie einzugreifen. Inwieweit darüber hinausgehende Rechte, wie Gleichheit und Eigentum, zu den Menschenrechten gehören, ist gerade heute wieder aufs äußerste umstritten und auch in der Denkschrift der EKD zur Eigentumsfrage (»Eigentumsbildung in sozialer Verantwortung«, 1962) nur in Umrissen geklärt. Es kann aber kein Zweifel darüber bestehen, daß die Grundrechtskataloge des liberalen Zeitalters heute grundlegender Ergänzungen im Hinblick auf die Ideen der Gleichheit unter den Menschen und der sozialen Gerechtigkeit bedürfen. Nur so kann verhindert werden, daß die Freiheitsrechte einseitig zur Durchsetzung von Einzelinteressen auf Kosten anderer Gruppen mißbraucht werden. Ebenso lassen sich dadurch die herkömmlichen Gleichheitsrechte präzisieren, die ohne zusätzliche Maßnahmen die soziale Chancengleichheit der schwächeren gesellschaftlichen Gruppen nicht sichern können. Dem trägt z. B. auch die Europäische Sozialcharta Rechnung, die vor Jahren als Ergänzung zur Europäischen Menschenrechtskonvention beschlossen worden ist.

Freilich ist auch nicht zu verkennen, daß gerade diese sozialen Rechte von Gesellschaft zu Gesellschaft sehr unterschiedlich ausgeprägt sein können. Eine sozialethisch vertretbare Antwort wird hier also sehr differenzieren müssen und bedarf mit Sicherheit noch eingehenderer Untersuchungen.

Es ist eine wichtige Aufgabe der Christenheit, die Klärung dieser Fragen voranzutreiben und an ihrer Klärung in der Öffentlichkeit mitzuwirken.

IX. Das Handlungskonzept des gewaltfreien Widerstandes

8. Der gewaltfreien Lösung gesellschaftlicher und politischer Konflikte ist in jedem Fall sozialethisch der Vorzug zu geben. Dieser Forderung versucht das Handlungskonzept des gewaltfreien Widerstandes Rechnung zu tragen. Dieses Konzept, wie es heute diskutiert wird, strebt politische und soziale Wandlungen an, die am Ziel der sozialen Gerechtigkeit orientiert sind, verzichtet aber prinzipiell auf Gewaltanwendung. Die Forderung nach Gewaltfreiheit ist aus ethischen und allgemein politischen Gründen zu unterstützen. Doch ist stets auch zu bedenken, ob nicht gewaltfreies Handeln nur unter bestimmten gesellschaftlichen und politischen Voraussetzungen wirksam werden kann.

Das in der Theorie der gewaltfreien Aktion dargestellte Handlungskonzept betrachtet den Kampf ohne jeden Gewalteinsatz als einen vollwertigen Ersatz für den bewaffneten Aufstand und lehnt gewaltsame Auseinandersetzungen daher in jedem Fall ab. Durch die öffentliche Bewußtmachung sozialer oder politischer Mißstände, durch die nachfolgende Weigerung zur sozialen Zusammenarbeit und schließlich durch den öffentlich sichtbaren zivilen Ungehorsam versuchen die gewaltfrei Handelnden eine Änderung der Verhältnisse zu erzwingen. Dem Gegner wird dabei deutlich gemacht, daß er in keiner Phase der Auseinandersetzung mit Gewaltanwendung rechnen muß, auch dann nicht, wenn er einer gewaltfreien Aktion mit gewaltsamen Sanktionen entgegentritt. Das Handlungskonzept der gewaltfreien Aktion verdient im Rahmen politischer Auseinandersetzungen besondere Aufmerksamkeit; denn es bietet die einzige ernstzunehmende Möglichkeit, politische Ziele ohne Anwendung von Gewalt und ohne die mit ihr stets verbundenen Gefahren und Folgen (vgl. These 9) zu erreichen.

Voraussetzung für den Erfolg dieser Strategie ist allerdings das kritische Vertrauen in die Wandelbarkeit des Gegners sowie ein unausgesetzt kritisches Verhältnis zur eigenen Position. Ist die Hoffnung auf ein Umdenken des Gegners begründet (vgl. den indischen Freiheitskampf unter Gandhi), so ist gewaltfreie Aktion die einzige sozialethisch verantwortbare Art des aktiven Widerstandes. Ob freilich auf allen gesellschaftlichen und politischen Entwicklungsstufen das Maß an Selbstdisziplin erwartet werden kann, das die Strategie des gewaltfreien Widerstandes den Handelnden abverlangt, ist fraglich, und auch ein Vertrauen in die Wandelbarkeit des Gegners ist wohl nur so lange grundsätzlich berechtigt, wie die politischen Strukturen diese Wandelbarkeit ermöglichen oder doch zulassen.

X. Die Gefahren der Gewaltanwendung im Widerstand gegen den Mißbrauch staatlicher Gewalt

9. *Die Gefahren des Einsatzes von Gewalt sind auch in der sozialethischen Diskussion sehr ernst zu nehmen. Gewaltanwendung kann angesichts der modernen Waffentechnik häufig in ihrer Wirkung nicht kontrolliert werden. Sie erfordert und schafft wiederum leicht eine psychische Disposition, die einerseits zur Verherrlichung von Gewalttaten führt und damit den Terror zum Selbstzweck werden läßt und andererseits Emotionen wie Haß und Rache freisetzt. Gewaltakte provozieren häufig Gewaltakte der anderen Seite, die in der Regel um so brutaler sein werden, je weniger sich diese an den fundamentalen Rechten des Menschen orientieren. Die so geschaffene Atmosphäre von Verblendung, Unsicherheit und Angst, die in nicht wenigen politischen Systemen freilich auch von den Herrschenden ausgeht, erhöht wiederum die Gefahr, daß die Menschen, die ihr ausgesetzt sind, neuen, nicht minder ungerechten politischen Lösungen zustimmen, nur um der dauernden Angst und Unsicherheit ein Ende zu machen.*

Jeder Einsatz von Gewalt, nicht zuletzt der gewaltsame Widerstand gegen den Mißbrauch staatlicher Gewalt, stellt die Handelnden vor die Schwierigkeit, die Gewaltanwendung begrenzt zu halten und rational zu kalkulieren. Die als Reaktion auf eine gewaltsame Unterdrückung auftretende Gegengewalt macht oft blind vor Haß und Zorn. Damit wird nicht nur das christliche Gebot der Versöhnung verneint, sondern auch das Ziel des Kampfes um mehr Recht und Freiheit in Frage gestellt. Die Gefahr einer sich unkontrolliert ausweitenden Gewalttätigkeit liegt um so näher, je gesicherter und brutaler die Macht ist, gegen die angekämpft wird, und je länger die Gegengewalt die vorherrschende Form des Widerstandes ist. Die gegen Unterdrückung gewaltsam aufgetretenen Revolutionäre sehen, wenn sie schließlich erfolgreich sind, in der Gewalt allzu leicht ein stets brauchbares politisches Instrument, und ihre Herrschaft droht dann kaum weniger gewaltsam zu werden als die, die sie abgelöst haben. Diese Erfahrungen lassen es sozialethisch geboten erscheinen, der Gewaltanwendung so lange wie irgend möglich zu widerraten.

Diese Warnung wird auch im Hinblick auf die unbeteiligten Opfer jeder gewaltsamen Auseinandersetzung unumgänglich. Keine bewaffnete Auseinandersetzung kann heute so geführt werden, daß durch sie nicht auch Unbeteiligte, vor allem Frauen, Kinder und alte Menschen, an Leib und Leben bedroht und verletzt würden. Je mehr überdies die Infrastruktur eines Landes ausgebaut ist und je mehr die Menschen von den modernen technischen Versorgungssystemen abhängig sind, desto mehr bedroht deren Vernichtung auch ihre Existenz. Nicht zu übersehen ist schließlich die Atmosphäre der Unsicherheit und Angst, die für den einzelnen auch daraus entsteht, daß er inmitten bewaffneter Auseinandersetzungen leben muß.

XI. Die Bedingungen für die ausnahmsweise Anwendung von Gegengewalt

10. Gewaltanwendung setzt wegen ihrer prinzipiellen Gefährlichkeit voraus, daß ohne sie eine Änderung unmenschlicher Lebensumstände ausgeschlossen ist. Sie kann also erst dann ernstlich in Betracht gezogen werden, wenn alle anderen Wege zur Besserung der Verhältnisse versagt haben oder doch völlig aussichtslos sind. Selbst dann müssen noch weitere Bedingungen erfüllt sein: Es muß ein realisierbares Konzept einer neuen, funktionsfähigen Ordnung vorhanden sein, die die bekämpfte alte Ordnung ersetzen kann. Die angestrebte Ordnung muß ihrerseits am Gedanken der Menschenrechte ausgerichtet sein und auch den bisherigen Unterdrückern Lebensraum gewähren. Die Gewaltanwendung muß ein erfolgversprechendes Mittel zu dem festumrissenen Zweck sein, eine bestehende gewaltsame Unterdrückung in überschaubarer Zeit zu beseitigen.

Diese These setzt voraus, daß auch aus dem Blickwinkel christlicher Sozialethik die Anwendung von Gewalt ausnahmsweise vertretbar sein kann, sowohl zur Abwehr unmittelbarer Angriffe auf die Menschenrechte des einzelnen Menschen (z. B. im Fall von Massenerschießungen, Folter, Deportation) als auch zur Beseitigung eines politischen Systems, das mit physischer oder struktureller Gewalt diese Rechte grundsätzlich in Frage stellt.

Aber diese These bringt auch zum Ausdruck, daß Gewaltanwendung doch stets nur als ultima ratio erwogen werden kann. Damit ist ein Zweifaches ausgesagt: Die Anwendung von Gewalt kommt sozialethisch nur in Betracht, wenn alle anderen denkbaren Mittel entweder schon versagt haben oder nach gewissenhafter Prüfung als nicht erfolgversprechend verworfen werden mußten. Sodann muß die reelle Chance gegeben sein, daß die bestehende, sozialethisch verwerfliche Ordnung durch eine bessere, der Idee der Menschenrechte und der sozialen Gerechtigkeit erheblich näherstehende und vor allem auch funktionsfähige Ordnung ersetzt werden kann. Gewaltanwendung ohne das Ziel einer neuen Ordnung (Anarchie) und Gewaltanwendung zur Herbeiführung einer noch menschenrechtsfeindlicheren Ordnung sind ebenso zu verwerfen wie eine Gewaltanwendung, deren Ziele für sich gesehen zwar wertvoll sind, aber nach menschlichem Ermessen nicht realisiert werden können. Die Einschränkungen dieser These sind vor allem um der vielen an der Gewaltausübung nicht aktiv Beteiligten willen erforderlich, die von gewaltsamen Auseinandersetzungen betroffen werden.

XII. Gewaltanwendung als Schuldverstrickung

11. Weder das Anti-Rassismus-Programm des Ökumenischen Rates der Kirchen noch die vorliegenden Thesen wollen zur Gewaltanwendung aufrufen. Sie gehen vielmehr davon aus, daß Gewaltanwendung geschieht, in die auch Christen verstrickt sind. Angesichts solcher Verstrickung kann sich der Christ einer Stellungnahme nicht entziehen, da auch sein Schweigen eine Stellungnahme einschließt. Aufgabe der christlichen Ethik kann es in dieser Lage nicht sein, Gewaltanwendung zu legitimieren und vorbehaltlos gutzuheißen, sondern dem Christen klarzumachen, daß seine Stellungnahme stets die Erkenntnis des unausweichlichen eigenen Verstricktseins in fremde Schuld und die Bereitschaft einschließt, solche Schuld bewußt auf sich zu nehmen.

Es kann nicht Aufgabe der Christen sein, zur Gewaltanwendung zu raten oder Gewaltanwendung sittlich zu legitimieren. Jede Verherrlichung der Gewalt, wie sie in der Neuzeit häufig unternommen wurde, ist der christlichen Ethik zuwider. Überdies ist es dem Christen geboten, auch durch Leiden seinen Glauben zu bewähren und zu bezeugen. Das christliche Zeugnis des Leidens weist in einer viel klareren und überzeugenderen Weise auf die Versöhnungsbotschaft des Evangeliums und die Heilszusage Gottes hin, als dies bei Gewaltanwendung geschehen kann.

Aber es kann sich auch nicht der Stellungnahme in Situationen entziehen, in denen faktisch Gewaltanwendung geschieht, da Schweigen als Billigung von Gewaltanwendung gedeutet und die einseitige Empfehlung an die Unterdrückten zum Gewaltverzicht geradezu als Zustimmung zur Unterdrückung aufgefaßt werden kann und überdies einer Gewöhnung an Gewalttätigkeit den Weg bereitet, der sich der Christ unter allen Umständen zu widersetzen hat. Wenn sich Christen auf Grund des an sie ergangenen Anrufes Gottes in Jesus Christus als Anwalt der Unterdrückten und Rechtlosen verstehen, so stehen sie auch vor der Notwendigkeit zu prüfen, ob Unterdrückung und Unrecht möglicherweise nur durch Gewaltanwendung beseitigt werden können. Solche Prüfung nötigt zu bewußter und begründeter Stellungnahme. Dabei ist die Feststellung des Zentralausschusses in Addis Abeba (10. bis 21. Januar 1971) zu beachten, daß der Ökumenische Rat der Kirchen »sich nicht vollständig mit einer politischen Bewegung identifizieren« kann und will (Abschnitt A 2, in »Evangelische Kommentare« 1971, S. 105).

In der Solidarität mit den Unterdrückten kann der Christ deren Gewaltanwendung nur dann hinnehmen oder sich selbst direkt oder indirekt an ihr beteiligen, wenn er dies als einen bewußten und unvermeidlichen Akt eigener »Schuldübernahme« (Dietrich Bonhoeffer) und der Freiheit zu selbst zu verantwortendem Handeln versteht. Ohne an dieser Stelle die Begründung christlichen Verhaltens im christlichen Glauben, also die Grundlegung christlicher Ethik näher zu entfalten, sei festgestellt: Christliche Ethik beruft sich nicht gesetzlich auf einzelne Bibelstellen, zumal diese im Blick auf die Erlaubtheit oder das Verbot von Gewaltanwendung untereinander widersprüchlich wären. Christliche Ethik gründet sich vielmehr auf ein Grundverständnis von Gott, Mensch und Welt, das sich dem Glaubenden im Leben, im Geschick und in der Botschaft des gekreuzigten und auferstandenen Jesus von Nazareth erschließt. Dieses Grundverständnis bestimmt insofern auch das Leben des Christen in der Welt, als der Christ sowohl die Realität einer sündhaften und gefallenen Welt vor Augen hat, für welche Gewaltanwendung ein Kennzeichen ist, und als er gleichfalls die Aufforderung zum christlichen Zeugnis gegen diese Realität und also die Mahnung, weder der Gewalt zu verfallen, noch sie widerspruchslos hinzunehmen, in der Nachfolge des Gekreuzigten hört. Nur indem er in der Nachfolge seines Herrn diese Spannung erkennt und auf sich nimmt, kann er den Zuspruch des Heiles Gottes an die Gottlosen für sich selbst vernehmen und anderen weitergeben.

Das christliche Zeugnis in der Wirklichkeit dieser Welt schließt aus diesem Grund unter Umständen auch die Notwendigkeit ein, in die Solidarität der Schuld bewußt einzutreten, ohne damit das Unrecht zu leugnen, das in solcher Solidarität begangen wird oder nur unfreiwillig geschieht. Solche Schuldübernahme ist für den christlichen Glauben ein Bekenntnis zu der von Gott bedingungslos einer gottlosen Welt zugesagten Treue Gottes und darin Verwirklichung eines evangelischen Verständnisses des rechtfertigenden Handelns Gottes.

XIII. Gewaltanwendung geschieht nicht losgelöst vom Gebot der Nächstenliebe und der Versöhnung

12. Der Christ kann die Frage der Gewaltanwendung nicht losgelöst vom Gebot der Nächstenliebe und der Versöhnung betrachten. Auch als Unterdrücktem und in der Solidarität mit dem Unterdrückten ist es ihm verwehrt, den Gegner aus der Liebe Gottes und der Versöhnung Gottes auszuschließen.

Diese abschließende These ist die unerläßliche Ergänzung der vorhergehenden These, welche in einer von der Macht der Sünde und des Bösen gekennzeichneten Welt die Nötigung zur Solidarität mit den Unterdrückten und die sich daraus ergebende Schuldverstrickung dargelegt hat. Da die Liebe und der Versöhnungswille Gottes aber nicht einseitig nur den Unterdrückten, sondern allen Menschen zugesprochen ist, kann der Christ niemals einen Menschen vom Gebot der Nächstenliebe und vom Angebot der Versöhnung ausnehmen. Dies besagt freilich nicht, daß wegen der umfassenden Reichweite des Liebeswillens Gottes und wegen des ebenfalls umfassende Geltung beanspruchenden Liebesgebotes Ungerechtigkeit und Unterdrückung ohne Widerspruch und unter allen Umständen zur ertragen sind. Wohl aber besagt es, daß dem Gegner immer die Möglichkeit zur Änderung seines Verhaltens zugestanden werden muß und daß damit das Angebot zur Versöhnung und zur Verständigung stets aufrechterhalten werden muß. Das Verhalten des Christen auch in Situationen, in denen Gewaltanwendung geschieht, muß von daher geprägt sein.

In der Bereitschaft zum Gespräch und im Willen zur Verständigung mit dem Gegner kann die christliche Gewißheit von dem uneingeschränkten Angebot der Liebe und Versöhnung Gottes in menschlichen Verhaltensweisen zeichenhaft sichtbar werden. Gottes Versöhnungswillen und sein Liebesgebot durchbrechen alle menschlichen Einschränkungen und Grenzen. Es ist dem Christen im besonderen die Verheißung zugesagt, wie ihm die Verpflichtung aufgegeben ist, auf diese transzendierende Kraft des Evangeliums auch in politischen und gesellschaftlichen Auseinandersetzungen zu vertrauen und sie durch ihr Zeugnis und Verhalten wirksam werden zu lassen.

II.

Die Menschenrechte im ökumenischen Gespräch

Ein Beitrag der Kammer der Evangelischen Kirche
in Deutschland
für öffentliche Verantwortung
vom 26. September 1975

I. Die Auseinandersetzungen über die Menschenrechte

1. Die Menschenrechte haben in vielfältigen Menschenrechts- oder Grundrechtskatalogen formulierten Niederschlag gefunden. Dabei sind den nationalstaatlichen Ausformungen (z. B. Bill of Rights des Staates Virginia von 1776, französische Erklärung der Menschen- und Bürgerrechte von 1789, Paulskirchen-Verfassung von 1849, Grundgesetz für die Bundesrepublik Deutschland von 1949 mit ganz besonderer Betonung der Menschenrechte) zunehmend internationale Deklarationen und Konventionen gefolgt, an ihrer Spitze die Menschenrechtsdeklaration der Vereinten Nationen vom 10. Dezember 1948, die Europäische Konvention zum Schutz der Menschen- und Bürgerrechte von 1950 und die beiden Menschenrechtspakte der Vereinten Nationen von 1966, die allerdings von wichtigen Vertragspartnern noch nicht ratifiziert worden sind. Diese Menschenrechtskataloge sind mehr als nur rechtliche Festlegungen. Sie sind zugleich Ausdruck des moralischen Bewußtseins und der moralischen Forderungen verantwortlicher Politiker in aller Welt.

Dennoch dürfen die Menschenrechte nicht einfach mit bestehenden Grundrechtskatalogen gleichgesetzt werden. Diese bekennen sich vorwiegend zum Schutz solcher Rechte und Lebensbedingungen des Menschen, die in der Vergangenheit durch staatliche oder gesellschaftliche Übergriffe besonders gefährdet waren. Die Idee der Menschenrechte hat demgegenüber die Sicherung dieser Rechte und Lebensbedingungen in einem umfassenden Sinne zum Ziel. Im Wandel der politischen, wirtschaftlichen und kulturellen Lebensbedingungen ist es eine niemals abgeschlossene Aufgabe, die formulierten Menschenrechtskataloge den ständig wechselnden Gefährdungen anzupassen und außerdem darauf hinzuwirken, daß sie auch in die Wirklichkeit umgesetzt werden. Geschriebenes Recht und Rechtswirklichkeit weichen, unterschiedlich nach Region und geschichtlicher Epoche, in keinem anderen Bereich so leicht voneinander ab wie bei den Menschenrechten.

Die Auseinandersetzung mit der Idee der Menschenrechte hat damit zu rechnen, daß es heute mehrere grundsätzlich verschiedene Auffassungen gibt, die nur schwer miteinander in Einklang zu bringen sind. Vor allem aber stellt die wirtschaftliche Not, die weite Teile der Welt beherrscht, eine immerwährende und lebensgefährdende Verletzung wichtiger Menschenrechte dar. Das gilt insbesondere auch für die gesellschaftliche, politische und ökonomische Diskriminierung aus rassischen Gründen, die für viele Weltgegenden kennzeichnend ist. Schließlich bestehen in vielen Staaten politische Systeme, für die Gewalt, Mord und Willkür fast selbstverständliche Mittel der Politik sind.

2. Gegenwärtig wird eine umfassende Auseinandersetzung über die Menschenrechte und ihre bessere Verwirklichung geführt.

Die christliche Gemeinde und insbesondere die evangelischen Christen in der Bundesrepublik Deutschland sind herausgefordert, sich an dieser Diskussion zu beteiligen. Denn »das Evangelium ist keine wirklichkeitsferne Heilsbotschaft. ... Aufgrund der in Jesus Christus geschehenen Versöhnung der Welt mit Gott ergeht die Weisung an die Christen, ihr Leben als versöhnende Menschen in Mitmenschlichkeit zu gestalten. Das schließt auch die Aufgabe ein, gemeinsam nach Bedingungen für eine rechte Ordnung des menschlichen Zusammenlebens in der jeweiligen Gegenwart zu suchen. Die Ergebnisse dieses gemeinsamen Suchens wird die Kirche der Gesellschaft in Form gewissenhafter vernünftiger Argumentation vermitteln.« (»Aufgaben und Grenzen kirchlicher Äußerung zu gesellschaftlichen Fragen«. Eine Denkschrift der Kammer für soziale Ordnung der Evangelischen Kirche in Deutschland, 1970.)

Dabei haben kirchliches Reden und Handeln in gesellschaftlichen Angelegenheiten den unterschiedlichen gesellschaftlichen und politischen Kontext zu beachten. Es ist nicht ausgeschlossen, daß in verschiedenen Situationen jeweils verschiedene Menschenrechte hervorgehoben und aus den Menschenrechten verschiedene Folgerungen gezogen werden.

3. Überlegungen zum gegenwärtigen Verständnis der Menschenrechte können nicht von der Geschichte christlicher und kirchlicher Beurteilung der Menschenrechte absehen. Die Christen waren und sind durch ihren Glauben stets verpflichtet, für Würde und Lebens-

recht aller Menschen einzutreten. Auch wenn die Kirchen diese Verpflichtung nicht zu allen Zeiten erfüllt haben, war der Anspruch immer unbestritten anerkannt. Diese ethische Verpflichtung steht auch hinter der Formulierung von Menschenrechten.

Gegen die neuzeitliche Formulierung der Menschenrechte erhoben evangelische Theologen und die evangelischen Kirchen in Deutschland lange Zeit Einwände. Diese Einwände hatten vor allem drei Gründe:

a) Die Menschenrechte in ihrer kontinentalen Ausformung sind ihrer Theorie nach vorwiegend ein Ergebnis der Aufklärung; das stärker christliche Verständnis der Menschenrechte, wie es sich im angelsächsischen Rechtskreis fand und findet, hat sich auf dem Kontinent kaum durchgesetzt. Das Menschenbild der Aufklärung aber ist mit dem christlichen nicht identisch. Nach dem aufgeklärten Verständnis der Menschenrechte hat das einzelne, isolierte Individuum Rechtsansprüche für sich geltend zu machen; diese Rechte stehen ihm auf Grund seiner Vernunftsnatur zu. Der christliche Glaube bestreitet dieses rationalistische Verständnis des Menschen insoweit, als es den Menschen auf sich selbst stellt und ihn aus sich selbst heraus versteht und erklärt.

b) Die Kritik der Theologie und der Kirchen galt ferner einem Verständnis der Menschenrechte, das durch manche Formulierungen der Menschenrechtskataloge nahegelegt scheint und nach dem die individuelle Selbstverwirklichung in Rechten oder Freiheiten als beherrschendes Ziel menschlicher Existenz gesehen wird. Einem solchen Verständnis der Menschenrechte, das der Bereitschaft zu ihrer ausgleichenden Verwirklichung für alle Menschen direkt entgegenwirken könnte, wurde und wird entgegengehalten, daß die Feststellung von Menschenrechten auch oder sogar zuerst als Feststellung von Pflichten, die Rechte anderer zu verwirklichen, verstanden werden muß.

c) Schließlich mußten die Menschenrechte in der Französischen Revolution politisch zum Teil gegen die damaligen Kirchen durchgesetzt werden. Mit Hilfe der Menschenrechtsidee löste sich eine Gesellschaft, die sich selbst als säkular, »weltlich«, verstand, von der Kirche.

Heute wird im deutschen Protestantismus anerkannt, daß die Menschenrechte ihm als Hilfe zur Orientierung in seiner politischen und gesellschaftlichen Verantwortung dienen. Diese Anerkennung schließt die Kritik an individualistischen wie an kollektivistischen Verengungen des Menschenrechtsverständnisses ein. Sie bewährt sich in dem Versuch, zu einer breiteren Verständigung über die Grundelemente des heutigen Menschenrechtsverständnisses und über die Möglichkeiten der politischen Durchsetzung von Menschenrechten beizutragen.

Es ist nicht Aufgabe der Kirchen, eine besondere kirchliche Theorie der Menschenrechte zu entwickeln, die einen christlichen Ausschließlichkeitsanspruch mit den Menschenrechten verknüpfen würde. Vielmehr geht es darum, daß die Kirche in die Arbeit am Problem der Menschenrechte eine Reihe von Gesichtspunkten einbringt, die sich aus der biblischen Tradition ergeben, über die aber auch mit Nichtchristen Übereinstimmung hergestellt werden kann.

II. Grundzüge und Grundfragen des heutigen Menschenrechtsdenkens

4. In der europäischen und angelsächsischen Überlieferung und unter den dort gegebenen gesellschaftlichen Bedingungen hat sich die Idee der Menschenrechte vorwiegend in der Richtung ausgeprägt, mehr Freiheit und mehr Gleichheit für den einzelnen Menschen zu schaffen. Freiheit und Gleichheit sind in diesen Regionen demzufolge seit Jahrhunderten beherrschende Themen der Gestaltung von Staat und Gesellschaft. Freiheit und Gleichheit schließen sich nur bei abstrakter Betrachtung gegenseitig aus. Eine Politik, die auf absolute Freiheit abzielt, führt bei der unbestreitbaren Verschiedenheit der Menschen sicherlich zu Ungleichheit. Will sie dagegen nur Gleichheit, so wird dadurch die Freiheit aller derer eingeschränkt, die dem jeweils festgesetzten Maß an Gleichheit aus biologischen, sozialen oder politischen Gründen nicht entsprechen. In Wirklichkeit bedingen sich Freiheit und Gleichheit aber gegenseitig. Eine Freiheit, die nur wenigen gewährt wird, verdient diesen Namen nicht, und eine Gleichheit, die nur in gleichmäßiger Unfreiheit besteht, widerspricht der Idee der Menschenrechte ebenfalls. Deshalb verlangt diese, daß die staatliche Ordnung ein fruchtbares Spannungsverhältnis zwischen den beiden Prinzipien schafft.

Um die Ausgestaltung dieses Verhältnisses von Freiheit und Gleichheit geht der politische Kampf, zumindest in den westlichen

Industriestaaten. Alle, die daran beteiligt sind, auch die Christen, begegnen dabei der Not, daß der richtige Weg weder errechnet noch ein für allemal bestimmt werden kann, sondern immer wieder aufs neue gesucht werden muß. Aufgabe der Christen ist es, mit dafür zu sorgen, daß er sich innerhalb von Grenzen hält, die beiden Prinzipien gerecht werden, daß er rechtzeitig und in friedlichen Formen gefunden wird.

Eine Politik, die sich auf die rein rechtliche Gleichbehandlung der Menschen beschränkt, wird dabei, zumindest in Industriestaaten, diesem Auftrag nicht gerecht. Die soziale Frage, die Europa im 19. und 20. Jahrhundert erschüttert hat, ist gerade daraus entstanden, daß die Freiheit überbetont, die Gleichheit aber auf eine Chancengleichheit im rein rechtlichen Sinne reduziert wurde. Sicherlich kann staatliche Politik immer nur eine teilweise Gleichbehandlung aller Bürger erreichen und muß sie sich im übrigen damit begnügen, für die Gleichheit der Chancen zu sorgen. Aber es muß eine reale, nicht lediglich eine formalrechtliche Chancengleichheit sein. Dem dient die Politik des modernen Sozialstaates. Daß sie diesem Auftrag gerecht wird, muß Gegenstand ständiger Bemühungen sein. Zumindest in Industriestaaten sind Freiheit und Gleichheit daher ohne Sozialstaatlichkeit nicht mehr denkbar.

5. Der Staat hat, vor allem in den Industriegesellschaften, gegenüber den Menschenrechten eine besondere Verantwortung. Er hat sie nicht nur selbst in allen seinen Entscheidungen zu achten, sondern er hat ihnen, gerade auch gegenüber mächtigen gesellschaftlichen Institutionen und im Prozeß gesellschaftlicher Veränderungen, darüber hinaus Achtung zu verschaffen.

Dabei stehen heute folgende Gesichtspunkte im Vordergrund:

a) Die Verantwortung des Staates für die Verwirklichung der Menschenrechte richtet sich gegenwärtig, wie schon ausgeführt, besonders auf die Übertragung des Gleichheitsgrundsatzes aus dem Bereich des formalen Rechts in die gesellschaftliche Wirklichkeit.

b) Immer mehr wird auch sichtbar, daß nicht nur der Staat die Freiheit des einzelnen einschränken kann, sondern daß gesellschaftliche Machtunterschiede die Geltung der Menschenrechte noch unmittelbarer bedrohen. Die wirtschaftliche und soziale Macht einzelner sowie gesellschaftlicher Gruppen (Konzerne, Verbände) kann oft nur noch durch die staatliche Ordnungsmacht begrenzt werden. Ihr fällt daher eine besondere Verantwortung für den Schutz der persönlichen Freiheitssphäre zu. So wird denn z. B. in Art. 1 des Grundgesetzes für die Bundesrepublik Deutschland der Schutz der Menschenwürde als »Verpflichtung aller staatlichen Gewalt« besonders hervorgehoben. Ein solcher Schutz müßte gegenwärtig in besonderem Maße den gesellschaftlichen Randgruppen zuteil werden.

c) Nicht weniger entscheidend ist in diesem Zusammenhang die Entwicklung sozialer Menschenrechte, die mit dem Ausbau des Sozialstaates einhergeht. Die Gewährleistung eines menschenwürdigen Lebens durch die staatliche Daseinsvorsorge bildet heute eine entscheidende Staatsfunktion. Die Grundrechte auf soziale Sicherheit, auf Arbeit, Freizeit, angemessene Lebenshaltung und Bildung, deren Aufnahme in die Menschenrechtskataloge diskutiert wird (vgl. etwa Art. 22–26 der Allgemeinen Erklärung der Menschenrechte), begründen Leistungsansprüche des Bürgers an den Staat einerseits und eine Fürsorgepflicht des Staates zur Abwehr menschenunwürdiger Not andererseits.

d) Über diesen materiellen Erweiterungen darf schließlich die zentrale Bedeutung institutioneller und verfahrensrechtlicher Sicherungen für die Menschenrechte nicht vergessen werden. Die sogenannten Habeas-corpus-Rechte, die vor allem die willkürliche Verhaftung verbieten und ein geordnetes Gerichtsverfahren garantieren, gehören ebenso zum Kernbestand des westlichen Menschenrechtsverständnisses wie die verschiedenen Verfahren zur Kontrolle exekutiver und legislativer Gewalt und die Möglichkeit, für staatliche Übergriffe eine angemessene Entschädigung zu fordern.

6. Das in den vorstehenden Thesen dargestellte, westliche Verständnis der Menschenrechte ist auch im modernen Sozialstaat am Lebensrecht des einzelnen Menschen orientiert. Seine menschenwürdige Existenz soll durch die Menschenrechte geschaffen und gesichert werden. Damit wird zugleich die Möglichkeit eines ständigen gesellschaftlichen Wandels betont, der sich daraus ergibt, daß die einzelnen Menschen ihre Freiheit nutzen und daß staatliche und gesellschaftliche Kräfte für mehr Gleichheit unter den Menschen sorgen. Zugleich bestätigt sich daraus die Vorstellung, daß die Menschenrechte nie restlos verwirklicht sein können, sondern immer wieder neuer Durchsetzung und Anpassung an veränderte Verhältnisse bedürfen.

Diesem westlichen Menschenrechtsverständnis stehen heute zwei mehr am Kollektiv ausgerichtete Vorstellungen gegenüber:

a) Nach Auffassung des Marxismus-Leninismus sind die Menschenrechte in den von ihm geprägten Gesellschaften automatisch gewahrt. Sie sind danach identisch mit dem Recht und der Pflicht, an der Verwirklichung des Sozialismus im Sinne dieser Lehre mitzuwirken. Zwischen den Menschenrechten und der Rechtsordnung solcher Staaten kann es danach schon begrifflich keinen Konflikt geben.

b) Wo in afrikanischen, asiatischen und südamerikanischen Ländern für die Menschenrechte gestritten wird, steht dabei meist nicht die Achtung und Förderung individueller Interessen, sondern die Freiheit, die Selbstbestimmung und das Lebensrecht der Völker und Staaten im Vordergrund.

Christen werden versuchen, unterschiedliche Positionen im Verständnis der Menschenrechte als Ausdruck unterschiedlicher politischer und gesellschaftlicher Situationen und Fragestellungen zu verstehen, zu würdigen und zu respektieren. Dennoch dürfen sie sich nicht damit beruhigen, daß sich heute fast alle politischen Systeme dem Wort nach zu Menschenrechten bekennen. Es kommt vielmehr darauf an,

- die bestehenden Übereinstimmungen zu ermitteln und, soweit möglich, zur Grundlage gemeinsamen Redens und Handelns in der Welt zu machen,
- die Unterschiede in den Auffassungen aber klar zu erkennen und auszusprechen und
- den Vertretern anderer Menschenrechtsauffassungen die historischen Erfahrungen, die zur westlichen Ausprägung der Menschenrechte geführt haben, zu erläutern und verständlich zu machen. Das gilt vor allem für die Erfahrung, daß ein menschenwürdiges Dasein ohne den Schutz des einzelnen vor staatlicher Willkür und Vernichtung nicht gewährleistet ist.

Die Universalität der Menschenrechte fordert ihre Beachtung in allen Staats- und Gesellschaftsordnungen. Die westliche Welt sieht die Verwirklichung der Menschenrechte nach ihrer geschichtlichen Erfahrung aber dort am ehesten als gewährleistet an, wo eine rechtsstaatlich verfaßte Demokratie besteht und funktionsfähig erhalten wird. Nach ihrer Überlegung besteht in dieser Verfassungsordnung, jedenfalls gegenwärtig, die beste Gewähr dafür, daß Menschenrechte nicht nur verbal anerkannt, sondern auch tatsächlich verwirklicht werden, obgleich auch in ihr immer wieder um die Anpassung der Wirklichkeit an den Anspruch gerungen werden muß (vgl. These 1).

Die Christen der westlichen Welt werden aus dieser Überzeugung im ökumenischen Gespräch nicht den Anspruch herleiten, anderen Völkern die Regeln für deren politische Entscheidungen vorzuschreiben. Sie werden anderen Völkern aber verständlich zu machen suchen, warum die westlichen Staaten zu ihrer jetzigen Staats- und Gesellschaftsordnung gefunden haben, und sie werden deutlich zu machen suchen, daß und warum sie für ihren Bereich daran festhalten (vgl. Thesenreihe »Gewalt und Gewaltanwendung in der Gesellschaft«, 1973, Nr. 5 und 7).

7. Besondere Aufgaben, die sich in der Bundesrepublik Deutschland beim Verständnis und bei der Verwirklichung der Menschenrechte stellen, sind durch die herkömmliche Auffassung verursacht, wonach die Menschenrechte primär individuelle Rechte zu sichern und zu schützen haben. Heute geht es aber auch darum, den Zusammenhang der sozialen Rechte und Pflichten neu zu durchdenken und zu betonen. Die stärkere Hervorhebung sozialer Pflichten ist in doppelter Hinsicht notwendig:

a) Menschenrechte dienen dem Schutz elementarer persönlicher Rechte. Es ist aber eine Aufgabe der Christen, in Erinnerung an das Gebot der Nächstenliebe auf die soziale Verpflichtung der Christen wie der gesamten Gesellschaft aufmerksam zu machen. Aus der Zusammengehörigkeit der Menschen erwachsen soziale und politische Verpflichtungen, die in solidarischem Verhalten zu verwirklichen sind. Vor allem soziale und gesellschaftliche Notstände können nur mit Hilfe solidarischen Handelns, in dem einer für den anderen einsteht, beseitigt werden. Insofern sind die Menschenrechte auch als Ausdruck einer Rechtsgemeinschaft zu interpretieren. Solidarisches Handeln verwirklicht den christlichen Gedanken brüderlicher Gemeinschaft.
b) Die Kirche hat gegen eine partikulare Beschränkung der Menschenrechte darauf hinzuweisen, daß die Menschenrechte unteilbar sind und daß das Liebesgebot universale, weltweite Geltung hat. Von Menschenrechten kann nur gesprochen werden, wenn sie als für alle Menschen gültig anerkannt werden. Jede Form der Diskriminierung von einzelnen oder Gruppen aus rassischen, religiösen, politischen oder sonstigen Gründen ist mit dem Ge-

danken der Menschenrechte unvereinbar. Ihre Geltung kann auch nicht auf den Bereich eines oder mehrerer Länder eingeschränkt werden. Menschenrechte werden vielmehr auch dann verletzt, wenn die Lebensbedingungen und der Wohlstand von Menschen innerhalb eines Landes einseitig auf Kosten von Menschen in anderen Ländern gefördert werden. Die Verwirklichung der Menschenrechte im eigenen Land schließt daher die Verpflichtung für die Durchsetzung und Verwirklichung der Menschenrechte in anderen Regionen ein.

8. Es wird zunehmend deutlich, daß die Menschheit u. a. durch den Besitz militärischer Zerstörungspotentiale, durch die technische Ausbeutung und Zerstörung der Biosphäre und durch ein bisher noch unkontrolliertes und unkontrollierbares Bevölkerungswachstum in weiten Teilen der Erde in die Gefahr gerät, eine negative Entscheidung über ihre Zukunft zu treffen. Verständnis und Formulierung der Menschenrechte haben sich in dieser Lage auch an der Frage nach den elementaren Bedingungen des Überlebens und den Lebensmöglichkeiten künftiger Generationen zu orientieren. Vor diesem Hintergrund muß der Gegensatz zwischen individuellen und sozialen Menschenrechten, der die augenblickliche Diskussion noch bestimmt, neu überprüft werden. Zugleich unterliegen im Hinblick darauf beide Menschenrechtskonzeptionen in ihrer Vereinseitigung entschiedener Kritik.

a) In der historischen Entwicklung der individuellen Freiheitsrechte hat stets die Vorstellung von dem unbedingten Verfügungsrecht über die eigene Person und den ihr zugehörigen Besitz eine Schlüsselstellung eingenommen. Im Zusammenhang damit hat sich ein Verständnis der Freiheitsrechte im Sinn eines materiellen Anspruchsdenkens entwickelt, das nur durch dauerndes wirtschaftliches Wachstum befriedigt werden kann. Dieses Menschenrechtsverständnis entspricht der für die europäische Geschichte der letzten Jahrhunderte fundamentalen Vorstellung von der Autonomie der menschlichen Person und dem an diese Vorstellung gebundenen Fortschrittsoptimismus. Beides ist angesichts der Auswirkungen von Wissenschaft und Technik auf die Lebensbedingungen der Menschheit in eine Krise geraten, die eine tiefgreifende Neuorientierung notwendig macht.

b) Ähnliches gilt für die isolierte Verfechtung sozialer Menschenrechte in den entwickelten Industriegesellschaften. Diese Gesellschaften müssen berücksichtigen, daß die Forderung nach einem »angemessenen Lebensstandard« in ihrem Sinn nicht ohne Zusammenhang mit der Verantwortung für die Fortentwicklung aller Völker gesehen werden kann. Der Katalog sozialer Menschenrechte in solchen Gesellschaften bedarf angesichts der veränderten Bedingungen einer Überprüfung und Beschränkung, die sich auch an der Frage der elementaren Lebensbedingungen für alle Menschen ausrichtet.

Bei der Konsultation des Ökumenischen Rates der Kirchen zur Frage der Menschenrechte, die im Oktober 1974 in St. Pölten stattfand, wurde der Versuch unternommen, einen Katalog elementarer menschenrechtlicher Standards zu formulieren, der der Differenzierung in individuelle und soziale Menschenrechte vorgeordnet ist:

»a) Es gibt ein grundlegendes Recht des Menschen auf Leben – zu dieser Thematik gehört auch die gesamte Frage des Überlebens, der Bedrohungen und Verletzungen, die aus ungerechten wirtschaftlichen, sozialen und politischen Systemen erwachsen, und die Frage der Lebensqualität.

b) Es gibt ein Recht, sich kultureller Identität zu erfreuen und diese zu erhalten – zu dieser Thematik gehören Fragen wie die nationale Selbstbestimmung, die Rechte von Minderheiten usw.

c) Es gibt ein Recht, an den Entscheidungsprozessen in der Gemeinschaft teilzuhaben – diese Thematik erstreckt sich auf die gesamte Frage effektiver Demokratie.

d) Es gibt ein Recht auf eigene, auch abweichende Meinung, das eine Gemeinschaft oder ein politisches System davor bewahrt, sich in autoritärer Unbeweglichkeit zu verhärten.

e) Es gibt ein Recht auf persönliche Würde, das z. B. die Verurteilung der Folter und einer fortgesetzt verlängerten Haft ohne faires Gerichtsverfahren einschließt.

f) Es gibt ein Recht, sich frei für eine Religion oder einen Glauben zu entscheiden. Dieses Recht umfaßt die Freiheit, allein oder in Gemeinschaft mit anderen, öffentlich oder privat seine Religion oder seinen Glauben in Wort und Tat, durch Gottesdienst und Befolgung von Riten zu bekennen.«

Dieser Katalog elementarer Menschenrechtsstandards bedarf sicher im einzelnen der Präzisierung, Ergänzung und Korrektur. Doch er deutet einen Weg der Beschreibung von Grundelementen eines modernen Menschenrechtsverständnisses an, der über die Gegenüberstellung von individuellen und sozialen Menschenrechten hinauszuführen vermag.

In der originalen englischen Fassung lautet der oben zitierte Text von der Konsultation in St. Pölten im Oktober 1974 folgendermaßen:

»a) There is a basic human right of life – including the whole question of survival, of the dangers and violations consequent on unjust economic, social and political systems and of the quality of life.

b) There is a right to enjoy and maintain a cultural identity – which involves questions such as national self-determination, rights of minorities, etc.

c) There is a right to participate in decision-making within the community – which involves the whole question of effective democracy.

d) There is a right to dissent – which preserves a community or system from hardening into authoritarian rigidity.

e) There is a right to personal dignity – which involves condemnation, for example, of torture or of protracted imprisonment without trial.

f) There is a right choose freely a religion or belief which includes freedom, either alone or in community with others and in public or private, to manifest his religion or belief in teaching, practice, workship and observance.«

III. Der Auftrag der Kirche und die Menschenrechte

9. Christen und Kirchen nehmen an der allgemeinen Erörterung der Menschenrechte teil. Auch dabei können sie nicht von ihrer besonderen christlichen Sicht der Menschenrechte absehen (Thesen 2 und 3).

Deshalb soll im folgenden das Verhältnis des christlichen Glaubens zu den Menschenrechten ausdrücklich bedacht werden. Daran sollen einige Folgerungen für die Bemühungen von Christen und Kirche um die Menschenrechte angeschlossen werden.

Zwischen der Sicht des Menschen in den Menschenrechten und im christlichen Glauben bestehen Berührungspunkte und Übereinstimmungen. In ihrem universalen Geltungsanspruch setzen die

Menschenrechte voraus, daß Menschenwürde, Freiheit und Gleichheit allen Menschen in derselben Weise zukommen und daß die Menschen zur Solidarität untereinander aufgerufen sind. Nach dem Verständnis des christlichen Glaubens gibt es eine grundlegende Gemeinsamkeit aller Menschen. Diese Gemeinsamkeit wird im Bekenntnis des christlichen Glaubens ausgedrückt, wenn sich der Mensch als Geschöpf Gottes, als Sünder und als Gerechtfertigter begreift.

Jeder Mensch ist in gleicher Weise nach Gottes Bild geschaffen (1. Mose 1, 26f.). Als Gottes Geschöpf ist er durch seine Beziehung zu Gott bestimmt. Das Leben des Menschen ist grundsätzlich unantastbar. Es vollzieht sich in der Gemeinschaft mit anderen Menschen. Dem Menschen ist die Herrschaft über die Erde aufgetragen, damit zugleich aber auch die Verantwortung für die Erde. Der Mensch ist Herr über die außermenschliche Natur, nicht aber Herr über den Menschen. Diese Bestimmung des Menschen gilt nicht nur für eine auserwählte Gruppe, auch nicht exklusiv für die Christen, sondern für alle Menschen.

Jeder Mensch ist darin Sünder, daß er Gott nicht mit seinem Leben als Schöpfer und Herrn anerkennt. Nach dem biblischen Zeugnis wirkt sich diese Auflehnung gegen Gott zerstörend auf die Gemeinschaftsverhältnisse aus: Die Menschheit ist in Völker zerstreut, ihre Beziehungen sind durch Sprachgrenzen gestört. Das Zusammenleben der Menschen wird bestimmt durch gegenseitige Bezichtigung, Neid und Feindschaft bis zum Mord. Leiden wird zu einem Grundelement des Lebens auf der Erde. Mißtrauen und Feindschaft gegen Gott stören die Beziehung zwischen dem Schöpfergott und seinen Geschöpfen.

Diesen geschaffenen und sündigen Menschen hat Gott in Jesus Christus durch die Tat der Rechtfertigung angenommen. In der Rechtfertigung spricht Gott sein Ja zum Menschen. Mit dieser Annahme des Menschen durch Gott ist der Glaubende in die Gemeinschaft mit Gott und damit in die Gemeinschaft der anderen Geschöpfe und der gerechtfertigten Sünder versetzt. So ist er zur Mitmenschlichkeit und Nächstenliebe befreit. Nach dem Verständnis des christlichen Glaubens ist also das Recht des Menschen von Gott geschenktes Recht.

Die Mitverantwortung der Christen für die Verwirklichung der Menschenrechte hat ihre Grundlage in diesem Geschenk und im

Gebot der Liebe. Sie entspringt der Dankbarkeit für die von Gott geschenkte Gemeinschaft und sie entfaltet sich im Eintreten für das Recht des Nächsten.

10. Aus dieser christlichen Sicht des Menschen ergeben sich Grundlinien für das christliche Verständnis der Menschenrechte.

– Grundlegend ist die Anerkennung der Unantastbarkeit der Menschenwürde und des Rechts auf Leben.
– Von den Menschenrechten kann nur gesprochen werden, wenn sie als für alle Menschen gültig anerkannt werden. Jede Form der Diskriminierung von einzelnen oder Gruppen aus rassischen, religiösen, politischen oder sonstigen Gründen ist mit dem Gedanken der Menschenrechte unvereinbar. Das schließt die Universalität der Menschenrechte ein (vgl. Thesen 6 und 7 b).
– Die Einsicht in die Sündhaftigkeit des Menschen verpflichtet dazu, den Charakter der Menschenrechte als Schutzrechte nicht zu vernachlässigen. Angesichts der Verführbarkeit des Menschen durch unkontrollierte Macht, der Möglichkeit des Machtmißbrauchs und der Unberechenbarkeit menschlichen Handelns sollen sie eine »Herrschaft des Rechts« ermöglichen, den Schutz des Lebens gewährleisten, Schutz vor ungerechtfertigten Eingriffen in die Freiheitssphäre des einzelnen bieten, die Diskriminierung von Minderheiten verhindern.
– Der Mensch ist von Gott zur Gemeinschaft geschaffen. Deshalb wäre es verfehlt, den Menschen, der Träger von Menschenrechten ist, als ein seiner gesellschaftlichen und natürlichen Umwelt isoliert gegenüberstehendes Individuum zu betrachten. Diese Erkenntnis verbietet jede individualistische Verengung der Menschenrechte, vor allem auch im Bereich des Wirtschaftslebens.
– Aus dem gleichen Grund dürfen die Menschenrechte auch nicht als unbeschränkte Verfügungsrechte über die Natur mißverstanden werden. Eine solche unbeschränkte Verfügung gefährdet, wie wir heute erkennen, vielfach die Lebensrechte anderer Menschen und Völker. Zudem sollte sich der Mensch stets vor Augen halten, daß er nur ein Geschöpf unter anderen Geschöpfen ist und daß seine Herrschaft über die Natur deshalb als Verantwortung für ihre Erhaltung wahrgenommen werden muß.

11. Christen wissen sich vor Gott gestellt und durch das Liebesgebot gegenüber ihren Mitmenschen verpflichtet. Sie haben im Glauben an Christus und in seiner Nachfolge die Freiheit, auf die Durchsetzung

eigenen Rechts in konkreten Situationen zu verzichten, das Recht des anderen höher zu stellen als das eigene Recht, für das Recht des Nächsten bis zum Einsatz des eigenen Lebens zu leiden. Auch wenn solche Bereitschaft von Christen zu Verzicht und Opfer immer wieder mißbraucht wurde und wird, bleibt sie Zeichen christlichen Glaubens.

Der Verzicht auf die Beanspruchung von Menschenrechten kann Ausdruck christlicher Freiheit und Liebe sein. Er kann daher nicht als Forderung gegenüber anderen geltend gemacht werden. Auch kann es in bestimmten Fällen gerade erforderlich sein, eigenes Recht zugunsten der Rechtsstellung anderer geltend zu machen.

12. Die in den Menschenrechten geforderte Freiheit ist nicht identisch mit der christlichen Freiheit. Christliche Freiheit kann auch dort erfahren und bewährt werden, wo Menschen die politische und gesellschaftliche Freiheit vorenthalten oder genommen wird.

Die Freiheit des Evangeliums kann nur im Glauben angenommen werden. Sie verheißt die Befreiung von Sünde, Gesetz und Tod. Darum kann auch die Verheißung Gottes im Evangelium nicht durch gesellschaftliches und politisches Handeln verwirklicht werden. Der dem Menschen in der Rechtfertigung des Gottlosen durch Jesus Christus widerfahrende Freispruch wie die über den Tod hinausweisende Verheißung der Freiheit der Kinder Gottes ermutigt jedoch zum Eintreten für die Lebens- und Freiheitsrechte des Menschen in dieser Welt, ja sie ruft dazu auf.

13. Die Verkündigung des Evangeliums und der Glaube haben das Bestehen politischer Freiheit nicht zur Voraussetzung und Grundlage. Christen und Kirchen wollen das Evangelium aber durch Wort und Tat in der Welt äußern und bezeugen und streben folglich danach, einen Freiheitsraum für die Betätigung und Bewährung ihres Glaubens zu erlangen. Im Menschenrecht der Religionsfreiheit hat dieses Streben nach politischer und gesellschaftlicher Betätigung des Glaubens eine rechtliche Ausformung gefunden. Christen werden ihr Eintreten für Religionsfreiheit also nicht nur politisch und gesellschaftlich begründen, sondern bestrebt sein, die Ausübung der Religionsfreiheit als Verwirklichung der Freiheit des Glaubens zu gestalten.

Mit der Inanspruchnahme der Religionsfreiheit haben Christen zugleich dafür einzutreten, daß jedem Menschen das Recht zuerkannt und gesichert wird, seine – religiöse oder nichtreligiöse –

Überzeugung frei und öffentlich zu äußern, zu wechseln und allein oder in Gemeinschaft mit anderen zu bekunden. Mit ihrem Eintreten für Religionsfreiheit anerkennen Christen und Kirchen zugleich den Anspruch auf allgemeine Gedanken- und Gewissensfreiheit in Gesellschaft und Staat, die sie ihrerseits selbst zu achten haben. Mit ihrem Eintreten für die Religionsfreiheit als Menschenrecht bezeugen Christen und Kirchen, daß Staat und Gesellschaft kein grenzenloses Recht gegenüber dem Menschen haben.

14. Die Kirche nimmt an den Bemühungen um die Menschenrechte in mehrfacher Form teil.

- Die Verkündigung der Kirche hat einen unmittelbaren und klärenden Bezug zum Problem der Menschenrechte. Das diakonische Handeln der Kirche ist am Lebensrecht des Menschen, gerade des Schwächeren und Hilfsbedürftigen orientiert. Ebenso muß für die Verfassungsgestalt der Kirche und für das Zusammenleben in der christlichen Gemeinde gelten, daß sie auf die Wahrung von Gewissensfreiheit und Teilnahmemöglichkeiten ausgerichtet sind.
- Die Kirche nimmt an den Bemühungen um die Menschenrechte ferner dadurch teil, daß sie zu einer breiteren Verständigung über deren Inhalte und Voraussetzungen beizutragen sucht. Dies geschieht – wie in manchen anderen Fragen – u. a. durch öffentliche Erklärungen und durch Maßnahmen der Erwachsenenbildung.
- Aufgabe der Kirche ist es, öffentlich gegen Unrecht einzutreten und die Durchsetzung des Rechts zu fordern. Sie darf nicht davor zurückschrecken, konkrete Menschenrechtsverletzungen, z. B. rassische, religiöse oder politische Diskriminierungen, beim Namen zu nennen und beim Eintreten gegen diese Rechtsverletzungen auch ihre ökumenischen Verbindungen zur Geltung zu bringen. Dabei liegt ein besonderes Gewicht kirchlichen Handelns auf dem Einsatz für die Rechte sonst vergessener Gruppen, für die Rechte von Minderheiten, die sich selbst kein Gehör verschaffen können, und auch auf dem Einsatz für das Lebensrecht kommender Generationen.
- Die Kirche hat ferner die Rechte von Menschen und Menschengruppen gegenüber der Inanspruchnahme durch Lehren und Systeme geltend zu machen, die einen Totalitätsanspruch erheben. Sie muß sich dagegen wenden, daß Menschen oder Menschen-

gruppen einer alles umfassenden Lehre und dem davon ausgehenden Zwang unterworfen und zum Opfer gebracht werden.

- In einer Welt, in der eine globale Verständigung über die Menschenrechte notwendiger denn je ist und in der zugleich in wachsendem Maß elementare Menschenrechte verletzt werden, müssen die Kirchen auch in ihrem ökumenischen Zusammenhang von Fall zu Fall versuchen, durch Handlungen und Erklärungen die Aufmerksamkeit einer weiteren Öffentlichkeit auf konkrete Menschenrechtsverletzungen und auf Wege zum Abbau solcher Verletzungen zu lenken. Solche Handlungen und Erklärungen sind zugleich Ausdruck der Solidarität mit denen, die unter der Verletzung ihrer Rechte zu leiden haben. Zu den Handlungen, die solche Solidarität zum Ausdruck bringen, gehört das ökumenische Programm zur Bekämpfung des Rassismus, dessen Sinn durch seine Einordnung in den Zusammenhang des kirchlichen Beitrags zur Verwirklichung der Menschenrechte deutlich hervortritt.

Nicht zuletzt ist der Beitrag der Kirche zur Klarstellung und Verwirklichung der Menschenrechte aber dort zu sehen, wo sie in der Verkündigung des in Jesus Christus geschenkten Heils ihren eigensten Auftrag erfüllt. Wo Menschen die Zusage Gottes annehmen und in die Nachfolge Jesu eintreten, da sind sie bereit, dem Nächsten mehr als nur sein Recht zu schaffen.

12.

Stellungnahme des Rates der Evangelischen Kirche in Deutschland zur CCIA-Konsultation über Fragen der KSZE-Schlußakte, der Menschenrechte und der Religionsfreiheit

Vom 10. Juli 1976

Inhalt

Die Vollversammlung des Ökumenischen Rates der Kirchen (ÖRK) hat auf ihrer Tagung in Nairobi 1975 eine Entscheidung zur Schlußakte der Konferenz über Sicherheit und Zusammenarbeit in Europa (KSZE) vom 1. August 1975 gefaßt. Sie hat darin die Unterzeichner der Schlußakte aufgerufen, »das Abkommen von Helsinki unverzüglich und vollständig zu verwirklichen«. Besonders hervorgehoben wurde dabei neben den »Prinzipien, die die Beziehungen der Teilnehmerstaaten leiten«, der Komplex der Menschenrechte und Grundfreiheiten einschließlich der Gedanken-, Gewissens-, Religions- oder Überzeugungsfreiheit sowie überhaupt die Zusammenarbeit in humanitären Bereichen. Die Vollversammlung hat den Zentralausschuß und das Generalsekretariat aufgefordert, sich mit diesen Fragen zu befassen und geeignete Schritte zu unternehmen; die Frage der Religionsfreiheit soll Gegenstand gründlicher Beratungen mit den Mitgliedskirchen des ÖRK in den Signatarstaaten sein, ein erster Bericht soll in der nächsten Sitzung des Zentralausschusses im August 1976 vorgelegt werden.

Generalsekretär Dr. Philip Potter hat mit Rundschreiben vom 19. März 1976 den Mitgliedskirchen des ÖRK diese Dinge noch einmal dargelegt und die Frage der Menschenrechte und Religionsfreiheit in den Zusammenhang einer Mitarbeit an der Verwirklichung der KSZE-Schlußakte überhaupt gestellt. Für eine Konsultation der CCIA, die zur Vorbereitung der genannten Zentralausschußsitzung vom 24. bis 28. Juli 1976 in Montreux stattfindet, hat Dr. Potter um weiteres Material sowie um Stellungnahmen zu den angesprochenen Fragen gebeten.

Hierzu äußert sich der Rat der Evangelischen Kirche in Deutschland (EKD) wie folgt:

I. Zur Bedeutung der KSZE-Schlußakte

Der Rat der EKD hat sich mit der KSZE seit ihrem Beginn laufend befaßt und sich dabei von der Kammer der EKD für öffentliche Verantwortung beraten lassen. Dasselbe gilt für die Kirchenkonferenz der EKD, in der die Kirchenleitungen der Gliedkirchen der EKD vertreten sind. Inhalt und Probleme der KSZE-Schlußakte sind den leitenden Organen der Mitgliedskirchen des ÖRK in der Bundesrepublik Deutschland vertraut.

Für eine Anwendung der KSZE-Schlußakte ist es erforderlich, ihren politischen isen dazu neigt, die Schlußakte zu unterschätzen, dominiert in kirchlichen Kreisen eher eine Überschätzung. Beide Fehler müssen vermieden werden.

Die Schlußakte ist ein Dokument sui generis. Einerseits kommt ihr ein hoher politisch-moralischer Rang zu. In einer amtlichen Textausgabe des Presse- und Informationsamtes der Bundesregierung der Bundesrepublik Deutschland finden sich hierzu folgende Sätze:

> »Die Ergebnisse von Helsinki haben hohen moralisch-politischen Rang. Sie setzen Maßstäbe für den weiteren Entspannungsprozeß, an dem sich alle Konferenzteilnehmer werden messen lassen müssen. Die KSZE ist der erste multilaterale Versuch, einen thematisch weit gespannten Verhaltenskodex für West und Ost in Europa zu schaffen. Sie hatte zum Ziel, eine neue Dimension der Zusammenarbeit über die Systemgrenzen hinweg zu finden. Hierfür mußten östliche und westliche Entspannungsvorstellungen so harmonisiert werden, daß ein gemeinsames Konzept jenseits ideologischer oder struktureller Differenzen als Grundlage der Konferenz dienen konnte.«

Andererseits darf nicht der geringe völkerrechtliche Rang der Schlußakte außer Betracht gelassen werden, der sich am ehesten nach der negativen Seite hin beschreiben läßt:

> Sie ist kein internationales Abkommen und kein Vertrag üblicher Art. Daher hat sie keine völkerrechtliche Qualität im Sinn des Vertragsrechtes, sie ist daher auch nicht nach Art. 102 der Charta der Vereinten Nationen bei deren Sekretariat registrierbar. Bestehende Vertragsverhältnisse werden nicht überlagert. Es wird kein regionales Völkerrecht für Europa geschaffen. Schließlich ist die Schlußakte kein Ersatz für einen noch ausstehenden Friedensvertrag nach dem Zweiten Weltkrieg.

Die Schlußakte bewirkte daher auch keine Veränderungen im Grundmuster der Beziehungen der Signatarstaaten zueinander. Die Staaten sind mit der Schlußakte nur einzelne konkrete Verpflichtungen eingegangen, die auf die europäische Szene als solche keinen nennenswerten Einfluß ausüben.

Es besteht die Gefahr, daß unter diesen negativen Gesichtspunkten das allgemeine Mißtrauen der Völker gegenüber der Deklaration allgemeiner Prinzipien noch gefördert wird. Um dieser Gefahr zu begegnen, ist eine Weiterarbeit an den von der Schlußakte beschriebenen Aufgaben auf breiter Grundlage geboten. Dazu heben wir folgende Punkte besonders hervor:

1. Die einzelnen Abschnitte stehen in einem Zusammenhang gegenseitiger Interpretation. Eine Bevorzugung bestimmter Aussagen unter Vernachlässigung anderer würde das Konferenzziel in Frage stellen, in Europa zum Frieden, zur Sicherheit, zur Gerechtigkeit, zur Zusammenarbeit und zur gegenseitigen Annäherung der Völker beizutragen.
2. Ein wichtiges Kennzeichen der Schlußakte liegt in dem ausgewogenen Verhältnis zwischen dem Staat und der Gesellschaft einerseits und dem Individuum andererseits. Es durchzieht alle Komplexe der Schlußakte: die Fragen der Sicherheit in Europa mit den zehn Prinzipien; der Zusammenarbeit in den Bereichen der Wirtschaft, der Wissenschaft, der Technik und der Umwelt; der Zusammenarbeit in humanitären und anderen Bereichen. Auch hier darf nicht das eine gegen das andere ausgespielt werden. Kein gesellschaftsbezogener Kontext darf die Menschenwürde des einzelnen in Frage stellen.
3. Zu den wichtigen Neuerungen einer Erklärung zum Verhaltenskodex von Staaten gehört das Kapitel »Zusammenarbeit in humanitären und anderen Bereichen« (Korb III). Entspannung betrifft nicht lediglich die Beziehungen zwischen den Staaten. In gleicher Weise sind Bewegungsfreiheit der Menschen, Kontakte über die Systemgrenzen hinweg und ein verstärkter Informationsaustausch Bestandteil und Bedingung politischer Entspannung.
4. Bemerkenswert erscheint die gesonderte Erwähnung – neben dem vorher angesprochenen Gewaltverbot – der »Friedlichen Regelung von Streitfällen« als fünfter Punkt des Prinzipienkatalogs. Einerseits werden dort in Anlehnung an Art. 33 der UN-Charta die konventionellen Methoden der Streitschlichtung genannt. Zugleich wird aber unter den »Maßnahmen zur Verwirklichung dieses Prinzips« im Anschluß an die Prinzipiendeklaration der Wunsch nach einer Verstärkung und Verbesserung derartiger Regelungen unter ausdrücklicher Bezugnahme auf einen umfangreichen Schweizer Konventionsentwurf deutlich.

   Dieses Schweizer Projekt, dessen Kernstück die obligatorische Streitschlichtung und hier auch die der »nicht justiziablen«, d. h. der politischen Streitfälle vorsieht, ist in der Sache nicht verhandelt worden, da die politischen Widerstände aus beiden Lagern wegen einer möglichen Souveränitätsbeeinträchtigung nicht abgebaut werden konnten. Allerdings wurde der Beschluß gefaßt, aufgrund dieses Entwurfes nach der Belgrader Fortsetzungskonferenz im Jahr 1977 die Arbeiten auf Expertenebene fortzusetzen.

5. Von großem Gewicht für die Weiterentwicklung der Lehre vom Völkerrecht ist das siebente Prinzip in dem Kapitel über die Sicherheit in Europa. In ihm werden die Menschenrechte auf eine Stufe mit den klassischen Völkerrechtsprinzipien gestellt. Alle hier zu nennenden Rechte und Freiheiten werden aus der dem Menschen innewohnenden Würde abgeleitet und sind für seine freie und volle Entfaltung wesentlich. Auch diese Formulierung verdient eine starke Hervorhebung:

   »Die Teilnehmerstaaten anerkennen die universelle Bedeutung der Menschenrechte und Grundfreiheiten, deren Achtung ein wesentlicher Faktor für den Frieden, die Gerechtigkeit und das Wohlergehen ist, die ihrerseits erforderlich sind, um die Entwicklung freundschaftlicher Beziehungen und der Zusammenarbeit zwischen ihnen sowie zwischen allen Staaten zu gewährleisten.«

6. Die Menschenrechtskommission der Vereinten Nationen hat sich durch viele Jahre hindurch darum bemüht, eine UN-Konvention zur Garantie der Religionsfreiheit zu erreichen, bis heute vergeblich. Die KSZE-Schlußakte ersetzt keine Konvention, dennoch ist es beachtenswert, daß das siebente Prinzip diese Formulierung enthält:

   »In diesem Rahmen werden die Teilnehmerstaaten die Freiheit des Individuums anerkennen und achten, sich allein oder in Gemeinschaft mit anderen zu einer Religion oder einer Überzeugung in Übereinstimmung mit dem, was sein Gewissen ihm gebietet, zu bekennen und sie auszuüben.«

7. Schließlich bedarf in diesem Zusammenhang das zehnte Prinzip der Hervorhebung, in dem sich eine Verständigungsmöglichkeit über eine wichtige Frage des Völkerrechts anbahnt, nämlich über das Verhältnis des völkerrechtlichen Vertragsrechts zu den anerkannten Grundsätzen und Regeln des Völkerrechts:

   »Die Teilnehmerstaaten werden ihre völkerrechtlichen Verpflichtungen nach Treu und Glauben erfüllen, und zwar jene Verpflichtungen, die sich aus den allgemein anerkannten

Grundsätzen und Regeln des Völkerrechts ergeben, wie auch jene Verpflichtungen, die sich aus mit dem Völkerrecht übereinstimmenden Verträgen oder sonstigen Abkommen, deren Vertragspartei sie sind, ergeben.«

Wir haben vorstehend diejenigen Elemente der KSZE-Schlußakte hervorgehoben, die sich für eine weitere Mitarbeit der Kirchen besonders eignen. Die z. T. überraschend weit gehenden Formulierungen waren vermutlich auch deshalb möglich, weil sich mit ihnen keine vertraglichen Verpflichtungen im konkreten Einzelfall verbanden, sondern mehr als Absichtserklärungen zu werten sind. Daran wird der Charakter des Unfertigen dieser Schlußakte deutlich. Umso wichtiger ist die Weiterarbeit. Wir stimmen der Bemerkung in der oben schon genannten amtlichen Ausgabe der Schlußakte in der Bundesrepublik zu:

»Mit der KSZE ist ein Anfang gemacht worden, der der Mühe wert war; die Ergebnisse eröffnen einen Weg, über die Systemunterschiede hinweg Interessengegensätze zu vermindern, gemeinsame Interessen zu entwickeln. Jetzt kommt es darauf an, von dieser Chance Gebrauch zu machen. Dazu sind alle aufgerufen – West wie Ost.«

Ganz besondere Bedeutung kommt deshalb der für das Jahr 1977 geplanten Zusammenkunft von hohen Beamten aus den Signatarstaaten in Belgrad zu, auf der eine erste Bilanz der Auswirkungen der Schlußakte gezogen werden soll.

II. KSZE-Schlußakte und Menschenrechte

Die vorstehenden Hinweise haben gezeigt, daß die Menschenrechte einen wichtigen Bestandteil der KSZE-Schlußakte bilden. Ohne die gemeinsame Verpflichtung aller Staaten zur Verwirklichung von Menschenrechten wäre dieses umfassende Dokument nicht denkbar gewesen. Es wird daher für die Zukunft alles darauf ankommen, ob sich das Verständnis der Menschenrechte in der politischen Wirklichkeit als tragfähig genug erweist. Dazu ist aber ein Mindestmaß an Übereinstimmung im Verständnis der Menschenrechte die Vorbedingung.

In der Tat erweisen sich die Menschenrechte immer mehr als die entscheidende Schlüsselfrage für die innere Ordnung einer Gesellschaft, für das Verständnis des Staates und der Stellung des einzelnen in ihm, für das Zusammenleben der Völker, für den Ausgleich zwischen armen und reichen Völkern im Sinn einer internationalen Gerechtigkeit, für die Überwindung jeglicher Diskriminierung von Rassen und religiösen oder weltanschaulichen Überzeugungen. Es ist daher berechtigt und verständlich, wenn die Frage der Menschenrechte zum politischen, gesellschaftspolitischen, sozialen und internationalen Problem der Gegenwart erhoben wird.

Die gegenwärtige Diskussion ist dadurch gekennzeichnet, daß drei unterschiedliche Weisen, Menschenrechte zu verstehen und zu verwirklichen, um ihr Verständnis zueinander ringen. In der westlichen Tradition ging es um das Verständnis und um die Verwirklichung der Menschenrechte im Sinn der auf das Individuum bezogenen Rechte. Es handelt sich überwiegend um die auf die einzelne Person bezogenen Freiheitsrechte, die als Abwehrrechte gegen Übergriffe des Staates erstritten wurden. Für den Sozialismus sind die Menschenrechte vorwiegend ein gesellschaftspolitisches Problem, Verständnis und Verwirklichung sind damit an die Neuordnung der Gesellschaft im Sinn des Sozialismus gebunden, die auf den einzelnen bezogenen Menschenrechte treten zurück. Und drittens schließlich ist das Menschenrechtsverständnis in der Dritten Welt von der besonderen menschlichen, gesellschaftlichen und politischen Lage her zu verstehen, in der sich diese Länder befinden. Diese ihre Lage gestattet nicht leicht einen Zugang zur westlichen Tradition im Verständnis der Menschenrechte. Wo die menschliche Lage vorwiegend durch Hunger und Armut gekennzeichnet ist, tritt das Interesse an bestimmten auf die Person bezogenen Individualrechten zunächst zurück und macht dem Recht auf Existenzsicherung Platz. Es geht nun in der weiteren Diskussion darum, diesem unterschiedlichen Verständnis von Menschenrechten das jeweilige Recht zuzugestehen und falsche Absolutheitsansprüche zu verhindern. Auf der anderen Seite würde der Diskussion über die Menschenrechte kein guter Dienst erwiesen, wenn sie das Feld einer Rechtsdiskussion mit ihren spezifischen Merkmalen verlassen und in eine allgemeine Auseinandersetzung über politische und gesellschaftspolitische Ziele auslaufen würde. Nur als Diskussion über vorgegebene Rechte kann sich der spezifische Beitrag der Menschenrechte zur politischen und gesellschaftlichen Entwicklung voll auswirken.

Die Evangelische Kirche in Berlin-Brandenburg weist in einem

Bericht darauf hin, wie groß die Bedeutung einer völkerrechtlich verbindlichen Erklärung der Menschenrechte in einer speziellen Situation sein kann. So trifft z. B. auf die Situation in Berlin (West) zu, daß die Europäische Konvention zum Schutz der Menschenrechte und Grundfreiheiten ein wichtiges Instrument darstellt, um Westberlinern die Möglichkeit zu geben, gegen gerichtliche Entscheidungen vorzugehen, die nach ihrer Meinung Menschenrechtsverletzungen enthalten. Dieser Weg zur Europäischen Kommission für Menschenrechte und gegebenenfalls zum Europäischen Gerichtshof für Menschenrechte tritt für Westberliner an die Stelle der Anrufung des Bundesverfassungsgerichtes durch Verfassungsbeschwerde. Dieses Gericht hat für Berlin (West) keine Zuständigkeit. Überhaupt weist die Kirchenleitung von Berlin (West) darauf hin, daß gerade in der speziellen Situation dieser Stadt eine besondere Sensibilität in der Frage der Menschenrechte herrscht. Dabei wird besonders auf die gute Zusammenarbeit mit Amnesty International verwiesen. Näheres ist dem hier beigelegten Brief von Bischof D. Kurt Scharf vom Himmelfahrtstag 1976 an die Pfarrerschaft in Berlin (West) zu entnehmen. Darüber hinaus hat sich gerade in Berlin ein Arbeitskreis Menschenrechte konstituiert. Der im Jahr 1977 in Berlin (West) stattfindende Kirchentag wird sich ebenfalls im Rahmen seiner Veranstaltungen mit diesem Thema befassen.

Für die EKD ist zu berichten, daß sie beabsichtigt, beim Diakonischen Werk in Stuttgart eine besondere Hilfsstelle für Opfer von Menschenrechtsverletzungen einzurichten.

Schließlich ist in diesem Zusammenhang auf die Studienarbeit der Kammer der EKD für öffentliche Verantwortung zu Fragen der Menschenrechte zu verweisen. Die Kammer hat sich an der Vorarbeit für die CCIA-Konsultation über Fragen der Menschenrechte in St. Pölten 1974 beteiligt. Zur Vollversammlung des ÖRK in Nairobi 1975 hat sie eine Thesenreihe »Die Menschenrechte im ökumenischen Gespräch« vorgelegt. Der Text dieser Thesenreihe liegt hier in deutscher und in englischer Fassung an. Die Kammer setzt ihre Studienarbeit fort. Außerdem legen wir hier je einen Aufsatz der Herren Prof. Dr. Ulrich Scheuner, Bonn, und Prof. D. Dr. Ludwig Raiser, Tübingen, an. Beide Herren sind an der Arbeit der erwähnten Kammer der EKD für öffentliche Verantwortung maßgeblich beteiligt:

1. Ulrich Scheuner: Die Menschenrechte in der ökumenischen Diskussion, Ökumenische Rundschau, H. 2, 1975, S. 152ff.
2. Ludwig Raiser: Der Stand der Menschenrechtsdiskussion, Evangelische Kommentare, April 1975, S. 199ff.

III. Kirchliche Aufgaben

Kirchliche Aufgaben an den hier diskutierten Fragen sehen wir auf den drei Ebenen der KSZE-Schlußakte im ganzen, der Menschenrechte sowie der Religions- und Gewissensfreiheit. Außerdem sind Aufgaben im eigenen nationalen Bereich und auf ökumenischer Ebene voneinander zu unterscheiden.

1. Die Teilung Deutschlands in zwei Staaten, zwischen denen eine Grenze besonderer Art läuft, hat die Kirchen in der Bundesrepublik und in Berlin (West) von Anfang an dazu genötigt, sich in ihrer Mitwirkung auf dem politischen Feld in den Dienst der Entspannung zu stellen. Daher sieht die EKD in der KSZE-Schlußakte einen Anlaß, diese Aufgabe erneut zu bedenken. Besonders begrüßt die EKD die starke Betonung der Menschenrechte und der Religionsfreiheit, weil sie sich davon einen Fortschritt im Entspannungsprozeß zwischen den beiden deutschen Staaten verspricht.
2. In der Bundesrepublik selbst gibt es seit ihrer Gründung ein ständiges Gespräch über Fragen der Menschenrechte. Durch eine unveränderliche Verfassungsbestimmung bekennt sich das deutsche Volk zu unverletzlichen und unveräußerlichen Menschenrechten als Grundlage jeder menschlichen Gemeinschaft, des Friedens und der Gerechtigkeit. Der Verfassung der Bundesrepublik (Grundgesetz) ist ein breiter Katalog von Grundrechten vorangestellt, durch den wichtige Menschenrechte als unmittelbar geltendes Recht die Gesetzgebung, die vollziehende Gewalt und die Rechtsprechung binden.

   Mit Hilfe der Gerichte vermag der einzelne aufgrund des nahezu lückenlosen Individualrechtsschutzes, den Art. 19 Abs. 4 Grundgesetz postuliert, Übergriffen auch der staatlichen Gewalt zu begegnen. Selbst wenn nicht der eigentliche Wesensgehalt, sondern lediglich das weitere Vorfeld von Grundrechten berührt wird, so lösen diese Auseinandersetzungen – wie z. B. in der

Behandlung ausländischer Arbeitnehmer und bei Fragen der Einstellung in den öffentlichen Dienst – meist eine breite Diskussion aus. Die große Empfindlichkeit, mit der in der Öffentlichkeit über die Einhaltung dieser Grundrechte gewacht wird, erklärt sich aus den Erfahrungen des deutschen Volkes mit einer ungezügelten staatlichen Willkürherrschaft. Auch die Kirchen sind an dieser Wachsamkeit beteiligt und haben zugleich hinsichtlich der Religionsfreiheit und der weltanschaulichen Neutralität des Staates ihren Nutzen davon. Auch zum inhaltlichen Verständnis und zur Ergänzung traditioneller Menschenrechtsvorstellungen herrscht in der Bundesrepublik Deutschland eine vielfältige Erörterung. Zwar hält man an elementaren Rechten der Person im Sinn der Abwehr- und Freiheitsrechte gegenüber staatlicher Gewalt fest, weil man darin einen unaufgebbaren Kern der Menschenrechte sieht, aber es findet doch zugleich eine deutliche Hinwendung zur Idee sozialer Grundrechte im Sinn der Teilhabe an sozialen Zielen und Leistungen der Gesellschaft statt.

Für weitere Einzelheiten zur Beurteilung der Situation in der Bundesrepublik Deutschland und bestimmter kirchlicher Aktivitäten verweisen wir auf das Schreiben des Landeskirchenrates der Evangelisch-Lutherischen Kirche in Bayern vom 24. Juni 1976, das dem Generalsekretariat des ÖRK unmittelbar zugegangen ist.

3. Die Notwendigkeit einer ökumenischen Teilnahme an einer Anwendung und Fortentwicklung der KSZE-Schlußakte ergibt sich schon allein aus deren Charakter der Unfertigkeit und völkerrechtlichen Unverbindlichkeit. Der tatsächliche Wert der Schlußakte muß sich noch in ihrer Anwendung auf die praktische Politik erweisen. Darum kommt auch der Zusammenkunft 1977 in Belgrad eine große Bedeutung zu. Der ÖRK sollte nicht versäumen, bei dieser Gelegenheit die Unentbehrlichkeit verbindlicher Regeln für die Gemeinschaft der Staaten und Völker zu vertreten, wenn die ungeheueren Gefahren für den Frieden der Welt in den nächsten Jahrzehnten abgewehrt werden sollen.

4. Mittelfristig sollte der ÖRK eine größere Studienarbeit auf die KSZE-Schlußakte verwenden. Diese wirft eine Anzahl von Fragen hinsichtlich ihres völkerrechtlichen Charakters auf, die sorgfältig zu studieren sind. Diese Studienarbeit wird am besten mit einer Fortführung der Arbeit an den Menschenrechten verbunden. Dabei sollten auch die gegenwärtig laufenden Studienarbei-

ten des Lutherischen Weltbundes, des Reformierten Weltbundes und der Konferenz Europäischer Kirchen zur Frage der Menschenrechte und der KSZE mit einbezogen und weitgehend koordiniert werden. Nach wie vor fehlt es an einer überzeugenden theologischen Grundlegung des Menschenrechtsverständnisses. Außerdem ist das Verhältnis von Menschenrechten und politischem Handeln zu bedenken. Vordringlich ist bei allem, der Tendenz einer Entwicklung von verschiedenen Menschenrechtsverständnissen, die einander ausschließen, entgegenzuwirken. Hier hat der ÖRK eine Aufgabe der Integration.

5. Schließlich bedarf es einer neuen Überlegung, mit welcher Strategie der ÖRK den praktischen Verletzungen von Menschenrechten entgegentreten soll. Der ÖRK steht in dem Verdacht, hierin sein Augenmerk nur auf bestimmte Regionen der Welt zu richten. Es gibt gute Gründe dafür, daß das Verfahren unterschiedlich ist. Andererseits kann es auf die Dauer auch nicht hingenommen werden, daß manche Staaten auf Vorhaltungen bei Verletzungen von Menschenrechten auf das heftigste reagieren. Ein Staat, der die KSZE-Schlußakte unterschrieben hat, muß auch bereit sein, sich an ihr messen zu lassen.

13.

Christen und Juden

Einleitung

Nach dem zweiten Weltkrieg haben Christen in Deutschland angefangen, ihre Beziehungen zum Judentum neu zu bedenken. Die Motive dafür waren verschiedener Art: Das Bestreben, die Schuld, die Hitler-Deutschland auf sich geladen hatte, mitzutragen und zu einer Versöhnung zu kommen; endzeitliche Erwartungen vorwiegend in pietistischen Kreisen, die sich aus der Gründung des Staates Israel ergaben; die Entdeckung, wie viele Verbindungen theologischer und geistlicher Art zwischen Christentum und Judentum trotz aller Unterschiede bestehen. Im Gesamtzusammenhang dieser Diskussion hat der Rat der EKD 1967 die Studienkommission Kirche und Judentum berufen.

Die Studienkommission hat dem Rat 1973 vorgeschlagen, eine Ausarbeitung zum Thema »Verhältnis der Kirche zu den Juden« zu erstellen. Diesem Vorschlag hat der Rat im Dezember 1973 zugestimmt. Daraus ist die Studie »Christen und Juden« entstanden.

Die Studie »will in erster Linie den Christen in der Evangelischen Kirche in Deutschland eine Orientierungshilfe für die Besinnung über ihr Verhältnis zu den Juden geben. Sie geht dabei von der Überzeugung aus, daß die Beziehung zwischen Christen und Juden auch dort zu den fundamentalen Themen der christlichen Existenz gehört, wo eine unmittelbare Nachbarschaft des Zusammenlebens von Christen und Juden nicht oder nicht mehr gegeben ist« (siehe »Einführung«).

Die Studie kann die anstehenden Fragen nur kurz und knapp ansprechen. Deshalb hat der Rat der EKD die Studienkommission beauftragt, ein Arbeitsbuch zu erstellen, das zu jedem Abschnitt weiteres Material und vertiefende Darlegungen bringt.

Christen und Juden

Eine Studie des Rates
der Evangelischen Kirche in Deutschland

Herausgegeben im Auftrag des Rates
von der Kirchenkanzlei
der Evangelischen Kirche in Deutschland

Inhalt

Einführung

Das Schicksal des jüdischen Volkes steht heute verstärkt im Blickfeld. Der Konflikt im Nahen Osten und die Lage der Juden in der Sowjetunion sind dafür besonders kennzeichnend. Das Schicksal der Juden ist aber in seiner Geschichte vielfältig mit dem der Christen verflochten.

Viele Jahrhunderte lang haben Christen ihre Beziehung zu den Juden fast ausschließlich unter der Frage gesehen: Was trennt uns von ihnen? Dies geschah auf dem Hintergrund eines Verhältnisses zwischen Christen und Juden, das von Fremdheit und gegenseitiger Ablehnung bestimmt war. Dabei haben beide nicht nur einander geschadet, sondern auch selbst Schaden genommen.

Im Gefolge der Katastrophe des europäischen Judentums haben Christen nach dem Zweiten Weltkrieg angefangen, ihre Beziehung zu den Juden neu zu durchdenken. Sie haben dabei entdeckt, wieviel Verbindendes es nach wie vor zwischen beiden gibt, und sind sich des gemeinsamen Erbes wieder bewußt geworden. Von beiden Seiten her hat ein Gespräch begonnen, wie es in den Jahrhunderten zuvor so nicht möglich war.

Die vorliegende Studie steht im Zusammenhang dieses Gespräches und ist zugleich auf die besondere Geschichte des christlich-jüdischen Verhältnisses in Deutschland bezogen. Sie will in erster Linie den Christen in der Evangelischen Kirche in Deutschland eine Orientierungshilfe für die Besinnung über ihr Verhältnis zu den Juden geben. Sie geht dabei von der Überzeugung aus, daß die Beziehung zwischen Christen und Juden auch dort zu den fundamentalen Themen der christlichen Existenz gehört, wo eine unmittelbare Nachbarschaft des Zusammenlebens von Christen und Juden nicht oder nicht mehr gegeben ist. Denn auch der eigene, auf das Neue Testament gegründete Glaube wurzelt in der alttestamentlich-jüdischen Überlieferung.

Zwischen Christen und Juden bestehen tiefgreifende Unterschiede und Gegensätze. Dazu gehören neben vielen ungelösten Problemen menschlichen Zusammenlebens das Verständnis der Person und der messianischen Sendung Jesu, die Auslegung der Heiligen Schrift, die Vorstellung vom Volk Gottes, die Auffassung von Gesetz, Rechtfertigung und Glaube. Diese Gegensätze dürfen nicht verschwiegen werden. Es darf aber ebensowenig verschwiegen werden, was Juden und Christen verbindet.

Die Studie ist so aufgebaut, daß in *Teil I* an einigen wichtigen Punkten die gemeinsamen Wurzeln aufgezeigt werden, die Juden und Christen in ihrem Glauben und Leben in der biblischen Überlieferung des Volkes Israel haben. *Teil II* führt dann aus, wie die Wege von Christen und Juden aufgrund der Entscheidung, die sich an der Person Jesu Christi vollzog, immer weiter auseinander geführt haben; dies wird in Entsprechung zu den in Teil I behandelten Themen dargelegt. *Teil III* beschreibt schließlich die heutige Lage der Juden und zeigt auf, welche Möglichkeiten der Begegnung und gemeinsamen Verantwortung zwischen Juden und Christen sich bieten. Im Anhang werden weiterführende Informationen gegeben sowie einige Begriffe (im Text durch hochgestellte Zahlen gekennzeichnet) erklärt.

Es kann nicht erwartet werden, daß die Studie »Christen und Juden« alle in ihr behandelten Fragen umfassend und abschließend beantwortet; dazu ist das Thema zu vielschichtig und von einer langen Tradition her zu sehr belastet. Sie soll aber dazu beitragen, über die Folgen früherer Fremdheit und Ablehnung hinauszuführen, verfestigte Auffassungen aufzulockern, um ein weiterführendes Gespräch und vertiefendes Nachdenken zu ermöglichen. Die Studie fordert dazu auf, sich mit den vorgetragenen Überlegungen zu beschäftigen und auseinanderzusetzen. Sie will sowohl Gespräche in den Gemeinden als auch die wissenschaftliche Arbeit der Theologen anregen.

Die vorliegende Studie wurde von der Studienkommission »Kirche und Judentum« erarbeitet. Diese wurde 1967 vom Rat der Evangelischen Kirche in Deutschland berufen, um unterschiedliche Auffassungen unter evangelischen Christen über ihre Haltung gegenüber dem Judentum zu klären. Aufgrund der in der Arbeit dieser Kommission erzielten Annäherung der Standpunkte erteilte ihr der Rat der Evangelischen Kirche in Deutschland im Dezember 1973 den Auftrag, eine Studie über das Verhältnis der Christen zu den Juden auszuarbeiten. Er hat über das Ergebnis dieser Arbeit in seinen Sitzungen vom 1. März und 24. Mai 1975 beraten und übergibt diese Studie den Gemeinden sowie allen, die an den angesprochenen Fragen interessiert sind. Er hofft, mit dieser Veröffentlichung die Begegnung zwischen Christen und Juden zu fördern.

Rat der Evangelischen Kirche in Deutschland
D. Claß
Vorsitzender

»Du sollst wissen, daß nicht du die Wurzel trägst, sondern die Wurzel trägt dich« (Römer 11,18)

I. Gemeinsame Wurzeln

Die christliche Gemeinde hat ihre Wurzeln im Judentum. Jesus lebte und lehrte innerhalb des jüdischen Volkes. Er selbst wie auch seine Jünger und die Apostel waren Juden; sie hatten teil am Glauben und an der Geschichte ihres Volkes. Innerhalb ihrer jüdischen Umwelt verkündigten sie das Neue ihrer Botschaft: daß in der Person Jesu der erwartete Messias gekommen und mit seiner Auferweckung die Endzeit angebrochen sei.

Aus der Annahme der Ablehnung dieser Botschaft entstanden Unterschiede und Gegensätze. Sie blieben zunächst noch innerhalb eines gemeinsamen Rahmens, führten dann aber zu einer Verselbständigung der christlichen Gemeinde und schließlich zur völligen Trennung zwischen Christen und Juden. Im Verlauf dieser Entwicklung haben beide Glaubensgemeinschaften in gegenseitiger Abgrenzung ihr unverwechselbar eigenes Gepräge erhalten.

Auch durch diese Trennung ist das beiden Gemeinsame nicht verlorengegangen. Die Gemeinsamkeiten stehen seither im Gesamtzusammenhang des christlichen oder des jüdischen Glaubens und werden von daher bestimmt; zugleich eröffnen diese Gemeinsamkeiten die Möglichkeit zu neuer Begegnung und zum Bedenken gemeinsamer Verantwortung in der heutigen Welt.

1. Der eine Gott

Juden und Christen bekennen sich zu dem einen Gott, dem Schöpfer und Erlöser.

Wenn wir als Christen von Gott reden, dann sind wir mit den Juden der Überzeugung, daß der Gott, der in der Heiligen Schrift bezeugt wird, *einer* ist. Es ist eine grundlegende Erkenntnis seit der Frühzeit Israels[1], daß Gott als Schöpfer und Erlöser Ausschließlichkeit beansprucht. Gerade darin unterschieden sich die Juden schon in alttestamentlicher Zeit von den anderen Völkern, die eine Mehrzahl oder gar Vielzahl von Göttern anerkannten und verehrten. Dies war von Anfang an auch ein besonderes Kennzeichen der Christen, und in den ersten Jahrhunderten der christlichen Geschichte wurden ebenso Juden wie Christen wegen ihres Bekenntnisses zu dem einen Gott angefeindet und verfolgt.

Das grundlegende jüdische Glaubensbekenntnis ist damals wie heute der Satz: »Höre Israel, der Herr ist unser Gott, der Herr ist einer« (5. Mose 6,4). Auch Jesus und seine Jünger sprachen diesen Satz täglich in ihren Gebeten, so wie es die Juden bis heute tun. Der gleiche Satz ist zur Grundlage des ersten Artikels des christlichen Glaubensbekenntnisses geworden.

Die Gemeinsamkeit wird auch in der Entfaltung dieses Bekenntnisses bei Juden und Christen sichtbar: Der Glaube an Gott den Schöpfer ist an den Anfang der Bibel gestellt. Er durchzieht die jüdischen Gebete seit ältester Zeit und ist ebenso ein zentrales Stück des christlichen Glaubens. Nach christlichem wie jüdischem Verständnis ist Gott der Gott der ganzen Menschheit und steht doch zugleich in einem besonderen Verhältnis zu denen, die zu seinem Volk gehören.

Im Glauben an Gott, den Erlöser, findet das Verhältnis Gottes zu seinem Volk seinen zentralen Ausdruck. Diese Glaubenserfahrung wird im Alten Testament in vielfältiger Weise bezeugt: von der wunderbaren Errettung des Volkes Israel aus der ägyptischen Knechtschaft bis hin zur Erwartung der endgültigen Heimführung und Erlösung des ganzen Volkes. Im Neuen Testament ist dies aufgenommen und durch neue Erfahrungen geprägt worden: im Glauben an Gottes Handeln in Tod und Auferweckung Jesu, in dem Beistand des Geistes in der Zeit zwischen Ostern und Wiederkunft

Christi wie in der Erwartung der Erlösung am Ende der Zeit. Die Hoffnung auf die Auferweckung der Toten, die im Alten Testament bereits angedeutet ist, hat sich zur Zeit Jesu im Judentum[2] stärker entfaltet; sie bildet seither ein wesentliches Element der jüdischen Gebetssprache. In der christlichen Endzeiterwartung ist sie unlösbar mit dem Glauben an die Auferstehung Jesu Christi verbunden.

Vielfach prägen gerade solche Züge, die als charakteristisch und grundlegend für das Christentum gelten, auch die jüdische Frömmigkeit. In den Gebeten, die seit vielen Jahrhunderten im Judentum von einer Generation an die andere weitergegeben werden, wird Gott, der Schöpfer und Erlöser, der die Toten auferweckt, immer wieder als der Gnädige und Barmherzige und als der Vater der Seinen angesprochen und gepriesen. Seine Liebe zu seinem Volk und zu allen Menschen findet ebenso vielfältigen Ausdruck wie die Zuversicht, daß er die Sünden vergibt.

Für den christlichen Glauben stehen diese Aussagen in einem Zusammenhang, der auf die Offenbarung Gottes in Christus bezogen ist. Das kommt am deutlichsten darin zum Ausdruck, daß der *eine* Gott als Vater Jesu Christi bezeugt und angerufen wird.

2. Die Heilige Schrift

Juden und Christen gründen ihren Glauben auf die gemeinsame »Schrift« (das »Alte Testament«), auf die auch das »Neue Testament« der Christen bezogen ist.

Die ersten Christen besaßen wie alle Juden eine Sammlung biblischer Bücher, die im wesentlichen dem entsprach, was die Kirche später das »Alte Testament« nannte. Für diese Schriften findet sich im Neuen Testament die Bezeichnung »das Gesetz und die Propheten« (Matthäus 22,40); vielfach heißen sie auch einfach »die Schrift«, da diese Sammlung von Schriften allgemein bekannt war und als grundlegendes Glaubenszeugnis anerkannt wurde. Christen wie Juden fanden in der Schrift vielfältige Anweisungen für das tägliche Leben, für das Gebet, für die Predigt und den Gottesdienst.

Jesus bezog sich bei der Verkündigung seiner Botschaft ganz selbstverständlich auf die Schrift, wie sie ihm vorlag. Er entnahm das Doppelgebot der Liebe, das er zu einem Kernstück seiner Botschaft machte, aus der Schrift, indem er zwei ursprünglich selbständige Sätze verknüpfte: »Du sollst den Herrn, deinen Gott, liebhaben von ganzem Herzen, von ganzer Seele und mit aller deiner Kraft« (5. Mose 6,5) und »Du sollst deinen Nächsten lieben wie dich selbst« (3. Mose 19,18). Dies war ein im Rahmen der damaligen jüdischen Schriftauslegung durchaus mögliches Verfahren; deshalb stimmte ihm auch sein schriftgelehrter jüdischer Gesprächspartner zu: »Meister, du hast wahrlich recht geredet« (Markus 12,32). Jedoch hat Jesus aus diesem Gebot Konsequenzen gezogen, die über die jüdische Schriftauslegung hinausführten, indem er es auch auf Feinde, Zöllner und Samaritaner bezog.

Ebenso wie Jesus benutzte Paulus die Schrift als Grundlage für seine Verkündigung und verwendete auch die zu seiner Zeit üblichen jüdischen Regeln der Auslegung. Bemerkenswert ist dabei, daß Paulus nur an wenigen Stellen auf Worte Jesu zurückgreift, jedoch sehr häufig die Schrift zitiert. Auch er gibt aber der Schrift eine neue und für Juden ungewöhnliche Auslegung.

Diese Schrift ist Juden und Christen gemeinsam. Sie wird durch die christliche Verkündigung denen bekannt gemacht, die keine Juden sind. Schon Paulus wandte sich mit Aussagen der Schrift auch an heidnische Hörer. Seither lernen Nichtjuden dadurch die Geschichte Gottes mit dem Volk Israel[1] kennen und werden in sie mit hineingenommen.

In der christlichen Gemeinde entstanden schon früh eigene Schriften, in denen unter ständigem Rückbezug auf »die Schrift« Gottes Heilshandeln in Jesus Christus entfaltet wird. Sie bilden das »Neue Testament«, das die Christen mit dem »Alten Testament« zu ihrer Bibel zusammenfaßten.

In der Geschichte der Kirche wurde um das Verständnis des Alten Testaments immer wieder gerungen. Es gab auch wiederholt Versuche, einzelne Bücher des Alten Testaments abzuwerten oder ihm insgesamt die Anerkennung als Teil der Heiligen Schrift abzusprechen. Derartige Versuche wurden aber von der Kirche abgewiesen, weil sie den Gott Abrahams, Isaaks und Jakobs als den Vater Jesu Christi bekennt. So bleibt das Alte Testament, die Heilige Schrift der Juden, zugleich einer der beiden Bestandteile der christlichen Bibel.

3. Das Volk Gottes

Juden und Christen verstehen sich beide als Volk Gottes.

Nach alttestamentlichem Glauben ist Gott, der Schöpfer und Herr der Welt, zugleich der Gott seines Volkes Israel [1], das er erwählt und mit dem er einen Bund geschlossen hat. Die Begründung dafür wird nicht in Vorzügen oder Verdiensten des Volkes gesehen, sondern allein in der Zuwendung und Liebe Gottes.

Diese Liebe Gottes zu seinem Volk fordert zugleich die Liebe des Volkes zu seinem Gott, die sich im Tun des göttlichen Willens äußert. Am Sinai sind die Gebote offenbart worden, nach denen Israel als Volk leben soll. Auch wenn das Volk als Ganzes hinter dem geforderten Gehorsam zurückbleibt, verkündigen die Propheten, daß Gott an der Erwählung festhält und sein Volk zur Umkehr führen wird, so daß es künftig seinen Willen voll und ganz tun kann.

Von diesem grundlegenden Selbstverständnis als Volk Gottes sind die Juden bis heute bestimmt. Das findet seinen ständigen Ausdruck in den Gebeten, in denen es heißt: »Du hast uns erwählt und hast uns geheiligt unter allen Völkern.« Und trotz der Erkenntnis, daß ein großer Teil des Volkes die Gebote Gottes nicht vollständig erfüllt, sagt die jüdische Überlieferung: »Ganz Israel hat Anteil an der kommenden Welt.« Die Erwählung Gottes bleibt bestehen um des Bundes willen, den Gott mit den Vätern geschlossen hat.

Auch das Neue Testament spricht vom Volk Gottes. Damit ist zunächst das Volk Israel gemeint. Jesus sagt, daß er zu den »verlorenen Schafen des Hauses Israel« gesandt ist (Matthäus 15,24). Auch Paulus bestätigt den Juden, daß sie das Volk Gottes sind und bleiben: »Gott hat sein Volk nicht verstoßen« (Römer 11,2); und er erwartet, daß sie jetzt oder in Zukunft an dem durch Christus erschlossenen Heil teilhaben werden.

In der christlichen Verkündigung werden die Schranken der Zugehörigkeit zu einem bestimmten Volk aufgehoben; alle, die an Jesus Christus glauben, sind Abrahams Kinder und Erben der Verheißung, die dem Volk Israel gegeben ist. So entsteht nun die Kirche als Volk Gottes aus Juden und Heiden.

Das Neue Testament überträgt mit dem Begriff »Volk Gottes« zugleich grundlegende Elemente des alttestamentlichen Bundesgedankens auf die christliche Gemeinde. Sie wird als »das auserwählte

Geschlecht, das königliche Priestertum, das heilige Volk, das Volk des Eigentums« bezeichnet, wie es im Alten Testament vom Volk Israel gesagt ist (1. Petrus 2,9/2. Mose 19,5.6).

So verstehen sich Juden und Christen beide als Volk Gottes. Sie sind trotz ihrer Geschiedenheit dazu berufen und bestimmt, Zeugen Gottes in dieser Welt zu sein, seinen Willen zu tun und der zukünftigen Vollendung seiner Herrschaft entgegenzugehen.

4. Der Gottesdienst

Juden und Christen sprechen ihren Glauben im Gottesdienst aus, in dem sich vielfältige Gemeinsamkeiten finden.

Juden und Christen versammeln sich im Gottesdienst zum Hören auf Gottes Wort, zum Bekenntnis ihres Glaubens und zum Gebet. Daraus ergeben sich gemeinsame Grundelemente ihrer Gottesdienste, durch die sich beide von den meisten anderen Religionen unterscheiden. Diese Gemeinsamkeit beruht auf der Tatsache, daß sich beide an die göttliche Offenbarung gebunden wissen, die in der Heiligen Schrift bezeugt ist. Dabei wird bei Juden und Christen das gesamte Leben der Gläubigen mit einbezogen; durch Glaube und Gehorsam soll es als Antwort auf das gehörte Wort Gottes selbst insgesamt zu einem Gottesdienst werden.

Die heutige Form des jüdischen Gottesdienstes ist das Ergebnis einer langen Entwicklung. In ihrem Verlauf kam es zu einem Nebeneinander des Opfergottesdienstes im Tempel von Jerusalem und des an allen Orten möglichen Gebetsgottesdienstes in der Synagoge. Nach der Zerstörung des Tempels im Jahre 70 n. Chr. trat dieser Gottesdienst in den Mittelpunkt des jüdischen religiösen Lebens. Der christliche Gemeindegottesdienst, der seinen Ursprung in der Feier des Abendmahls hat, übernahm Elemente des Synagogengottesdienstes und entwickelte sie eigenständig weiter.

Daher bestehen im gottesdienstlichen Leben von Juden und Christen zahlreiche Gemeinsamkeiten und Ähnlichkeiten: z. B. der wöchentliche Feiertag (Sabbat/Sonntag), die Gestaltung des Wortgottesdienstes (Schriftlesung, Gebete, Segen) bis in einzelne liturgische Formulierungen hinein (Halleluja, Amen), bestimmte Feiern im Ablauf des Festjahres (Passah/Ostern) und im Ablauf des Lebens

(Beschneidung/Taufe; Bezeugung der Hoffnung auf künftiges neues Leben bei der Beisetzung der Toten). Dabei soll nicht übersehen werden, daß die vorhandenen Unterschiede oft durch bewußte Abgrenzung entstanden sind.

Durch die Gemeinsamkeiten in Struktur und Formen des gottesdienstlichen Lebens konnten die ersten Christen die gottesdienstliche Gemeinschaft mit den Juden durch Teilnahme an deren Synagogengottesdiensten zunächst noch beibehalten. Nach einer langen Periode getrennter Entwicklung führt die Besinnung auf die Zusammengehörigkeit von Christen und Juden in der Gegenwart wieder zu Versuchen, bei besonderen Anlässen gemeinsame Gottesdienste zu halten.

5. Gerechtigkeit und Liebe

Juden und Christen sind in ihrem Glauben und Handeln bestimmt durch die Wechselbeziehungen zwischen Gerechtigkeit und Liebe.

Christen und Juden sind in ihrem Selbstverständnis dadurch geprägt, daß sie sich beide von dem einen Gott zu Partnern in seinem Bund erwählt wissen. In dieser Erwählung hat Gott sowohl seine Liebe als auch seine Gerechtigkeit offenbart. Darin gründet für beide die Verpflichtung, Gerechtigkeit und Liebe in dieser Welt zu verwirklichen.

Gerechtigkeit und Liebe bilden im Handeln Gottes eine Einheit; daher gehören sie auch im menschlichen Handeln zusammen: Menschliche Gerechtigkeit bedarf der beständigen Inspiration durch die Liebe; menschliche Liebe ist auf Gerechtigkeit angewiesen. Für die Glaubwürdigkeit von Christen und Juden hängt viel davon ab, ob sie diesen Anspruch erfüllen.

Das Alte Testament bezieht die Forderung der Liebe zunächst auf das eigene Volk als den Bundespartner Gottes. Es heißt jedoch auch im Blick auf den Fremden, soweit er mit dem Volk zusammen lebt: »Du sollst ihn lieben wie dich selbst« (3. Mose 19,34).

In bestimmten Gruppen des nachbiblischen Judentums[2] setzte sich diese Ausweitung des Gebotes der Nächstenliebe nachhaltig fort. Jesus hat es durch die Forderung der Feindesliebe von allen Schranken befreit.

Die Forderung nach einem Leben in Gerechtigkeit, das in allen Einzelheiten durch Gottes Willen bestimmt ist, wird im Judentum stark betont. Das kann den Eindruck erwecken, als werde dadurch die Liebe von der Gerechtigkeit verdrängt. Indes haben schon die Propheten des Alten Testaments wie auch später die Lehrer des Judentums gerechtes Leben in Gottes Liebe zu seinem Volk begründet: denn aus Liebe hat Gott seinem Volk die Tora[6] gegeben; sie umschreibt den Lebensbereich, in dem sich die Gerechtigkeit als Antwort auf diese Tat Gottes in der Liebe zum Nächsten verwirklicht.

Auch nach christlichem Verständnis gehören Gerechtigkeit und Liebe eng zusammen. Für den Christen ist jedoch die rechtfertigende Tat Gottes in Jesus Christus die entscheidende Voraussetzung dafür, daß Gerechtigkeit und Liebe sich bei den Menschen verwirklichen können.

So gibt es bei Christen und Juden tiefgehende Unterschiede in der Begründung von Gerechtigkeit und Liebe. Dennoch bestehen weitreichende Gemeinsamkeiten im Verständnis konkreter Forderungen. Daher können Christen und Juden sich gemeinsam darum bemühen, Gerechtigkeit und Liebe in der Welt zu verwirklichen und dadurch dem Frieden zu dienen.

6. Geschichte und Vollendung

Juden und Christen leben auch in der Trennung aus der gemeinsamen Geschichte Gottes mit seinem Volk, deren Vollendung sie erwarten.

Juden und Christen sind in ihrem Verhältnis zur Geschichte und deren Ziel durch die Erfahrungen miteinander verbunden, die das Volk Israel[1] seit den Tagen Abrahams im Verlauf seiner Geschichte immer wieder mit seinem Gott gemacht hat.

In der damaligen Umwelt war die Meinung weit verbreitet, daß die Menschen zusammen mit der Welt dem ewigen Werden und Vergehen schicksalhaft ausgeliefert seien. Demgegenüber erfuhr das Volk Israel – vielfach in Spannung zu seinen eigenen Vorstellungen und Wünschen –, daß Gott es auf einen unumkehrbaren Weg rief. Dieser Weg führt auf ein Ziel zu, an dem Israel das endgültige Heil Gottes zusammen mit allen anderen Völkern empfangen wird.

Im Zuge solcher Erfahrungen ist es gemeinsamer Glaube von Juden und Christen, daß sie den Gang der Geschichte nicht als blindes Schicksal oder als Kette von unberechenbaren Zufällen sehen; sie erkennen und bezeugen, daß der letzte Sinn und das Ziel der Geschichte das Heil Gottes für alle Menschen ist.

Christen bekennen, daß in Jesus Christus die prophetischen Verheißungen vom Bund Gottes mit seinem Volk neue und weiterführende Gestalt gewonnen haben, um die Welt der Vollendung entgegenzubringen. An diesem Punkt besteht die die Trennung begründende Spannung: für die Juden führt die Verwirklichung der Tora[6] zur Vollendung, für die Christen liegt das Heil im Glauben an den bereits gekommenen Messias[9] Jesus und in der Erwartung seiner Wiederkunft.

Dennoch verpflichten die bestehenden Gemeinsamkeiten Christen und Juden, diese Spannung auszuhalten und sie im Blick auf die von beiden erwartete Vollendung der Geschichte fruchtbar zu machen. Christen und Juden sind dazu berufen, ihre Verantwortung für die Welt nicht gegeneinander oder nebeneinander, sondern miteinander nach Gottes Willen wahrzunehmen.

»Einen jeglichen dünken seine Wege rein;
aber der Herr prüft die Geister«
(Sprüche 16,2)

II. Das Auseinandergehen der Wege

Der Glaube von Juden und Christen hat gemeinsame Wurzeln, jedoch sind ihre Wege im Laufe der Jahrhunderte immer weiter auseinandergegangen. Die Gegensätze entzündeten sich besonders an folgenden Fragen: ob Jesus der Messias sei; wie die Heilige Schrift auszulegen sei; was unter »Volk Gottes« zu verstehen sei; in welcher Weise die Glaubensaussagen entfaltet werden müßten. Die sich widersprechenden Antworten darauf und der jeweils damit verbundene Wahrheitsanspruch stehen bis heute zwischen Juden und Christen.

So wurde die gegenseitige Abgrenzung unausweichlich; hinzu kamen in zunehmendem Maße offene Feindschaft und Verfolgung, die aber auch aus vielfältigen anderen Motiven gespeist wurden. Wurden in der Anfangszeit die Christen von Juden angefeindet, so waren schon bald die Juden die Verfolgten. Oft war ihre Existenz bedroht, ungezählte Juden verloren im Verlauf der jahrhundertelangen Auseinandersetzungen ihr Leben.

So entstand eine scheinbar unversöhnliche Feindschaft zwischen Juden und Christen und überdeckte die Gemeinsamkeiten immer mehr, ohne sie jedoch völlig aufheben zu können. Wir stehen heute vor der Frage, ob und inwiefern die bestehenden Gemeinsamkeiten trotz wesentlicher Differenzen zum Ansatz einer Verständigung werden können.

1. Der Glaube an Jesus, den Christus

Durch den Glauben an Jesus als den Messias gerieten die ersten Christen in Gegensatz zu anderen jüdischen Gruppen, traten jedoch zunächst noch nicht aus dem Judentum heraus.

Das Judentum[2] zur Zeit Jesu verstand sich als das eine Volk des einen Gottes. Innerhalb dieses einen Volkes gab es jedoch verschiedene Gruppierungen, zwischen denen z. T. starke Gegensätze bestanden. Die Hoffnung und das Handeln fast aller Gruppen richtete sich auf die Verwirklichung des von den Propheten verheißenen Heils. Angesichts einer bedrückenden äußeren Lage erwartete ein Teil von ihnen das Ende der alten Welt und das Kommen einer neuen; ein anderer Teil erhoffte das Heil von einem Anbruch der Herrschaft Gottes, der auch die politische Befreiung des erwählten Volkes und des heiligen Landes von der heidnischen römischen Macht einschließen würde. Schon lange vor Jesus spielte in diesem Zusammenhang die Erwartung eines von Gott gesandten Retters, des Messias[9], eine besondere Rolle.

Jesus von Nazareth verkündigte, wie ähnlich vor ihm Johannes der Täufer: »Das Reich Gottes ist herbeigekommen!« (Markus 1,15; vgl. Matthäus 3,2 und 4,17). Seine Verkündigung des Evangeliums und seine machtvollen Taten erweckten unter den Menschen, die sich um ihn scharten, die Erwartung, er werde Israel[1] erretten. So entstand um Jesus eine neue Gruppe im jüdischen Volk, die zunächst nicht als etwas Außergewöhnliches erschien.

Da Jesus die religiösen Traditionen seines Volkes im Zusammenhang seiner Botschaft von der anbrechenden Gottesherrschaft in ungewohnter Weise auslegte und sich entgegen der geltenden Ordnung den Ausgestoßenen und Sündern zuwandte, kam es jedoch bald zu Auseinandersetzungen. Die religiös und politisch Verantwortlichen in Jerusalem empfanden das Auftreten Jesu und seine Anhängerschaft als Ärgernis und als Gefahr. Im Zusammenspiel von jüdischer Selbstverwaltung und römischer Besatzungsmacht, das historisch im einzelnen schwer durchschaubar ist, kam es schließlich zur Hinrichtung Jesu durch die Römer.

Angesichts eines solchen Todes standen die Jünger Jesu vor der Frage, ob ihre Bindung an ihn als Messias nun nicht als Irrtum erwiesen sei. Die Herrschaft Gottes war nicht in der erhofften Weise eingetreten, und der Tod durch Kreuzigung galt nicht nur als besonders entehrend, sondern wurde auch als Widerlegung der an Jesus geknüpften Erwartungen durch Gott selbst empfunden.

In dieser Lage wurde durch die Begegnungen mit dem Auferstandenen die Gewißheit der Jünger Jesu neu begründet und vertieft:

Jesus ist der Messias, der Christus; Erlösung und Heil sind an ihn gebunden; wer ihm vertraut und an ihn glaubt, wird gerettet.

In dieser Gewißheit begannen sie zu verkündigen, daß mit Jesu Leben und Handeln, seinem Leiden, Sterben und Auferstehen die Heilszeit angebrochen sei; darin erkannten sie den Erweis der Liebe Gottes, die allen Menschen zugewandt ist. Die urchristliche Gemeinde sah in diesem Geschehen die Verwirklichung der Verheißungen für Israel und die Völker. Darum wußte sie sich verpflichtet, Juden und Heiden ihren Glauben, ihre Liebe und ihre Hoffnung zu bezeugen.

Mit dieser Verkündigung wollten die ersten Christen die übrigen Juden von der Wahrheit des Anspruchs überzeugen, daß in Jesus, dem Gekreuzigten und Auferstandenen, der erwartete Messias gekommen sei. Sie hatten sich dabei mit anderen Heilshoffnungen und Messiaserwartungen auseinanderzusetzen, die sich nicht auf die Person Jesu als Erlöser richteten. Sie traten damit zwar noch nicht aus der jüdischen Gemeinschaft heraus, die Wege begannen jedoch schon jetzt auseinanderzugehen.

2. Die Auslegung der Heiligen Schrift

Die auf Jesus Christus bezogene Auslegung der Schrift und die Entfaltung des Glaubens an seine Einzigartigkeit führte zu weiterer Entfernung vom Judentum.

Jesus hatte den Anbruch der verheißenden Gottesherrschaft und das Doppelgebot der Liebe zum Maßstab für das Verständnis der Heiligen Schrift gemacht. Darüber hinaus entdeckten seine Anhänger aufgrund des Glaubens an den gekreuzigten und auferstandenen Jesus ihre Bibel neu; denn sie begannen nun die Schrift als Hinweis auf Jesus Christus, auf seine Geschichte und seine Bedeutung zu lesen, als Zeugnis der Vorbereitung des Heils, das sich in ihm erfüllt hat. Dieses neue Verständnis der Schrift fand Ausdruck in den nach und nach entstehenden Schriften, die dann als »Neues Testament« zusammengefaßt und mit dem »Alten Testament« zu einer Einheit verbunden wurden.

In den neutestamentlichen Schriften wurde die Einzigartigkeit Jesu Christi durch Aussagen beschrieben, die dem Alten Testament, alsbald aber auch der nichtjüdischen Umwelt entnommen und dabei umgeprägt wurden. Dazu gehörten zahlreiche Hoheitstitel wie »Menschensohn«, »Messias«[9], »Sohn Gottes«, »Herr«, »Heiland« und Heilserwartungen wie Welterlösung und Wiederkunft Jesu am Ende der Zeit. Ein Teil dieser Aussagen erschien vom jüdischen Standpunkt aus als Gefährdung des Glaubens an den *einen* Gott, weil Jesus dadurch zu sehr Gott gleichgestellt wurde. Dies waren vor allem solche Aussagen, die in der christlichen Verkündigung im Blick auf heidnische Hörer geprägt wurden (vgl. II. 4).

Eine besondere Bedeutung für das spätere christliche Schriftverständnis hat Paulus gewonnen. Er nimmt die Unterscheidung von Verheißung und Gesetz für die christliche Beurteilung des Alten Testaments auf, wobei nach seiner Auffassung die Verheißung in Jesus Christus erfüllt ist und deshalb das Gesetz für die Christen keine Heilsbedeutung hat. Das schließt jedoch nicht aus, sondern ein, daß eine Verwirklichung des Gesetzes in der Liebe auch für die Glaubenden notwendig bleibt.

Im Unterschied zu diesen auf Christus bezogenen Arten der Schriftauslegung entwickelte das Judentum[2] seine bisherige Auslegungsweise weiter. Nach einer Zeit der mündlichen Überlieferung fand die schriftgelehrte Auslegung der Tora[6] ihren Niederschlag in verschiedenen Sammlungen, insbesondere in der Mischna[7] und im Talmud[8].

Die unterschiedliche Schriftauslegung, die sich bei den Christen an der Person Jesu Christi und bei den Juden an der Tora ausrichtete, führte zu einer wachsenden Entfernung zwischen den christlichen Gemeinden und dem Judentum.

3. Christliche Gemeinde und Volk Gottes

Die aus Juden und Heiden bestehende christliche Gemeinde verstand sich als Volk Gottes und geriet dadurch in einen Konflikt mit dem gleichen Anspruch des jüdischen Volkes.

Die ersten christlichen Gemeinden wurden zwar zunächst noch als eine von mehreren Glaubensrichtungen im Judentum[2] angesehen; die Darstellung der Apostelgeschichte und im besonderen das Wirken des Apostels Paulus zeigen jedoch eine Entwicklung, die schon bald aus dem Rahmen der jüdischen Gemeinschaft herausführte. Die christlichen Gemeinden nahmen nämlich außer Juden immer mehr Heiden auf und forderten von diesen nicht zugleich den Eintritt in das Judentum. So wurde der Anteil der Judenchristen[10] immer geringer.

In dem Maße, in dem die christlichen Gemeinden überwiegend aus Mitgliedern nichtjüdischer Herkunft bestanden, konnten die Juden sie auch nicht mehr als zu ihrem Volk gehörig anerkennen. Deshalb wurde es für diejenigen Juden, die die Taufe im Namen Jesu empfangen hatten, schwierig, die Gemeinschaft mit ihrem Volk aufrechtzuerhalten. Den Christen anderer Herkunft war ohnehin an einer solchen Gemeinschaft weniger gelegen.

Die christlichen Gemeinden wurden dadurch mehr und mehr zu einer eigenständigen Größe. Die Aufnahme in die Gemeinden durch die Taufe wurde als Aufnahme in das Volk Gottes verstanden. Die Bedeutung der natürlichen Volkszugehörigkeit trat demgegenüber in den Hintergrund. So entstand die »Kirche aus Juden und Heiden«.

Für Christen und Juden ergab sich daraus ein unterschiedliches Verständnis dessen, was Volk Gottes ist. Denn für Juden blieb nach wie vor die Zugehörigkeit zum Volk Gottes gleichbedeutend mit der zum jüdischen Volk. Das bedeutete, daß sowohl Juden wie Christen das Erbe der Geschichte des Volkes Gottes seit den Tagen Abrahams für sich in Anspruch nahmen. Jedoch beschrieben die Christen die Gemeinschaft der Glaubenden auch mit anderen, stärker auf Jesus Christus bezogenen Vorstellungen. Dabei bedienten sie sich des biblischen Begriffes »Volk Gottes« und verwendeten diesen als Selbstbezeichnung für »Kirche«.

Der Konflikt über die Zugehörigkeit zum Volk Gottes hat das Verhältnis von Juden und Christen durch die Jahrhunderte hindurch aufs schwerste belastet. Bis heute verbindet sich damit die Frage, ob der Anspruch der einen, Volk Gottes zu sein, den gleichen Anspruch der anderen ausschließen müsse.

4. Die Entfaltung der Eigenart von Judentum und Christentum

Das Bemühen um genaue Festlegung der Gebote Gottes im Judentum und um systematische Entfaltung der Glaubensaussagen im Christentum vergrößerte die Entfremdung zwischen beiden.

Die Beziehungen zwischen Juden und Christen wurden in zunehmendem Maße auch dadurch schwieriger, daß sich das Verständnis ihrer Frömmigkeit verschieden entwickelte.

Im Judentum[2] setzte sich diejenige Richtung immer stärker durch, die den Nachdruck auf die Befolgung der Gelobte Gottes im täglichen Leben legt. Das Gespräch darüber, wie sich die Anwendung der Gebote gestalten und wie das tägliche Leben bis in die letzten Einzelheiten hinein davon bestimmt werden sollte, wurde in den jüdischen Lehrhäusern mit großer Sorgfalt geführt. Jede Generation nahm dabei die Fragen und Antworten von früheren Generationen auf und führte sie weiter. Die Sammelwerke Mischna[7] und Talmud[8], in denen diese sich über Jahrhunderte erstreckenden Gespräche ihren Niederschlag gefunden haben, wurden zur Grundlage der religiösen Lebensführung des frommen Juden bis in die Gegenwart.

Dagegen wurde auf die genaue Festlegung und Formulierung der Glaubensvorstellungen wenig Gewicht gelegt. Sie wurden in der Erzählungsüberlieferung vermittelt. Ein besonders wichtiges Element für den Ausdruck jüdischer Frömmigkeit bilden jedoch die durch Jahrhunderte überlieferten Gebete sowohl für den einzelnen wie für den Gottesdienst der Gemeinde.

Im christlichen Bereich führte die Notwendigkeit, die Botschaft von Jesus Christus weiterzuentfalten und auch gegenüber der griechischen Geisteswelt zu vertreten, zu einer intensiven Arbeit an der begrifflichen Klärung der Glaubensaussagen und an der Formulierung offizieller kirchlicher Lehre.

Ein besonderes Problem stellte die Beschreibung der einzigartigen Bedeutung Jesu Christi für den christlichen Glauben und der Beziehung Jesu Christi zu dem einen Gott dar. Im Verlauf von intensiven theologischen Bemühungen, die von heftigen kirchenpolitischen Auseinandersetzungen begleitet waren, beantwortete die Alte Kirche diese Frage durch die Lehre von der Dreieinigkeit Gottes (der eine Gott wird in drei »Personen« – Vater, Sohn, Heiliger Geist – erkannt und angebetet) und die Lehre von den zwei Naturen Christi (Jesus Christus ist zugleich »wahrer Gott und wahrer Mensch«). Dabei wurden Aussagen des Neuen Testaments zugrunde gelegt und in den neu angeeigneten Denkformen entfaltet.

Jüdischem Denken erschienen diese Lehren mehr und mehr als ein Verstoß gegen das Gebot, daß niemand außer Gott göttlich verehrt werden dürfe. Die Kirche hielt jedoch mit diesen Lehren den Glauben an den *einen* Gott fest.

5. Die Abgrenzung zwischen Judentum und Christentum

Die fortschreitende Entfremdung zwischen Juden und Christen konnte sich bis zu offener Feindschaft steigern; gleichwohl ging das Bewußtsein der Zusammengehörigkeit nie ganz verloren.

Die jüdischen Kriege gegen Rom (66–70 n. Chr. und 132–135 n. Chr.) setzten der Vielfalt der religiösen Gruppen im Judentum[2] weitgehend ein Ende und führten zu einer stärkeren inneren Einigung der weit zerstreuten und ihrer staatlichen Eigenständigkeit völlig beraubten Judenheit. In diesem Zusammenhang wurde durch die Einfügung einer feierlichen Verfluchung von jüdischen Sektierern und Nazarenern (= Judenchristen[10]) in das »Gebet der Achtzehn Bitten«, eines der wichtigsten jüdischen Gebete, auch der Bruch mit der Kirche vollzogen. Dadurch wurde den Christen die Teilnahme am jüdischen Gottesdienst praktisch unmöglich gemacht. Bis dahin war es durchaus üblich gewesen, daß Judenchristen noch zum Synagogengottesdienst kamen; daneben hatten sie ihren eigenen christlichen Gottesdienst, insbesondere die Feier des Abendmahls.

Die in späteren jüdischen Schriften enthaltenen Stellen, in denen Jesus als ein Verführer des jüdischen Volkes beurteilt wird, setzen den vollzogenen Bruch mit der Kirche voraus; sie wollen nicht zur Kenntnis der Vorgänge um Jesus beitragen, sondern das Bekenntnis zu Jesus als dem Christus mit Entschiedenheit abwehren.

Auf christlicher Seite hat der Anspruch, die Kirche sei als Volk des Messias[9] auch der Erbe des Bundes, den Gott mit Israel[1] geschlossen hatte, schon in neutestamentlicher Zeit zu teilweise sehr scharfen Urteilen über die Juden geführt. Solche Urteile konnten sich auf Worte Jesu über sein Volk berufen, mit denen er an die Gerichtsankündigung Altestamentlicher Propheten anknüpfte. Sie führten später bis zu der Aussage, Gott habe das sich dem Messias Jesus widersetzende Volk verworfen. Die Zerstörung Jerusalems 70 n. Chr. und das Schicksal des jüdischen Volkes seither wurden vielfach als Bestätigung dafür gedeutet.

Dem standen jedoch auch andere Auffassungen gegenüber. So hat besonders Paulus mit diesem Problem gerungen. In den Kapiteln 9–11 des Briefes an die Römer hat er einerseits die prophetische Kritik am Volk Israel aufgenommen, andererseits aber betont, daß Gott sein Volk nicht verstoßen hat; er erwartet eine endzeitliche Vereinigung des gesamten Gottesvolkes.

Die Aufnahme der prophetischen Kritik bei Paulus und in anderen Schriften des Neuen Testaments geschah noch innerhalb des Bereiches der jüdischen Gemeinschaft. Durch die Zunahme des Anteils der Nichtjuden in den christlichen Gemeinden veränderte sich jedoch der Charakter dieser Aussagen grundlegend: sie waren nun nicht mehr Äußerungen von Juden gegenüber Juden, sondern von außen kommende Verurteilungen des jüdischen Volkes.

Dies führte oft zu einer selbstgerechten Sicherheit der Kirche gegenüber den Juden, die schließlich als so fremd empfunden wurden, daß es sogar dazu kommen konnte, sie pauschal als »Gottesmörder« zu verleumden.

Die Feindschaft gegenüber den Juden führte in der Folgezeit – insbesondere seitdem das Christentum Staatsreligion war – immer wieder zur Anwendung von Gewalt gegen Juden bis hin zur Ermordung einzelner und zur Vertreibung oder Ausrottung ganzer jüdischer Gemeinden und Bevölkerungsgruppen.

Diese Vergangenheit belastet bis heute das Verhältnis von Juden und Christen zueinander. Wenn auch die Gewalttätigkeiten weitgehend aufgehört haben, so gelten die Juden für viele Christen doch immer noch als Fremde oder sogar als Feinde: als Feinde Christi und damit auch als Feinde der Christen.

In den Beziehungen zwischen Juden und Christen hat es jedoch nicht nur Feindschaft und Gewalt gegeben. Judentum und Christentum standen durch die Jahrhunderte hindurch immer wieder auch im Austausch miteinander und haben sich gegenseitig beeinflußt. So hat etwa die Schriftauslegung der Reformationszeit wesentliche Anregungen aus der jüdischen Auslegungstradition empfangen. Auch hat es zu allen Zeiten Übertritte gegeben, und zwar nicht nur vom Judentum zum Christentum, sondern auch umgekehrt.

Die Auseinandersetzungen zwischen Christen und Juden haben die Gemeinsamkeiten überdeckt; dennoch ist das Verbindende nie ganz verlorengegangen.

»So jemand spricht: Ich liebe Gott, und hasset seinen Bruder, der ist ein Lügner. Denn wer seinen Bruder nicht liebt, den er sieht, wie kann er Gott lieben, den er nicht sieht?« (1. Johannes 4,20)

III. Juden und Christen heute

Durch das starke Übergewicht der Christen wurde die kleine jüdische Minderheit im Verlauf einer langen Entwicklung in eine Außenseiterrolle gedrängt. In der jüngsten Geschichte führte der Judenhaß zum Versuch der totalen Vernichtung der Juden durch den Nationalsozialismus.

Doch gerade im Zusammenhang mit dieser Katastrophe ergab sich eine Neubesinnung unter Christen und Juden. Viele Christen begannen aus dem tiefen Erschrecken über das Geschehene heraus neu über die Grundlagen ihres Glaubens nachzudenken und entdeckten dabei auch wieder dessen Verwurzelung in der alttestamentlich-jüdischen Tradition; zugleich erkannten sie, daß die Juden den Gott als ihren Vater anrufen, als dessen Kinder sich auch die Christen verstehen; so wurden sie sich dessen bewußt, daß die Juden die nächsten Nachbarn der Christen sind. Viele Juden gewannen durch die Gründung des Staates Israel im Lande ihrer Väter ein neues Selbstverständnis.

So sind für eine neue Begegnung zwischen Juden und Christen Voraussetzungen entstanden, die zum gegenseitigen Verstehen führen und ihren Ausdruck auch in der gemeinsamen Verantwortung gegenüber der Welt aus dem Glauben an den einen Gott finden sollen.

1. Vielgestaltigkeit in Judentum und Christentum

Die Vielfalt jüdischen Glaubens und Lebens hat die Einheit des Judentums nie ganz verdeckt. Die Vielfalt getrennter christlicher Kirchen rief erst in neuerer Zeit den Wunsch nach ökumenischer Einheit hervor.

Das heutige *Judentum*[2] ist keine einheitliche Größe; es ist, wie schon das Judentum früherer Zeiten, von den geistigen Bewegungen seiner Umwelt mit geprägt worden. In der Auseinandersetzung mit jüdischer Tradition und europäischer Aufklärung haben sich im 19. und 20. Jahrhundert verschiedene Richtungen gebildet.

Ein Teil der jüdischen Gemeinden hielt an dem überkommenen Verständnis der Religion und an den überlieferten Formen des Gottesdienstes unverändert fest. Diesen *orthodoxen Juden* geht es darum, daß die Tora[6] genau eingehalten wird. Sie ist für sie keine Last, sondern Freude. Eine unterschiedliche Bewertung von ethischen und kultischen Geboten wird abgelehnt. Im orthodoxen Judentum wird die Schrift als unmittelbar von Gott inspiriert betrachtet und daher eine wissenschaftliche Bibelkritik abgewiesen. Auch der Talmud[8] hat verpflichtende Autorität.

Auf der anderen Seite steht das *liberale Reformjudentum.* Es will keine Änderung der Glaubensinhalte, meint aber, daß ihre Gestalt und Interpretation weiterentwickelt werden müssen. Gebote, Bräuche und Institutionen werden der veränderten Situation angepaßt; z. B. wird im Gottesdienst nicht nur hebräisch, sondern auch in der jeweiligen Landessprache gebetet. Ethische Gebote werden höher geachtet als z. B. Speise-, Fasten- und Reinigungsgebote, wie überhaupt Ethik und soziale Gerechtigkeit ein starkes Gewicht erhalten.

Zwischen beiden Gruppen steht das *konservative Judentum.* Es hält stärker als das Reformjudentum an den traditionellen Formen und Inhalten fest, rechnet jedoch auch mit der geschichtlichen Wandelbarkeit religiöser Bräuche und Überlieferungen.

Seit der Aufklärung gibt es auch Juden, die ihr Judesein *nicht mehr religiös* verstehen. Diese Haltung ist durch die Erfahrung von Auschwitz (vgl. III. 4) bei vielen verstärkt worden.

In den letzten Jahrzehnten wird mehr und mehr das allen Juden Gemeinsame betont. Das Judentum versteht sich trotz aller Unterschiede und Widersprüchlichkeiten wieder verstärkt als ein durch seine Geschichte verbundenes Volk. Dazu hat nicht zuletzt auch die im 19. Jahrhundert entstandene Bewegung des *Zionismus*[11] beigetragen.

Im *Christentum* ist die Vielgestaltigkeit nicht minder groß, aber sie ist in den großen christlichen Konfessionen völlig anders ausgeprägt. Das Selbstverständnis der einzelnen Kirchen ist durch unterschiedliche geistige Traditionen und geschichtliche Entwicklungen bestimmt und wurde zudem vielfach in Abgrenzung gegenüber anders glaubenden Christen geformt. In diesem Jahrhundert sind jedoch die Kirchen durch die ökumenische Bewegung auf dem Wege zur gegenseitigen Anerkennung und damit zur Verwirklichung der Einheit der Christenheit.

Auf dem Weg zur ökumenischen Gemeinschaft finden sich die christlichen Kirchen auch vor die Frage gestellt, ob und wie sie mit dem Judentum verbunden sind. Daß die Kirchen sich dieser Frage bewußt werden, zeigt eine Reihe von Verlautbarungen zum Verhältnis von Kirche und Judentum. Schon bei der Ersten Weltkirchenkonferenz in Amsterdam wurde die einzigartige Stellung des Volkes Israel[1] als des Bundesvolkes Gottes stark hervorgehoben: Für viele Christen ist das Weiterbestehen eines jüdischen Volkes nach dem Kommen Jesu Christi ein unerforschliches Geheimnis, das sie als Zeichen der unwandelbaren Treue Gottes ansehen (vgl. Information 4).

2. Die beiden Formen jüdischer Existenz

Juden haben stets im Land Israel und in der Diaspora gelebt; volle Verwirklichung jüdischen Lebens steht jedoch zu allen Zeiten mit dem Land in Verbindung.

Seit frühen Zeiten bis heute haben Juden sowohl im Land Israel[1] als auch außerhalb dieses Landes gelebt. So kehrte zum Beispiel nur ein Teil der Deportierten aus dem babylonischen Exil[4] in das Land zurück. In der folgenden Zeit entstand eine jüdische Diaspora[5] außer im Zweistromland auch in Syrien, in Ägypten und im ganzen Mittelmeerraum; sie wuchs sowohl durch Auswanderung als auch durch Mission. Zur Zeit Jesu war die Diaspora kulturell bedeutend und zahlenmäßig stärker als die Judenheit im Land Israel. Auch heute noch lebt die Mehrzahl der Juden außerhalb Israels.

Dennoch ist nach wie vor im jüdischen Glauben die Erwählung des Volkes mit der Erwählung des Landes unlösbar verbunden. Schon im 5. Buch Mose wird eingeschärft, daß Israel nur in seinem Land Gott ganz gehorsam sein könne. Israels Propheten haben die Rückkehr des Volkes in das Land verheißen, in dem die Tora[6] erfüllt werden kann und Gott sein Reich errichten wird. An dieser Verbundenheit von Volk und Land hat das Judentum[2] festgehalten. Nach den gescheiterten jüdischen Freiheitskriegen im 1. und 2. Jahrhundert n. Chr. war jüdisches Leben zeitweise nur in Teilen des Landes, vor allem in Galiläa, und oft unter schwierigen Bedingungen möglich. Gerade damals stellten die jüdischen Lehrer die Forderung auf, möglichst im Lande zu bleiben oder dorthin zurückzukehren. Im täglichen Gebet sagen die Juden bis heute: »Bringe uns zusammen von den vier Enden der Erde!« Die Liturgie für den ersten Abend des Passafestes erreicht ihren Höhepunkt in dem Ruf: »Nächstes Jahr in Jerusalem!« Sowohl viele Einzelheiten der Gebotserfüllung als auch alle Feste des jüdischen Jahres leben aus der Verbundenheit von Volk und Land, so daß nach traditioneller Auffassung jüdische Existenz nur im Land Israel voll verwirklicht werden kann.

Von daher erscheint das Leben in der Diaspora als etwas Vorläufiges und zu Überwindendes. Entsprechend versuchten die in der Diaspora wohnenden Juden seit dem Altertum immer wieder neu, die Verbindung zum Land aufrechtzuerhalten. Der einzelne konnte dies erreichen durch Spenden für die im Lande Lebenden, durch Wallfahrten sowie durch Rückkehr – und sei es nur, um dort begraben zu werden. Immer wieder kam es auch zu Rückwanderungen größeren Ausmaßes, zu denen meist messianische Bewegungen den Anstoß gaben. In diese lange Reihe der Versuche zur Wiederherstellung der Einheit von Volk und Land gehört schließlich auch die zionistische Siedlungsbewegung[11] der letzten hundert Jahre.

Das Leben in der Diaspora wurde jedoch nicht nur als auferlegtes Geschick, als unbegreifliche Führung Gottes oder als Versuchung zur Selbstpreisgabe durch Assimilation verstanden; es hat immer auch einzelne Juden und jüdische Gruppen gegeben, die darin eine Chance für das erwählte Volk sahen, unter den Völkern die Botschaft von dem einen Gott zu verbreiten.

Die jüdische Diaspora hat so einen wesentlichen Beitrag zur Religion, Kultur und Ethik vieler Völker geleistet. Die Entstehung und weitere Entwicklung des Christentums und auch des Islam (vgl. Information 5) sind durch die fortwährende Begegnung mit der jüdischen Diaspora in starkem Maße geprägt. Umgekehrt hat auch das Judentum im Zusammenleben mit anderen Völkern und Religionen vielfältige Anregungen erfahren.

3. Der Staat Israel

Der heutige Staat Israel ist eine politische Größe; er stellt sich aber zugleich in den Rahmen der Geschichte des erwählten Volkes.

Die beiden entscheidenden Faktoren, die zur Gründung des Staates Israel[1] im Jahre 1948 führten, sind die jüdische Ansiedlung im Lande und die Situation nach Auschwitz. Aus der traditionellen Judenfeindschaft der Christen hatte sich gegen Ende des 19. Jahrhunderts als neue Form der rassische Antisemitismus entwickelt; dieser führte in letzter Konsequenz zum Massenmord am europäischen Judentum[2] durch den nationalsozialistischen Staat (vgl. III. 4). Im Gefolge dieser unvorstellbaren Katastrophe gaben die Großmächte schließlich der jüdischen Forderung nach einem selbständigen Staat in Palästina[3] ihre Unterstützung und Anerkennung. Mit der Gründung des Staates Israel kam eine Entwicklung zum Abschluß, die schon seit dem Ende des 19. Jahrhunderts das alte Land Israels immer mehr zum Zufluchtsort verfolgter Juden hatte werden lassen.

Die Rückkehr vieler Juden in ihr Land geschah nicht nur unter dem Druck einer feindseligen Umwelt, sondern war zugleich Verwirklichung der über die Jahrtausende hin durchgehaltenen Sehnsucht nach Zion. So hat der Staat Israel über seine politische Funktion hinaus für viele Juden eine religiöse Bedeutung. Im Land Israel begegnen Juden der Bibel und der nachbiblischen Tradition in ganz neuer Weise. Israel wird in zunehmendem Maße zum geistigen Zentrum, das auch die Diaspora[5] beeinflußt. Darüber hinaus will der Staat für alle in der Diaspora lebenden Juden die Möglichkeit einer Sicherung ihrer Existenz bieten für den Fall erneuter Verfolgung oder der Bedrohung ihrer Identität als Juden, da er in einem seiner grundlegenden Gesetze ihnen allen Aufnahme und Bürgerrecht zusichert.

Als politische Größe ist der Staat Israel heute in den Formen eines modernen säkularen Staates, als parlamentarische Demokratie organisiert. Auch die Staatsbildungen des Volkes im Altertum waren in den Formen ihrer Zeit organisiert. Für den modernen Staat gilt jedoch ebenso, daß mit solcher Charakterisierung seine Bedeutung noch nicht voll erfaßt ist: Mit seinem Namen Israel und in seiner Gründungsurkunde stellt er sich ausdrücklich in die biblische Tradition des Judentums und damit in den Zusammenhang der Geschichte des erwählten Volkes; er hat es sich zur Aufgabe gemacht, die Existenz dieses Volkes im Lande seiner Väter zu sichern.

Dies ist auch für Christen von Bedeutung. Sie haben nach allem Unrecht, das Juden – besonders durch Deutsche – angetan worden ist, die Verpflichtung, die Resolution der Vereinten Nationen von 1947 anzuerkennen und zu unterstützen, die den Juden ein gesichertes Leben in einem eigenen Staat ermöglichen soll. Zugleich haben Christen sich aber auch nachdrücklich für einen sachgemäßen Ausgleich zwischen den berechtigten Ansprüchen beider, der palästinensischen Araber und der Juden, einzusetzen. Weder dürfen allein den palästinensischen Arabern die Folgen des Konflikts auferlegt sein noch darf allein Israel für die Auseinandersetzungen verantwortlich gemacht werden. Darum müssen an den Bemühungen um einen dauerhaften Frieden im Nahen Osten auch die mitwirken, die nicht unmittelbar Beteiligte sind. Der Mitarbeit an dieser Aufgabe können sich Christen, gerade auch in Deutschland, nicht entziehen. Sie werden dabei auch den Kontakt zu den arabischen Christen verstärken müssen, die durch den Konflikt in eine besonders schwierige Lage gebracht worden sind.

4. Juden – Christen – Deutsche

Die Christen in Deutschland können und dürfen nicht vergessen, welche Verbrechen im Namen des deutschen Volkes an den Juden begangen worden sind, und treten darum für neue Beziehungen zu allen Juden ein.

Als Christen bedenken wir die besonderen Schwierigkeiten, die sich aus den Beziehungen der Deutschen zum jüdischen Volk ergeben haben. Die lange gemeinsame Geschichte von Juden und Christen in Deutschland hat zu vielfältiger gegenseitiger Anregung wie Ablehnung geführt. Die immer wieder auftretende Judenfeindschaft hat neben religiösen (vgl. II. 5) auch wirtschaftliche, politische und kulturelle Ursachen. Eine besondere Zuspitzung erfuhr der Judenhaß im Deutschland des 19. und 20. Jahrhunderts auf der Grundlage christlich-germanischer und rassistischer Ideologien. Er führte in letzter Konsequenz zu der Judenverfolgung nach 1933 und schließlich zum Mord an etwa 6 Millionen Juden in Europa. (Zu den Zahlen der Opfer vgl. Information 2.)

Bis zum Beginn des Zweiten Weltkrieges konnten sich viele deutsche Juden dem drohenden Schicksal noch entziehen, insbesondere durch Auswanderung. Während des Zweiten Weltkrieges wurden jedoch in Deutschland und in allen besetzten Ländern jüdische Männer, Frauen und Kinder in Vernichtungslager deportiert und umgebracht; nur wenigen gelang es noch, auszuwandern oder sich zu verbergen. Zusammen mit Juden fielen auch Millionen nichtjüdischer Menschen der Verfolgung zum Opfer.

Zwar hatten nur wenige Deutsche vollen Einblick in die gesamte Planung der Vernichtung. Aber die meisten erlebten die Gesetzgebung und die öffentliche Hetze gegen Juden seit 1933, die Synagogenbrände und Geschäftsplünderungen im November 1938, das plötzliche Verschwinden jüdischer Nachbarn und Schulkameraden. Es gab auch Informationen durch ausländische Rundfunksendungen und durch Gerüchte. An die geplante Vernichtung der europäischen Judenschaft (»Endlösung«) glaubten die meisten Deutschen jedoch nicht oder wollten nicht daran glauben. Sie meinten, sich beruhigen zu dürfen mit Nachrichten von Umsiedlungen der Juden nach Osteuropa. Die christlichen Kirchen haben weithin geschwiegen. Nur wenige Menschen verhalfen unter eigener Lebensgefahr Juden zur Flucht oder versteckten sie.

Die Ausrottung von 6 Millionen Juden und damit die fast völlige Vernichtung der jüdischen Kultur in Europa haben im Bewußtsein des jüdischen Volkes in aller Welt eine tiefe seelische Verwundung hinterlassen, die noch Generationen hindurch wirksam sein wird und die sich oft in Unsicherheit und Angst sowie in einem empfindlichen Reagieren auf jede Form der Existenzgefährdung ausdrückt.

Die Katastrophe von Völkermord und Vernichtung (Holocaust[12]) ist für das jüdische Volk in Israel[1] wie in der Diaspora[5] mit dem Namen Auschwitz in Polen verbunden, des größten Vernichtungslagers. Auschwitz wurde ähnlich wie Hiroshima zum Symbol für die Erfahrung des Grauens der Vernichtung und zu einem Wendepunkt geschichtlichen und theologischen Denkens, insbesondere im Judentum[2].

Aus den schuldhaften Versäumnissen dieser Vergangenheit erwächst uns als Christen in Deutschland die besondere Verpflichtung, die neu aufkommende Judenfeindschaft, auch in der Gestalt des politisch und sozial motivierten »Antizionismus«, zu bekämpfen und an der Neugestaltung des Verhältnisses zu den Juden mitzuarbeiten.

5. Gemeinsame Aufgaben

Christen und Juden sind in der gegenwärtigen Weltsituation herausgefordert, ihre Verantwortung zur Gestaltung der Welt wahrzunehmen, die ihnen aus ihrem gemeinsamen Glauben an den einen Gott erwächst.

Die heutigen Bemühungen um die Neugestaltung des Verhältnisses zwischen Christen und Juden haben die trotz aller Gegensätze weiterhin bestehenden Gemeinsamkeiten wieder stärker ins Bewußtsein gerückt. Daraus ergibt sich die Aufgabe, diese Gemeinsamkeiten in Glauben und Leben in der Gegenwart und für die Zukunft konkret zu entfalten.

Nach allem, was vorhergegangen ist, muß dabei sehr behutsam vorgegangen werden. Es lassen sich nur erste Ansätze aufzeigen. Ausgangspunkt könnte die gemeinsame Überzeugung sein, daß der Mensch als Gottes Ebenbild Verantwortung für die Erde wahrnimmt. Darin ist auch die Verantwortung für die Gestaltung des menschlichen Lebens eingeschlossen.

Menschen verschiedener Religionen und Überzeugungen in allen Kontinenten kämpfen heute um eine menschenwürdigere Welt. Zur Teilnahme an diesem Ringen sind Christen und Juden verpflichtet: Durch ihren Glauben an den *einen* Gott, der *eine* Menschheit geschaffen hat, sind sie – zusammen mit den Moslems (vgl. Information 5) – dazu herausgefordert, für die Solidarität aller Menschen einzutreten. Ohne diese Überzeugung, daß jeder Mensch vor Gott gleiche Würde hat, ist auch die Entfaltung der Menschenrechte in der Neuzeit nicht denkbar.

Die Vereinten Nationen haben in der »Allgemeinen Erklärung der Menschenrechte« vom 10. Dezember 1948 die Rechte aller Menschen proklamiert. Um so erschreckender ist es, wie weit die Wirklichkeit hinter diesem Programm zurückbleibt. Dies gilt im Blick auf das Fehlen sozialer Gerechtigkeit wie auf Diskriminierung, Verfolgung, Mißhandlung aus rassischen, religiösen und politischen Gründen.

Die Heilige Schrift, der sich Juden und Christen verpflichtet wissen, betont die Zuwendung Gottes zu den Benachteiligten und Entrechteten. Darum ist es eine Aufgabe für die Christen, sich zusammen mit den Juden gegen die Herrschaft derer zu wenden, die sich auf Kosten der Schwachen durchsetzen und bereichern.

Eine weitere vordringliche Aufgabe ist trotz aller in die Augen springenden Schwierigkeiten das Bemühen um ein Zusammenwirken von Christen, Juden und Moslems für die Sache der Gerechtigkeit und des Friedens im Nahen Osten.

Die immer offenkundiger werdende Bedrohung der menschlichen Existenz durch die Folgen der technischen Zivilisation macht es unabweisbar, die Welt neu als Schöpfung Gottes zu erfassen und mit ihr nach dem Auftrag Gottes sachgerecht umzugehen. Das bedeutet Abkehr von einer Haltung, in der der Mensch sich selbst zum Maßstab aller Dinge macht, die Welt ausschließlich für seine Interessen ausbeutet und dabei abhängig wird von dem, was er selbst geschaffen hat.

Es wird zunächst darum gehen, daß Christen und Juden sich der Gemeinsamkeiten in ihrer Verantwortung für die Gestaltung der Welt bewußt werden und deren Verwirklichung in Angriff nehmen. Dabei werden sich neue Bereiche gemeinsamen Handelns erschließen.

6. Begegnung und Zeugnis

Bei der Begegnung von Christen und Juden geht es darum, die Unterschiede im Bekenntnis zu dem einen Gott für das wechselseitige Zeugnis fruchtbar zu machen. Für die Christen bedarf die Frage, wie sie ihr Zeugnis gegenüber den Juden vertreten, ständig neuer Überlegung.

Christen und Juden verstehen und bekennen ihren Glauben an den einen Gott, der sich in der Geschichte offenbart hat, je in eigener Auslegung. Im Zentrum des Glaubens steht für die Juden die Tora[6] als Plan und Werkzeug Gottes zur Gestaltung und Vollendung der Welt, für die Christen Jesus Christus in seiner Heilsbedeutung für alle Menschen. Eine Begegnung von Christen und Juden kann angesichts solcher Gemeinsamkeit und Unterschiedenheit nicht bei gegenseitigem Kennenlernen stehenbleiben. In ihr liegt nämlich die Möglichkeit, im gemeinsamen Hören auf die Heilige Schrift zu einer Bereicherung und Klärung des eigenen Glaubens zu kommen. Je offener und intensiver solche Begegnung geschieht, um so freimütiger wird auch das Trennende zur Sprache kommen können.

Das Bezeugen des eigenen Glaubens ist für beide unaufgebbar: Gottes Auftrag macht aus dem Glaubenden den Zeugen, der seine Identität als Christ oder Jude in Wort und Tat zu verwirklichen hat. Begegnungen auf dieser Grundlage haben allerdings nur Aussicht auf Ertrag, wenn sie unter gewissenhafter Berücksichtigung der langen und leidvollen Geschichte der gegenseitigen Beziehungen erfolgen.

Die Ausbreitung des Glaubens unter den Völkern gehörte zu den Wesensmerkmalen des Judentums[2] zur Zeit Jesu. Auch die urchristliche Gemeinde ging diesen Weg, um so den Sendungsauftrag ihres auferstandenen Herrn zu erfüllen. Dadurch entstand eine ausgedehnte christliche Missionstätigkeit unter Juden und Heiden. Sie führte zur Bildung von Gemeinden, deren Glieder teils aus dem Judentum, teils aus dem Heidentum stammten.

In der Anfangszeit der Kirche war die Taufe von Juden auf den Namen Jesu noch mit der Zugehörigkeit zum jüdischen Volk vereinbar. Im Verlauf der Auseinanderentwicklung von Kirche und Judentum hatte jedoch der Übertritt zum Christentum in wachsendem Maße den Verlust der jüdischen Identität zur Folge.

Mit der zunehmenden Ausbreitung des Christentums gerieten die Juden nach und nach in die Minderheit. Schließlich wurde das Judentum zur einzigen geduldeten religiösen Minderheit gegenüber einem alle Bereiche des Gemeinschaftslebens bestimmenden Staatskirchentum. Aufgrund dieser Machtverhältnisse wurde auf die Juden im Laufe der Jahrhunderte auch in religiöser Hinsicht vielfältiger Druck ausgeübt. Neben Verfolgungen und Vertreibungen kam es zu Zwangsbekehrungen und zu erzwungenen Religionsgesprächen, die die Überlegenheit des Christentums beweisen sollten. Dadurch wurde der eigentliche Sinn des christlichen Zeugnisses gegenüber den Juden oft verdunkelt oder sogar in sein Gegenteil verkehrt.

Erst unter den veränderten geistigen und gesellschaftlichen Bedingungen der Neuzeit ergaben sich im evangelischen Bereich ernsthafte Versuche, den ursprünglichen Sinn des christlichen Zeugnisses gegenüber den Juden wiederzugewinnen. Dies gilt insbesondere für die Zeit seit dem Aufkommen des Pietismus, der unter Rückgriff auf die Reformation die Freiheit des Evangeliums neu herausstellte und in die Praxis umsetzte. Die gesellschaftliche Überlegenheit des Christentums kam nun durch die bewußte Hinwendung zum persönlichen Zeugnis einzelner Christen gegenüber einzelnen Juden nicht mehr in der früheren Weise zur Geltung. Aus solchen glaubensmäßigen Motiven entstand damals die Judenmission. Dadurch kam es auch zu fruchtbaren Begegnungen zwischen Christen und Juden. Diese weckten ein neues christliches Interesse am Judentum, nicht zuletzt in wissenschaftlicher Hinsicht. Daß seit der Aufklärung immer häufiger Juden aus vorwiegend gesellschaftlichen Gründen zum Christentum übertraten, stand nur teilweise im Zusammenhang mit der Judenmission.

Nach einer Periode des wachsenden Antisemitismus im 19. und 20. Jahrhundert, in der sich vereinzelt auch Christen schützend vor Juden stellten, hat sich nach den schrecklichen Ereignissen der nationalsozialistischen Judenverfolgung die Lage jedoch in mehrfacher Hinsicht verändert. Die Kirche hat viel von ihrer früheren Geltung im öffentlichen Leben verloren, und durch ihr weitgehendes Versagen während der Judenverfolgung ist sie in der Unbefangenheit ihres Zeugnisses gegenüber den Juden erneut und aufs schwerste erschüttert worden.

Die für eine fruchtbare Begegnung notwendige Bezeugung des eigenen Glaubens ist durch Mängel und Fehlformen christlicher Praxis in der Vergangenheit in hohem Maße belastet. Selbst heute gibt es noch missionarische Praktiken, die gerade Juden begründeten Anlaß zu Mißtrauen bieten; sie werden jedoch seitens der Kirche entschieden abgelehnt, auch von denen, die für ein missionarisches Zeugnis gegenüber den Juden eintreten.

Solcher Mißbrauch entbindet die Christen nicht von dem glaubwürdigen Bemühen, dem Evangelium gemäß Rechenschaft zu geben über den »Grund der Hoffnung, die in euch ist« (1. Petrus 3,15). Glaube kann nicht sprachlos bleiben.

Nach allem, was geschehen ist, herrscht heute in der Frage, wie das christliche Zeugnis gegenüber Juden in der richtigen Weise Gestalt gewinnen kann, eine große Vielfalt der Meinungen. Die

Diskussion darüber kreiste in den vergangenen Jahren vor allem um die beiden Begriffe »Mission« und »Dialog«. Häufig wurden sie als einander ausschließende Gegensätze verstanden. Inzwischen ist aber die Einsicht gewachsen, daß Mission und Dialog zwei Dimensionen des einen christlichen Zeugnisses sind. Diese Einsicht entspricht auch dem neueren Verständnis von christlicher Mission überhaupt.

Nicht nur der Begriff »Mission«, sondern auch der Begriff »Dialog« ist für Juden als Beschreibung des christlichen Zeugnisses belastet. Deshalb stehen die Christen heute vor der Aufgabe, neu darüber nachzudenken, wie sie ihr Zeugnis, daß Jesus Christus Heil für alle Menschen bedeutet, im Blick auf die Juden verstehen, wie sie es benennen und welche Gestalt sie ihm geben sollen.

Die Kirche wird es dabei nicht unterlassen dürfen, freimütig auszusprechen, daß sie selbst des Gespräches mit dem Judentum bedarf; denn sie stößt hier auf Erfahrungen mit dem Gott der Bibel, die jedem Christen helfen können, das Verständnis seiner Identität wesentlich zu vertiefen. Dies ist von grundlegender Bedeutung für weiterführende Möglichkeiten der Begegnung von Christen und Juden.

Anhang

Informationen

Information 1: Wer ist Jude?

Das jüdische Selbstverständnis kennt ursprünglich keine Unterscheidung zwischen der Zugehörigkeit zum jüdischen Volk und zur jüdischen Religion; beides ist unlösbar miteinander verbunden. Jude ist, wer von einer jüdischen Mutter geboren wurde oder zum Judentum [2] übergetreten ist. In beiden Fällen ist er aber *ganz* Jude: im nationalen wie religiösen Sinne.

Erst in der Neuzeit wurde diese ursprüngliche Einheit von Volk und Religion fraglich und löste sich teilweise auf. Vor allem in Europa und Nordamerika begann ein Teil der Juden sich nur noch im religiösen Sinne als Juden zu verstehen, während sie sich in nationaler und weithin auch in kultureller Hinsicht ganz an ihre jeweilige Umwelt anglichen. So wurde für viele das Judentum zu einer »Konfession« neben anderen.

Im Zionismus [11] wurde hingegen die nationale Komponente stärker und teilweise einseitig betont; das Bewußtsein der Zugehörigkeit zum jüdischen Volk trat beherrschend in den Vordergrund, während die Religion für einen Teil der Zionisten eine untergeordnete Rolle spielte.

Im Staat Israel [1] wird seit seinem Bestehen eine oft leidenschaftliche öffentliche Diskussion darüber geführt, welche Antwort auf die Frage »Wer ist Jude?« gültig sein soll. Bisher dominiert in der Gesetzgebung das Verständnis der jüdischen religiösen Überlieferung; in jüngster Zeit ist jedoch eine Auflockerung eingetreten, durch die vor allem auch die Ehegatten und Kinder von Juden vor dem Gesetz als Juden betrachtet werden.

In der Diaspora [5] finden sich vielfältige Auffassungen nebeneinander; sie reichen von einer strengen Auslegung der jüdischen religiösen Überlieferung bis zur völligen Assimilation an die Umwelt. Seit der Gründung des Staates Israel (und besonders seit dem Sechs-Tage-Krieg von 1967) verstehen sich aber viele in der Diaspora lebende Juden aller religiösen Gruppen (vgl. III. 1) wieder verstärkt als Angehörige des jüdischen Volkes und betonen ihre Verbundenheit mit dem jüdischen Staat.

Information 2: Die Vernichtung des europäischen Judentums (vgl. III. 4)

Durch Zahlen läßt sich das Schicksal der Verfolgten nicht erfassen; sie geben jedoch einen Anhaltspunkt für das Ausmaß der Vernichtung.

Man rechnet heute mit etwa folgenden Zahlen der Opfer der deutschen Judenverfolgung zwischen 1933–1945:

Polen	3271000
Sowjetunion mit Litauen, Lettland, Estland	1050000
Rumänien	530000
Tschechoslowakei	255000
Ungarn	200000
Deutschland	195000
Frankreich	140000
Niederlande	120000
Jugoslawien	64000
Griechenland	64000
Belgien	57000
Österreich	53000
Italien	20000
Bulgarien	5000
Luxemburg	3000
Dänemark	1500
Norwegen	1000
	6029500

(vgl. Reinhard Henkys: Die nationalsozialistischen Gewaltverbrechen. Stuttgart, Berlin: Kreuz-Verlag 1964, S. 172)

Information 3: Zur Lage der Juden in der Bundesrepublik Deutschland

(Diesen Ausführungen liegen im wesentlichen Angaben von Dr. Hans Lamm, München, zugrunde)

Statistik:

1925 wurden ca. 550000 Juden im Deutschen Reich gezählt,
1933 waren es ca. 500000,
1945 waren es noch ca. 15000, dazu eine größere Zahl ausländischer Juden in Übergangslagern der Besatzungsmächte.
1974 (1. 4.) waren 26876 Juden in der Bundesrepublik Deutschland und Berlin (West) und ca. 1000 in der Deutschen Demokratischen Republik Mitglieder der jüdischen Gemeinden. Die Gesamtzahl der Juden betrug in der Bundesrepublik Deutschland ca. 30000.

Größte Gemeinden:	Berlin (West)	*Mitglieder*	5280
	Frankfurt/Main	*(1974)*	5037
	München		3682
	Düsseldorf		1620
	Hamburg		1426
	Köln		1213
alle anderen Gemeinden:			unter 1000
darunter	Württemberg		802

(Ausführliche Bevölkerungsstatistiken finden sich alljährlich im American Jewish Year Book)

Organisation: 1974 waren insgesamt 68 Gemeinden in folgenden 14 Landesverbänden bzw. unabhängigen Großgemeinden zusammengeschlossen:

Baden	(5)
Bayern	(14)
Berlin (West)	(1)
Bremen	(1)
Frankfurt/Main	(1)

Hamburg	(1)
Hessen	(9)
Köln	(1)
Niedersachsen	(9)
Nordrhein	(8)
Rheinland-Pfalz	(6)
Saar	(1)
Westfalen	(10)
Württemberg	(1)

Die Landesverbände und Großgemeinden sind im Zentralrat der Juden in Deutschland zusammengefaßt, der seit 1950 in Düsseldorf besteht; ein publizistisches Organ ist die »Allgemeine Jüdische Wochenzeitung«.

Selbstverständnis der Gemeinden:
Die Gemeinden sind vor allem Religionsgemeinden, wie der Name Kultus- oder Synagogengemeinde andeutet. Während es früher orthodoxe und liberale (in Berlin auch Reform-) Gemeinden (vgl. III. 1) gab, sind heute die meisten Gemeinden orthodox, wenn es auch nicht alle ihre Mitglieder sind. Es gibt heute etwa 10 Rabbiner und etwa 50 Religionslehrer in der Bundesrepublik Deutschland und in Berlin (West).

Der Besuch der Gottesdienste ist im Durchschnitt höher als in den christlichen Kirchen. Der Opferwille für und die Verbundenheit mit Israel[1] sind groß.

Nachkommen aus Ehen von Juden und Nichtjuden, deren Zahl vielfach unterschätzt wird, spielen im öffentlichen und kulturellen Leben Deutschlands eine bedeutende Rolle. Jedoch werden sie von Juden im allgemeinen nicht als Juden betrachtet, sofern sie nicht durch formellen Übertritt in eine jüdische Gemeinde voll anerkannte Mitglieder, d. h. Juden im Sinn der religiösen Überlieferung (vgl. Information 1), geworden sind. Zum Eintritt in das Judentum[2] wird zwar nicht ermutigt, er ist aber möglich und nicht selten.

Gesellschaftliche Stellung der Juden:
Unrichtig ist die weitverbreitete Ansicht, daß fast alle Juden reich seien. In München sind z. B. mehr als 10 % Sozialhilfeempfänger. Es gibt keine besondere Konzentration von Juden in einem Wirt-

schaftszweig, doch sind viele im Bauwesen und in der Bekleidungsindustrie tätig, wenige in der Großindustrie, nur einzelne in den freien Berufen, in Presse, Funk oder Film.

Geht man von absoluten Zahlen aus, so ist der Anteil der Juden am öffentlichen Leben gering. Wenn man ihren minimalen Bevölkerungsanteil (30000 von 60000000 entspricht 0,05 %) berücksichtigt, ist ihre Beteiligung jedoch nennenswert.

Die objektive und wohl auch subjektive Integration der Juden ist – von Ausnahmen abgesehen – geringer als vor 1933. In ihrem Verhältnis zu den Deutschen schwankt die Mehrheit der Juden zwischen Ambivalenz, Unentschiedenheit oder Uninteressiertheit.

Zukunft der Juden in Deutschland:
Entgegen allen Erwartungen stirbt die jüdische Gemeinschaft in Deutschland nicht aus, sondern wächst langsam, aber stetig. Zwar liegt die Sterbeziffer fast immer etwa fünfmal höher als die Geburtenzahl, aber die Auswanderung war in den letzten Jahren weit geringer als die Ein(bzw. Rück-)wanderung. Ob dieser schon seit Jahren anhaltende Trend konstant bleiben wird, ist unbestimmt, ebenso wie beispielsweise die Erwartung einer größeren Einwanderung aus Osteuropa oder anderen Ländern.

Information 4:
Zur bisherigen ökumenischen Diskussion über die Frage Kirche und jüdisches Volk

Eine erste Stellungnahme der Kirchen zum Judentum[2] findet sich im Bericht der Kommission IV b der Ersten Weltkirchenkonferenz des *Ökumenischen Rates der Kirchen* in *Amsterdam*, 1948. Hier wird die besondere Bedeutung des jüdischen Volkes für den christlichen Glauben herausgestellt. »Im Heilsplan Gottes hat Israel[1] eine einzigartige Stellung. Es war Israel, mit dem Gott durch die Berufung Abrahams Seinen Bund schloß ... Für viele ist das Weiterbestehen eines jüdischen Volkes, das Jesus Christus nicht anerkennt, ein Geheimnis, das seine einzig zureichende Erklärung in dem Vorsatz der unveränderlichen Treue und Barmherzigkeit Gottes findet (Römer 11,25–29). Der Antisemitismus soll erkannt und bekämpft werden. Die Mission unter den Juden ist zu vertiefen und zu erneuern.« Zum Staatwerden Israels heißt es: »Die Kirchen haben die strenge Pflicht, für eine Ordnung in Palästina[3] zu beten und zu arbeiten, die so gerecht ist, wie das inmitten unserer menschlichen Unordnung nur sein kann.«

Auf der Zweiten Weltkirchenkonferenz in *Evanston*, 1954, reichten 30 Delegierte eine Entschließung ein, in der es u. a. heißt: »Ein Glied der Kirche Christi zu sein, bedeutet daher mit den Juden zusammengeschlossen zu sein in unserer einen unteilbaren Hoffnung auf Jesus Christus ... Eingedenk der mannigfachen und schweren Schuld der Christenheit durch die Geschichte der Kirche gegenüber den Juden sind wir gewiß: ›Die Kirche kann nicht ruhig sein, bis das Königtum Christi auch von Seinem Volke nach dem Fleisch anerkannt ist.‹«

Die Dritte Weltkirchenkonferenz in *Neu-Delhi*, 1961, beschloß – unter Rückgriff auf Amsterdam – ein Wort zur Bekämpfung des Antisemitismus.

Eine von der Kommission für Glaube und Kirchenverfassung des Ökumenischen Rates der Kirchen 1967 in *Bristol* verabschiedete Studie zeigt einen bisher nicht behobenen Gegensatz in der Beurteilung der Dinge: »Einige von uns sind überzeugt, daß es unzulässig ist, von einer fortbestehenden Erwählung der Juden neben der der Kirche zu sprechen ... Andere aus unserer Gruppe sind der Meinung, daß es nicht genügt, nur irgendeine Kontinuität zwischen den heutigen Juden – ob religiös oder nicht – und dem alten Israel geltend zu machen, sondern daß sie jetzt noch Israel, d. h. noch Gottes erwähltes Volk seien. Die Vertreter dieser Ansicht möchten unterstreichen, daß nach Christus das eine Volk Gottes auseinandergebrochen ist.« Auf der Vierten Weltkirchenkonferenz in *Uppsala* 1968 wurde diese Studie nicht diskutiert.

Die theologische Erklärung der Konsultation, die vom *Lutherischen Weltbund* 1964 in *Løgumkloster* veranstaltet wurde, nimmt grundsätzlich zur Frage des Verhaltens der christlichen Kirche zu dem jüdischen Volk Stellung: »Damit bekundet die Kirche, daß durch die Erfüllung der Verheißungen in dem Messias[9] Jesus in seiner Anerkennung nur durch einen Teil der Juden ein Riß entstanden ist, der das ›alte‹ Israel außerhalb des ›neuen‹ gesetzt hat. Dieser Riß wird geschlossen, wenn ›ganz Israel‹ (Römer 11,26) Jesus von Nazareth als seinen Messias anerkennt. Dann erst wird das Geheimnis der Treue Gottes gegenüber seinem Volke offenbar.« In dieser Erklärung wird betont, daß es ein Zeugnis von Christus gegenüber den Juden gibt und geben muß, daß man darauf nicht verzichten kann, und wenn es sich nur um Gespräche in der Gemeinde handelt.

In einer Erklärung, die das Komitee »Kirche und Juden« für die Vollversammlung des Lutherischen Weltbundes in *Porto Alegre/Evian* 1970 vorbereitete, wird die Frage gestellt, ob »wir in der einen Heilsordnung zwei getrennte, aber notwendige Amtsordnungen anerkennen«, nämlich die Legitimität des Judentums und die Entwicklung, die mit Jesus Christus begann.

Die Synode der *Evangelischen Kirche in Deutschland* beschloß 1950 in Berlin-Weissensee ein Wort zur Schuld an Israel: »Wir sprechen es aus, daß wir durch Unterlassen und Schweigen vor dem Gott der Barmherzigkeit mitschuldig geworden sind an dem Frevel, der durch Menschen unseres Volkes an den Juden begangen worden ist.« Ein weiterer entscheidender Satz dieser Erklärung lautete: »Wir glauben, daß Gottes Verheißung über dem von ihm erwählten Volk Israel auch nach der Kreuzigung Jesu Christi in Kraft geblieben ist.«

In ihrer Kirchenordnung von 1951 erklärte die *Niederländische Reformierte Kirche:* »Als Christus bekennende Glaubensgemeinschaft, die in die Welt gestellt ist, um Gottes Verheißungen und Gebote gegenüber allen Menschen und Mächten zu bezeugen, erfüllt die Kirche in der Erwartung des Reiches Gottes ihren apostolischen Auftrag insbesondere durch ihr Gespräch mit Israel, durch das Werk der Mission, durch die Ausbreitung des Evangeliums und die fortdauernde Arbeit an der christlichen Durchdringung des Volkslebens im Sinn der Reformation« (Artikel VIII). Hier wird zum erstenmal von einer Kirche das »Gespräch mit Israel« von dem »Werk der Mission« abgehoben.

In der Studie »Israel und die Kirche«, die 1959 im Auftrag der Generalsynode der Niederländischen Reformierten Kirche vom »Rat für das Verhältnis zwischen Kirche und Israel« zusammengestellt wurde, taucht der Gedanke des gespaltenen Gottesvolkes auf und damit die Frage, ob es eine Ökumene mit Juden geben kann.

In der Studie »Israel: Volk, Land und Staat«, die 1970 von der Generalsynode der Niederländischen Reformierten Kirche angenommen wurde, wird auf die Frage, »ob auch der Staat Israel für Christen eine besondere Glaubensdimension hat«, die Antwort gegeben, daß die Verheißung Gottes wohl auf die fortdauernde Verbindung von Volk und Land zuträfe, nicht aber in gleicher Weise auf die Verbindung von Volk und Staat. »Wie aber gegenwärtig die Dinge liegen«, fährt die Studie fort, »sehen wir einen freien Staat als die einzige Möglichkeit, die das Bestehen des Volkes gewährleistet.«

Die *Römisch-Katholische Kirche* hat auf dem Zweiten Vatikanischen Konzil 1965 in der »Erklärung über das Verhältnis der Kirche zu den nichtchristlichen Religionen« (Nostra aetate) Judentum und Christentum allen anderen Religionen in der Welt gegenübergestellt. Die Verbundenheit der Kirche mit den Juden wird hervorgehoben: »Nichtsdestoweniger (d. h. trotz der verweigerten Annahme des Evangeliums durch die Juden) sind die Juden nach dem Zeugnis des Apostels immer noch von Gott geliebt um der Väter willen.« Dieser Satz begründet die Ablehnung der Meinung, daß die Juden von Gott verflucht seien. Der Tod Jesu ist weder allen damals lebenden Juden noch den heutigen Juden zur Last zu legen. Vielmehr hat Jesus seinen Tod als freiwillige Tat zum Heil aller auf sich genommen. Darum ist das Kreuz als Zeichen der universalen Liebe Gottes und als Quelle aller Gnaden zu verkündigen. Verfolgungen und Haßausbrüche in Vergangenheit und Gegenwart werden bedauert. Die Änderung der Karfreitagsliturgie in diesem Sinne war schon vorher von Papst Johannes XXIII. eingeleitet worden.

Eine im ökumenischen Geist gehaltene Weiterführung der Äußerungen des Zweiten Vatikanischen Konzils findet sich in der Erklärung des Komitees der Französischen Bischofskonferenz 1973.

Die »Kommission für die religiösen Beziehungen zum Judentum« des Vatikans hat 1974 Richtlinien und Hinweise zur Durchführung der Konzilserklärung »Nostra aetate« gegeben: Der Antisemitismus wird abgelehnt, die Verpflichtung zum gegenseitigen Verstehen zwischen Juden und Christen wird betont. Beziehungen zwischen ihnen können entstehen durch den Dialog – wobei das »Zeugnis für Jesus Christus nicht den Anschein einer Aggression erwecken« soll –, durch »eine gemeinsame Begegnung vor Gott im Gebet«, durch Zusammenarbeit »zur Förderung von Gerechtigkeit und Frieden«. Jüdische und christliche Liturgie spiegeln »die Gemeinschaft des Lebens im Dienste Gottes und der Menschheit aus Liebe zu Gott«. Die Kontinuität des christlichen Glaubens mit dem Alten Testament wird herausgestellt.

Quellenangabe zu Information 4:

Ökumenischer Rat der Kirchen

Erste Weltkirchenkonferenz in Amsterdam 1948: Bericht der Kommission IVb: »Die christliche Haltung gegenüber den Juden«.

in*: Amsterdamer Dokumente. Berichte und Reden auf der Weltkirchenkonferenz in Amsterdam 1948. Herausgegeben von Dr. Focko Lüpsen. Erstes Beiheft zu der Halbmonatsschrift Evangelische Welt. Bethel bei Bielefeld. Zweite verbesserte und erweiterte Auflage (1948), Seite 77–82

Zweite Weltkirchenkonferenz in Evanston 1954: Erklärung über die »Hoffnung Israels«.

in*: Evanston Dokumente. Berichte und Reden auf der Weltkirchenkonferenz in Evanston 1954. Herausgegeben von Dr. Focko Lüpsen. Witten: Luther Verlag 1954, Seite 128f.

Dritte Weltkirchenkonferenz in Neu-Delhi 1961: »Entschließung zum Antisemitismus«.

in*: Neu-Delhi 1961. Dokumentarbericht über die Dritte Vollversammlung des Ökumenischen Rates der Kirchen. Herausgegeben von Willem A. Visser't Hooft. Stuttgart: Evang. Missionsverlag 1962, Seite 165.

Kommission für Glauben und Kirchenverfassung des Ökumenischen Rates der Kirchen in Bristol 1967. IV. »Die Kirche und das jüdische Volk.«

in*: Bristol 1967. Studienergebnisse der Kommission für Glauben und Kirchenverfassung. Mit Vorwort von Lukas Vischer. Beiheft zur Ökumenischen Rundschau Nr. 7/8. Stuttgart: Evang. Missionsverlag 1967, Seite 95–110.

und in: Arbeitstext Nr. 5, II/1969 der Evangelischen Zentralstelle für Weltanschauungsfragen, Stuttgart.

* und in: Reinhard Dobbert u. a.: Das Zeugnis der Kirche für die Juden. Berlin und Hamburg: Lutherisches Verlagshaus 1968 (Missionierende Gemeinde 16).

Lutherischer Weltbund

Konsultation »Die Kirche und das jüdische Volk« des Lutherischen Weltbundes in Løgumkloster 1964.

in*: Lutherische Rundschau. Zeitschrift des Lutherischen Weltbundes. Stuttgart: Kreuz-Verlag 1964, 14. Jahrgang, Seite 337 bis 344.

Komitee für »Kirche und Juden« des Lutherischen Weltbundes: Bericht für die Vollversammlung des Lutherischen Weltbundes in Porto Alegre (Evian) 1970: Gott ist treu zu den Juden. Zur Theologie des Verhältnisses von Kirche und Judentum.

in: Lutherische Monatshefte, 1970, Neunter Jahrgang, Seite 140–143.

Evangelische Kirche in Deutschland

Erklärung der Synode der Evangelischen Kirche in Deutschland in Berlin-Weissensee vom 27. April 1950.

in: Berlin-Weissensee 1950. Bericht über die zweite Tagung der ersten Synode der Evangelischen Kirche in Deutschland vom 23.–27. April 1950. Herausgegeben im Auftrage des Rates von der Kirchenkanzlei der Evangelischen Kirche in Deutschland, Hannover (1950), Seite 357f.

Niederländische Reformierte Kirche

Kirchenordnung der Niederländischen Reformierten Kirche von 1951 (zitiert nach: Lebendiges Bekenntnis. Eingeleitet und übersetzt von Otto Weber. Neukirchen: Neukirchener Verlag, 2. Auflage 1959, Seite 18f.) (Heft 7 der Schriftenreihe Bekennen und Bekenntnis).

Israel und die Kirche. Eine Studie, im Auftrag der Generalsynode der Niederländischen Reformierten Kirche zusammengestellt von dem Rat für das Verhältnis zwischen Kirche und Israel. Zürich: EVZ-Verlag 1961.

Israel: Volk, Land und Staat. Handreichung für eine theologische Besinnung der Niederländischen Reformierten Kirche. Von ihrer Generalsynode angenommen am 16. Juni 1970.

in: Freiburger Rundbrief. Beiträge zur Förderung der Freundschaft zwischen dem Alten und dem Neuen Gottesvolk im Geiste beider Testamente. Jahrgang XXIII 1971, Nummer 85/88, Seite 19–27.

Römisch-Katholische Kirche

Zweites Vatikanisches Ökumenisches Konzil: Erklärung über das Verhältnis der Kirche zu den nichtchristlichen Religionen (»Nostra aetate«) vom 28. Oktober 1965.

in: Zweites Vatikanisches Ökumenisches Konzil. Erklärung über das Verhältnis der Kirche zu den nichtchristlichen Religionen. Authentischer lateinischer Text der Acta Apostolicae Sedis. Deutsche Übersetzung im Auftrag der deutschen Bischöfe. Mit einer Einleitung von Dr. Franz Kardinal König Erzbischof von Wien. Münster: Verlag Aschendorff 1967, Seite 18–23 (Nr. 4).

Erklärung des Komitees der französischen Katholischen Bischofskonferenz »Die Haltung der Christen gegenüber dem Judentum. Lehrmäßige Überlegungen und pastorale Orientierungen« vom 16. April 1973. in: Arbeitstext Nr. 14, V/1974 der Evangelischen Zentralstelle für Weltanschauungsfragen, Stuttgart, Seite 3–10.

und in: epd Dokumentation Nr. 7/74 vom 11. 2. 1974, Frankfurt, Seite 3–9.

und in: Freiburger Rundbrief. Beiträge zur christlich-jüdischen Begegnung. Jahrgang XXV, 1973, Nummer 93/96, Seite 15–18.

Richtlinien und Hinweise der Kommission für die religiösen Beziehungen zum Judentum für die Durchführung der Konzilserklärung »Nostra aetate«, Art. 4 vom 1. Dezember 1974.

in: Katholische Nachrichten Agentur. Dokumentation Nr. 1 vom 4. 1. 1975.

und in: Herder-Korrespondenz, 29. Jahrgang, 1975, Seite 65–68.

und in: Una Sancta, 30. Jahrgang, 1975, Seite 30–34.

Information 5: Der Islam

In den Beziehungen zwischen Judentum[2] und Christentum spielt auch der Islam eine wichtige Rolle. Diese Religion wurde im 7. Jahrhundert von dem arabischen Propheten aus Mekka, Mohammed, verkündet; er gründete seine prophetische Autorität auf Offenbarungen, die im Koran, der heiligen Schrift des Islam, niedergelegt wurden.

Mohammed betrachtete den Islam nicht als eine vollständig neue Religion, sondern als eine in deutlicher arabischer Sprache an das unwissende arabische Volk ergangene Mahnung, dem einzigen Gott (arabisch: Allah), den die Juden und Christen schon kannten, zu dienen. Mit dieser Verkündigung knüpfte der arabische Prophet an die jüdisch-christliche Überlieferung an und stellte als unverzichtbare Forderungen auf: die Einzigkeit Gottes muß absolut und kompromißlos verstanden werden und muß deshalb der Mittelpunkt jeder monotheistischen Religion, also auch des Judentums und des Christentums, sein. Die früheren Propheten, deren wichtigste Adam, Noah, Abraham, Mose und Jesus sind, haben diesen Urmonotheismus, der dem Menschen in seiner Schöpfung mitgegeben worden ist, verkündet und diese grundlegende Forderung Gottes, ihm allein zu dienen und ihn zu verehren, bekanntgemacht. Jeder Mensch und jedes Volk sei zum Dienst an diesem einzigen Gott aufgerufen und werde aufgrund seiner eigenen Verantwortlichkeit in diesem und im kommenden Leben entsprechend belohnt oder bestraft.

Der Kern der Offenbarungswahrheit von Judentum und Christentum hat nach Auffassung Mohammeds diesen Forderungen entsprochen; deshalb erwartete er ihre Teilnahme und Mitwirkung an der neuen, arabischen Gestalt des Urmonotheismus. In dieser Erwartung machte er den *Juden* von Medina konkrete Vorschläge, sich als Juden und ohne jede Form der Bekehrung der islamischen Gemeinschaft anzuschließen, um gemeinsam das Urböse, den Ungehorsam gegen den einzigen Gott, zu bekämpfen. Die Juden von Medina aber lehnten diese Vorschläge ab, wahrscheinlich aus einem unbewußten Empfinden heraus, daß durch den neuen Glauben die Einzigartigkeit des erwählten Volkes als Antwort auf die Einzigartigkeit seines Gottes zugrunde gehen würde. Nachdem Mohammed unter großen Schwierigkeiten in Mekka zwölf Jahre lang Israel als Kronzeugen für die Wahrheit seiner Botschaft angerufen hatte, wurden die Juden durch ihre Ablehnung nach Meinung Mohammeds zu Erzfeinden Gottes, der Propheten und der islamischen Gemeinschaft. Deshalb gehören sie als Volk nicht mehr in Gottes Heilsplan. Allerdings konnten Juden jahrhundertelang in islamischen Ländern vergleichsweise unangefochten leben. Die Existenz eines Staates Israel[1] ist jedoch für einen gläubigen Moslem unmöglich mit dem Heilsplan Gottes in Übereinstimmung zu bringen.

Doch auch die *Christen* wurden von Mohammed zur Überprüfung ihrer Religion aufgerufen: Zwar haben sie durch ihren Propheten Jesus dieselbe Botschaft empfangen, die jetzt Mohammed bringt, und sind auch als Zeugen des wahren Monotheismus anzusprechen, jedoch haben sie nach Auffassung Mohammeds die Urreligion durch ihre spätere Tradition verfälscht, denn gegen das ausdrückliche Gebot Jesu haben sie Jesus und seine Mutter als Gottheiten neben Allah angenommen; auch über Jesu angeblichen Tod am Kreuze haben sie sich in nutzlosen Gedankenspielereien verloren. Auch hier sei die neue und zugleich korrigierende Botschaft des Islam so eindeutig und klar wie im Falle des Monotheismus: die ungetrübte Gerechtigkeit Gottes, die die Guten belohnt und die Frevler bestraft, verlange, daß jeder nach seinen Taten beurteilt wird. Darüber hinaus habe Gott in Schöpfung und Geschichte für seine Einzigkeit so viele deutliche Beweise gegeben, daß ein jeder, der seinen Verstand gebraucht, an ihn allein glauben muß. Kein Prophet und kein Sühnetod am Kreuze könne einem Menschen die Verantwortung abnehmen.

Mit hohen Erwartungen war Mohammed an Juden und Christen, die »Schriftbesitzer«, herangetreten. Gegen Ende seines Lebens erhielt Mohammed jedoch die Offenbarung, er habe im Namen der Einzigartigkeit Gottes gegen sie zu kämpfen, da sie die Wahrheit des Urmonotheismus verfälscht hätten. Damit war seiner Ansicht nach ihre Rolle im Heilsplan Gottes ausgespielt. Aufgrund früherer Offenbarungen durch ihre Propheten dürfen sie auch in der endgültigen Zeit des Islam weiterbestehen. Aber die Zukunft ist ihnen aus den Händen genommen, da Gott den Islam und die islamische Gemeinschaft als Vervollkommnung erkoren hat.

(vgl. Moslems in der Bundesrepublik. Eine Handreichung des Ausschusses der Evangelischen Kirche in Deutschland für den kirchlichen Dienst an ausländischen Arbeitnehmern. Herausgegeben vom Kirchlichen Außenamt der Evangelischen Kirche in Deutschland. Frankfurt: Verlag Otto Lembeck, 1974).

Begriffserklärungen

1 *Israel:* Selbstbezeichnung der Glaubens- und Volksgemeinschaft der zwölf Stämme, die sich im Glauben an den einen Gott in dem Gebiet zwischen Mittelmeer und Ostjordanland sammelten. Nach der Reichsgründung durch Saul und David um 1000 v. Chr. wurde Israel auch Name ihres Staates, nach der Reichsteilung nach Salomos Tod nur des nördlichen Teiles davon. »Israel« blieb jedoch auch danach die Bezeichnung der Gesamtheit der Glaubens- und Volksgemeinschaft, insbesondere im religiösen Sinne. Das Land erhielt den Namen »Land Israel«.

Durch die Staatsgründung 1948 wurde »Israel« wieder Name eines Staates.

2 *Judentum:* Juda ist einer der zwölf Stämme Israels[1]. Nach der Reichsteilung 926 v. Chr. erhielt der südliche Teil des von David begründeten Reiches den Namen »Juda«. Nach dessen Zerstörung durch Nebukadnezar 586 v. Chr. bürgerte sich allmählich vor allem unter Nichtjuden die Bezeichnung »Juden« für die im Lande gebliebenen Israeliten und die Israeliten in der Diaspora[5] ein.

So wurde »Judentum« zur umfassenden Bezeichnung für die Gesamtheit der Glaubens- und Volksgemeinschaft (dafür sagt man auch »Judenheit« oder »Judenschaft«) wie auch für das Ganze ihrer religiösen Vorstellungen und Überlieferungen.

Die verschiedenen Richtungen und Perioden in der Geschichte des Judentums werden meist durch Zusätze kenntlich gemacht, wie z. B. »nachbiblisches Judentum« für die Periode nach Abschluß des Alten Testaments (bisweilen auch »nachalttestamentliches Judentum« oder »Frühjudentum« genannt).

3 *Palästina:* (eigentlich: »Philisterland«)

Die Römer setzten diese Bezeichnung nach der Niederschlagung des jüdischen Aufstandes im Jahre 135 n. Chr. an die Stelle des Namens »Judäa«, um damit die Erinnerung an den jüdischen Charakter des Landes zu beseitigen. Der Name Palästina blieb seither als inoffizielle Bezeichnung neben anderen bestehen; offiziell wurde er wieder in den Jahren 1920–1948 für das britische Mandatsgebiet »Palestine« benutzt. In neuerer Zeit wird er auch als arabische Bezeichnung für das Land westlich des Jordans verwendet.

4 *Babylonisches Exil:* In den Jahren 597 und 586 v. Chr. hatte der babylonische König Nebukadnezar Jerusalem erobert und zerstört. Er ließ einen Teil der Bevölkerung, vor allem die politische, religiöse und wirtschaftliche Oberschicht, nach Babylonien deportieren. Im Jahre 539 besiegte der persische König Kyros die Babylonier und erlaubte bald darauf den Wiederaufbau des Tempels in Jerusalem. Damit setzte auch die Rückkehr der Deportierten ein; jedoch blieb ein Teil von ihnen in Babylonien, wodurch die erste eigenständige jüdische Diaspora[5] entstand, die für die weitere jüdische Geschichte von großer Bedeutung wurde.

5 *Diaspora:* (wörtlich: Zerstreuung)
bedeutet Wohnen als Minderheit in der Zerstreuung. Im Unterschied zur zwangsweisen Deportation geschlossener Gruppen in das Exil[4] meint Diaspora für Juden allgemein das Wohnen in größerer oder kleinerer Zahl außerhalb des Landes Israel[1].
Neben der »östlichen Diaspora« in Mesopotamien (Zweistromland) bildete sich vom 3. Jahrhundert v. Chr. an eine große griechisch sprechende »westliche Diaspora« im ganzen Mittelmeergebiet. Später kam es dann zur Ausbreitung der Diaspora nach ganz Europa und schließlich nach Amerika.

6 *Tora:* (wörtlich: Unterweisung)
Offenbarung und Weisung Gottes, wie sie in den 5 Büchern Mose ihren Niederschlag fand und stets weiter ausgelegt werden muß. Die Tora Gottes will als Lebenshilfe verstanden werden, die davor bewahrt, in die Irre zu gehen und Schaden zu erleiden.
Die Übersetzung des Wortes Tora als »Gesetz« wird seiner Bedeutungsbreite nur teilweise gerecht, trifft aber einen wichtigen Grundzug, der im Judentum[2] zur Zeit Jesu besonders in den Vordergrund getreten war.

7 *Mischna:* (wörtlich: Einprägung der Lehre durch Wiederholung)

Schriftliche Sammlung der »mündlichen Lehre« (Tora[6]) um 200 n. Chr.
Die Mischna enthält nach Themen geordnete Modellfälle religiöser Lebensgestaltung (jüdisch: Halacha), die aus Diskussionen mehrerer Generationen jüdischer Gelehrter hervorgegangen sind. Sie sind für den gläubigen Juden verbindlich und bilden die Grundlage des Talmud[8].

8 *Talmud:* (wörtlich: Lehre)
Schriftliche Sammlung der Diskussion der rabbinischen Gelehrten über die Mischna[7].
Eine Sammlung entstand im 3. und 4. Jahrhundert n. Chr. in Palästina[3] (sog. Jerusalemer Talmud), eine weitere Sammlung wurde vom 3.–6. Jahrhundert n. Chr. im Gebiet des Zweistromlandes zusammengestellt (sog. Babylonischer Talmud).
Insbesondere der Babylonische Talmud ist bis heute grundlegend für Entscheidungen in den Einzelfragen religiöser Lebensgestaltung.

9 *Messias:* (hebräisch; griechisch: Christos) bedeutet »Gesalbter«.
Im Alten Testament bezeichnet der Ausdruck einen Menschen, der für ein besonderes Amt bestimmt ist und bei der Amtseinführung mit Öl gesalbt wird, vor allem den König. Im Judentum[2] zur Zeit Jesu wird die Bezeichnung speziell für den in der Zukunft erwarteten König aus Davids Haus verwendet, den Gott erwählen, mit dem heiligen Geist begaben und in sein königliches Amt einsetzen wird. Seine Aufgabe wird die Befreiung Israels[1] und die Neuordnung der Welt nach den Grundsätzen der in der Tora[6] geoffenbarten göttlichen Gerechtigkeit und Liebe sein.
Im Neuen Testament ist der Bedeutungsgehalt des Begriffes durch die Anwendung auf Jesus umgeprägt und unlösbar mit der christlichen Verkündigung verbunden worden.
Im Unterschied zur Erwartung eines Messias wird unter »Menschensohn« ein Retter verstanden, der vom Himmel auf die Erde herabkommen und das Endgericht halten wird.

10 *Judenchrist:* Im weiteren Sinne ein Christ jüdischer Herkunft. Im engeren Sinne ein Jude (oder eine Person jüdischer Herkunft), der an Jesus als den Messias[9] glaubt und – obwohl er durch die Taufe Glied der christlichen Kirche ist – an seiner Zugehörigkeit zum jüdischen Volk festhält; diese Zugehörigkeit wird von jüdischer Seite in der Regel bestritten.

11 *Zionismus:* Eine im 19. Jahrhundert in Ost- und Mitteleuropa entstandene Bewegung, die religiöse und politische Motive und Bestrebungen der Juden zur Rückkehr in das Land der Väter aufnimmt und abwandelt. Der Zionismus ist auf Verwirklichung des jüdischen Selbstverständnisses als Nation und auf Ansiedlung der Juden im Land Israel[1] gerichtet.
Dem Zionismus liegt die Überzeugung zugrunde, daß die Probleme der jüdischen Existenz in der Welt nur gelöst werden können, wenn den Juden die Möglichkeit gegeben wird, gemeinsam in einer jüdischen Umwelt ihr Leben zu gestalten und nicht als Minderheit unter fremden Völkern zu leben. Die Forderung des Zionismus nach einer »nationalen Heimstätte« für die Juden in Palästina[3] war die entscheidende Voraussetzung für die Gründung des Staates Israel. (s. dazu ausführlich: 14. Was ist Zionismus? S. 182ff).

12 *Holocaust:* Das im Englischen häufig verwendete, ursprünglich griechische Wort bezeichnet zunächst das alttestamentliche »Brandopfer« im Sinne des »Ganzopfers«. Es wird heute gebraucht für die Vernichtung eines großen Teils der europäischen Judenschaft durch den Nationalsozialismus und veranschaulicht die totale Vernichtung.

Literatur

Die *Bibel* oder die ganze Heilige Schrift des Alten und Neuen Testaments nach der Übersetzung Martin Luthers mit Apokryphen. Revidierter Text. Stuttgart: Württembergische Bibelanstalt 1973.

Die 24 Bücher der Heiligen Schrift, übersetzt von Dr. Zunz, Nachdruck. Basel: Victor Goldschmidt Verlag o. J. (Jüdische Übersetzung).

Die Schrift. Verdeutscht von Martin Buber gemeinsam mit Franz Rosenzweig. Neuauflage. Berlin: Verlag Lambert Schneider 1971–1975 (In 4 Bänden: Die fünf Bücher der Weisung. Bücher der Geschichte. Bücher der Kündung. Die Schriftwerke.)

Der Babylonische Talmud. Neu übertragen durch Lazarus Goldschmidt. 12 Bände, 1929–1936. Nachdruck. Berlin: Jüdischer Verlag 1964–1967.

Der Babylonische Talmud. Ausgewählt, übersetzt und erklärt von Reinhold Mayer. München: Wilhelm Goldmann Verlag 1965, 3. Aufl. 1974 (Goldmann Religion, Bd. 7902).

*

Lexikon des Judentums. Chefredakteur John F. Oppenheimer, New York. Mitherausgeber Emanuel Bin Gorion, Tel Aviv. E. G. Lowenthal, London/Frankfurt a. M. Hanns G. Reissner, New York. Gütersloh: C. Bertelsmann Verlag 1967, Neuauflage 1971.

Baeck, Leo: Epochen der jüdischen Geschichte. Hg. von Hans J. Bach. Stuttgart, Berlin, Köln, Mainz: W. Kohlhammer 1974 (Studia Delitzschiana. Abhandlungen und Texte aus dem Institutum Judaicum Delitzschianum Münster, hg. v. Karl Heinrich Rengstorf, Bd. 16).

Maier, Johann: Geschichte der jüdischen Religion. Von der Zeit Alexanders des Großen bis zur Aufklärung, mit einem Ausblick auf das 19./20. Jahrhundert. Berlin, New York: Walter de Gruyter 1972.
Maier, Johann: Das Judentum. Von der biblischen Zeit bis zur Moderne. München: Kindler-Verlag 1973 (Kindlers Kulturgeschichte).
Lisowsky, Gerhard: Kultur- und Geistesgeschichte des jüdischen Volkes. Von Abraham bis Ben Gurion. Stuttgart, Berlin, Köln, Mainz: W. Kohlhammer Verlag 1968.

*

Hirsch, Leo: Jüdische Glaubenswelt. Mit einen Vorwort von Hans-J. Schoeps. Gütersloh: C. Bertelsmann 1962. (Bücherei Bildung und Wissen) – Zuerst erschienen unter dem Titel: Praktische Judentumskunde. Eine Einführung in die jüdische Wirklichkeit für jedermann. Berlin: Vortrupp Verlag 1935.

Geis, Robert Raphael: Vom unbekannten Judentum. Freiburg, Basel, Wien: Verlag Herder 1961; Neuausgabe 1975.

Gamm, Hans-Jochen: Judentumskunde. Eine Einführung. München: Paul List Verlag 1964 (List Taschenbücher, Bd. 268).

*

Rengstorf, Karl Heinrich, und *von Kortzfleisch, Siegfried (Hg.):* Kirche und Synagoge. Handbuch zur Geschichte von Christen und Juden. Darstellung mit Quellen. Stuttgart: Ernst Klett Verlag, Band I: 1968, Band II: 1970.

Pfisterer, Rudolf: Von A–Z. Quellen zu Fragen um Juden und Christen. Gladbeck: Schriftenmissions-Verlag 1971.

*

Lindeskog, Gösta: Die Jesusfrage im neuzeitlichen Judentum. Ein Beitrag zur Geschichte der Leben-Jesu-Forschung. Mit einem Nachwort zum Nachdruck. Darmstadt: Wissenschaftliche Buchgesellschaft 1973.

Flusser, David: Jesus in Selbstzeugnissen und Bilddokumenten.

Reinbek bei Hamburg: Rowohlt Taschenbuch Verlag GmbH 1968 (rowohlts monographien, Bd. 140).

Bornkamm, Günther: Jesus von Nazareth. Stuttgart, Berlin, Köln, Mainz: W. Kohlhammer Verlag 1956, 10. neubearbeitete und ergänzte Auflage 1975 (Urban Taschenbücher, Bd. 19).

*

Sontheimer, Kurt (Hg.): Israel. Politik. Gesellschaft. Wirtschaft. München: R. Piper & Co Verlag 1968.

Meier-Cronemeyer, Hermann; Kusche, Ulrich; Rendtorff, Rolf: Israel in Nahost. Hannover: Fackelträger-Verlag 1970, 3. überarbeitete Neuauflage 1975 (Edition Zeitgeschehen).

Studienkommission »Kirche und Judentum« der Evangelischen Kirche in Deutschland

Professor D. Dr. Günther Harder, Berlin – *Vorsitzender*
Oberkirchenrat Wilhelm Gundert, Hannover – *Zuständiger Referent*
Pfarrerin Dr. Ursula Schnell, Hannover – *Assistenz-Referentin*
Pastor Arnulf Baumann S. T. M., Hannover
Professor Dr. Otto Betz, Tübingen
Pfarrer Walter Bosswick, Nürnberg
Professor Dr. Johan Bouman, Marburg
Professor D. Helmut Gollwitzer, Berlin
Professor Dr. Ferdinand Hahn, Mainz
Pfarrer Dr. Franz von Hammerstein, Berlin/Genf
Professor Dr. Martin Hengel, Tübingen
Pfarrer Paul Katz, Weil/Rhein
Pastor Dr. Siegfried von Kortzfleisch, Hannover
Professor Dr. Heinz Kremers, Duisburg
Pfarrer Fritz Majer-Leonhard, Stuttgart
Professor Dr. Friedrich Wilhelm Marquardt, Berlin
Akademischer Oberrat Dr. Reinhold Mayer, Tübingen
Professor D. Otto Michel, Tübingen
Pfarrer Michael Mildenberger, Stuttgart
Professor Dr. Peter-Christian von der Osten-Sacken, Berlin
Professor Dr. Rolf Rendtorff, Heidelberg
Professor D. Dr. Karl Heinrich Rengstorf, DD., Münster
Professor Dr. Herbert Schmid, Kaiserslautern
Akademiedirektor Martin Stöhr, Arnoldshain
Akademischer Oberrat Wolfgang Wirth, Duisburg
Oberkirchenrat Klaus Kremkau, Frankfurt – *Berater*
Professor Dr. Peter Schäfer, Köln – *Gast*

14.

Was ist Zionismus?

erarbeitet von der
Studienkommission »Kirche und Judentum«
der Evangelischen Kirche in Deutschland [1]

1 Information Nr. 66 der »Evangelischen Zentralstelle für Weltanschauungsfragen«, Stuttgart 1976.

Inhalt

Die Synode der Evangelischen Kirche in Deutschland hat am 6. November 1975 beschlossen:

> »Die Synode bittet den Rat der Evangelischen Kirche in Deutschland, alles ihm mögliche zu tun, daß eine sachgerechte Darstellung und Beurteilung des Zionismus in der Öffentlichkeit, in den Schulen, in den Bildungseinrichtungen und vor allem in den internationalen Gremien gegeben wird. Auf dem Umweg ›Antizionismus‹ dürfen nicht alte und neue Judenfeindschaften geweckt oder geduldet werden ...«

Der Rat der Evangelischen Kirche in Deutschland beauftragte daraufhin die Studienkommission »Kirche und Judentum«, eine Hilfe zum Verständnis des Zionismus zu erarbeiten. Er hat das Arbeitsergebnis der Studienkommission in seiner Sitzung am 17. September 1976 entgegengenommen und der Veröffentlichung durch die Evangelische Zentralstelle für Weltanschauungsfragen zugestimmt.

1. »Zionismus« in der weltpolitischen Auseinandersetzung

1.1 Die UN-Resolution vom 10. November 1975

Am 10. November 1975 nahm die *Vollversammlung der Vereinten Nationen* eine Resolution an, in der erklärt wird, daß Zionismus eine Form von Rassismus sei. Die entscheidenden Sätze dieser Entschließung lauten:

»Die Vollversammlung,

- in Erinnerung an ihre Entschließung 1904 (XVIII) vom 20. November 1963, welche die Erklärung der Vereinten Nationen über die Beseitigung aller Formen rassistischer Diskriminierung verkündete, und im besonderen an ihre Bestätigung, daß ›jede Lehre rassischer Unterscheidung oder Überlegenheit wissenschaftlich falsch, moralisch verwerflich (und) sozial ungerecht und gefährlich‹ ist ...
- in Erinnerung ferner darin, daß die Vollversammlung in ihrer Entschließung 3151 g (XXVIII) vom 14. Dezember 1973 unter anderem die unheilige Allianz zwischen dem südafrikanischen Rassismus und dem Zionismus verurteilt hat ...

stellt fest, daß Zionismus eine Form von Rassismus und rassistischer Diskriminierung ist.«

Für die Resolution stimmten 72 Staaten, und zwar die arabischen, die sozialistischen Ostblockländer sowie ein Großteil der afrikanischen und asiatischen UN-Mitglieder der Dritten Welt. Von 35 Staaten, darunter den meisten europäischen, nord- und mittelamerikanischen, wurde sie abgelehnt. 32 Länder enthielten sich der Stimme.

Empörung, Betroffenheit und Erschrecken waren die überwiegende Reaktion im Westen. Regierungen, Parteien, Gewerkschaften und Kirchen verurteilten einhellig die Resolution, äußerten sich besorgt über die Selbstzerstörung der moralischen Autorität der Vereinten Nationen, erklärten, die Entschließung leiste dem Antisemitismus in unverantwortlicher Weise Vorschub und legitimiere die Aggression gegen Israel. Auf der anderen Seite, vor allem natürlich im arabischen Lager, wurde die UN-Entschließung ebenso nachdrücklich begrüßt. Zwinge sie doch zu Rückfragen gegenüber einem politischen System, das seine nichtjüdische Bevölkerung unverhüllt mit rassistischer Verachtung behandle, gegenüber einem Staat, der seine ganze Existenz auf eine expansive und diskriminierende Ideologie gründe.

An der Zusammensetzung der Voten und am Ergebnis der Abstimmung wird rasch deutlich, daß die Entschließung das Resultat einer bestimmten weltpolitischen Kräftekonstellation ist, in der häufig weniger der politische Inhalt als vielmehr die Zugehörigkeit zu bestimmten Blöcken für das Abstimmungsverhalten maßgebend ist. Die Resolution wurde als eine Waffe geschmiedet, um für einen kurzfristigen politischen Zweck eingesetzt zu werden: den Kampf gegen den Staat Israel im Rahmen des Nahostkonflikts. Ob sie dafür tauglich ist, bleibt fraglich. Weit über die tagespolitische Aktualität hinaus sprechen jedoch die beiden Schlüsselbegriffe – Zionismus und Rassismus – geschichtliche, moralische und religiöse Dimensionen an, denen sich niemand, am wenigsten die Christen in Deutschland, entziehen kann. Die Gleichsetzung von Zionismus und Rassismus mit ihrer Spitze gegen den jüdischen Staat und seine geistige Basis ist eine Herausforderung, entschieden Stellung zu beziehen. Das macht die bis heute anhaltende Reaktion deutlich.

Doch was ist *Zionismus* und was ist *Rassismus*? Wer sich um ein historisch und sachlich angemessenes Verständnis dieser beiden ideologischen Chiffren bemüht, gerät in Schwierigkeiten. Sie sind vieldeutig und vielschichtig und werden in verschiedensten Zusammenhängen mit unterschiedlichsten Absichten gebraucht. Gerade die Abstimmung in der Vollversammlung der Vereinten Nationen verstärkte den Eindruck, daß weithin moralische Verwirrung und geschichtliche Unkenntnis herrschen. Kardinal Willebrands, Präsident der Päpstlichen Kommission für die religiösen Beziehungen mit den Juden, urteilt:

> »Ich bin erstaunt, daß man eine Rechtsfrage wie die Beziehungen zwischen Zionismus und Rassismus diskutiert hat, ohne diese Termini exakt erklärt zu haben ... Was aber bedeutet eine Erklärung, die weder die von ihr gebrauchten Begriffe definiert noch den Zusammenhang, wie diese Begriffe zu verstehen sind? Meiner

Meinung nach kann dieses Verfahren weder zur Gerechtigkeit beitragen noch zum Frieden, den wir im Nahen Osten alle sehen wollen.«

1.2 Was ist »Rassismus«?

Es gibt im Bereich der Vereinten Nationen eine Reihe von Konventionen und Erklärungen, die sich um ein genaueres Verständnis von Rassismus bemühen, um eine gemeinsame Basis für den Kampf gegen dieses Weltübel zu gewinnen. Am 20. November 1963 wurde von der Vollversammlung einstimmig die *»Erklärung der Vereinten Nationen über die Beseitigung jeglicher Form von Rassendiskriminierung«* proklamiert. Sie bekräftigt die in der Charta der UN und in der Allgemeinen Erklärung der Menschenrechte verkündeten Grundsätze, wonach alle Menschen gleich an Würde und Rechten sind, und verurteilt jede Diskriminierung von Menschen »aus Gründen der Rasse, der Farbe oder der ethnischen Herkunft«, die sie an der Ausübung ihrer Grundfreiheiten und Menschenrechte hindert.

Eine heute in der Weltgemeinschaft weithin anerkannte Definition des Rassismus wurde in einer *»Erklärung über Rasse und rassisches Vorurteil«* der UNESCO im Jahr 1967 formuliert:

> Rassismus bedeutet »anti-soziale Überzeugungen und Handlungen, die auf dem Irrtum beruhen, daß diskriminierende Beziehungen zwischen Gruppen auf biologischer Grundlage zu rechtfertigen sind. Rassismus erhebt fälschlicherweise den Anspruch, daß es eine wissenschaftliche Begründung dafür gibt, das Verhältnis von Gruppen hierarchisch zu ordnen nach psychologischen und kulturellen Eigenarten, die unveränderlich und angeboren sind. So bemüht sich der Rassismus darum, vorhandene Unterschiede unverbrüchlich zu einem Mittel zu machen, um gegenwärtige Beziehungen zwischen Gruppen auf Dauer zu stellen.«

Kern des Rassismus ist also der falsche, angeblich wissenschaftlich erwiesene Anspruch, es existierten biologisch vorgegebene und unveränderliche Unterschiede zwischen menschlichen Gruppen, aus denen sich anthropologische Ungleichheiten und gesellschaftliche Über- und Unterordnungen ergeben. Um diesen ideologischen Kern haben sich in der Rassismusdiskussion der letzten Jahre eine ganze Reihe von Schichten gelegt, je nachdem, ob die Stoßrichtung in einer konkreten Situation mehr auf wirtschaftliche Ausbeutung, auf politische Unterdrückung, auf kulturelle Repressionen usw. zielte. So sind auch einige gleichsam benachbarte Begriffe wie Kolonialismus, Imperialismus, Nationalismus usw. in das Schwerefeld des Rassismusarguments geraten und mehr oder weniger von ihm absorbiert worden. Hier zeigt sich, daß derartige Begriffe leicht Schlagwortcharakter annehmen und dann beliebig dazu dienen können, einen politischen Gegner zu diffamieren, ohne bestimmte Mißstände genau zu bezeichnen.

1.3 Politik gegen das »zionistische« Israel

Ist also der Zionismus in diesem Sinne »rassistisch«? Der Vorwurf ist nicht neu, nicht einmal vor dem Forum der Vereinten Nationen. Bereits in der Diskussion der UN-Konvention gegen Rassendiskriminierung vom 7. März 1966, in der Segregation und Apardheid als besondere Formen des Rassismus genannt wurden, wollte die Sowjetunion den Zionismus ebenfalls namentlich aufnehmen. Ein entsprechender Zusatzartikel sollte beginnen:

> »Die Vertragsstaaten verurteilen den Antisemitismus, den Zionismus, den Nazismus, den Neo-Nazismus und alle anderen Formen der Politik und Ideologie des Kolonialismus, des Völker- und Rassenhasses ...«

Seither ist der Vorwurf nicht mehr verstummt. Insbesondere nach der Besetzung arabischer Gebiete durch Israel im Jahr 1967 wurde er immer lauter erhoben. Noch im September 1973, kurz vor dem Jom-Kippur-Krieg, erklärte der Arbeitsausschuß der Christlichen Friedenskonferenz zur Nahost-Frage:

> »Wir lehnen jegliche religiös-ideologische Rechtfertigung der israelischen Aggression und der rassistischen Orientierung des Zionismus ab, die Unterdrückung, Vertreibung und Zerstörung von Nachbarländern zur Folge haben. Wir wissen um das Leiden von Millionen von Palästina-Flüchtlingen ...«

Diese Stellungnahmen verraten ihren politischen Hintergrund: die sowjetisch-arabische Interessengemeinschaft im Nahen Osten. Doch machen sie noch mehr deutlich. Zum einen dies, daß der Rassismusvorwurf seine menschliche Realität in dem tragischen

Schicksal der palästinensischen Araber hat. Zum andern aber zeigt der Gebrauch des Ausdrucks Zionismus in diesem Zusammenhang, wie gering die Kenntnisse über die Geschichte und den Gehalt des Zionismus tatsächlich ist. Was also ist Zionismus?

2. Zionsliebe und Zionssehnsucht

2.1 Die Felsenburg Zion

Zion ist ursprünglich der Name des südlichen Osthügels im Stadtgebiet von Jerusalem, das von den kanaanäischen Jebusitern bewohnt war. Der Name stammt aus vorisraelitischer Zeit.

Etwa im Jahr 996 v. Chr. eroberte David die *Felsenburg Zion.* Sie war zwar klein, aber von hoher strategischer Bedeutung. Solange sie noch in der Hand der Kanaanäer war, hatte sie die Vereinigung des größeren, im Norden befindlichen Teils der Stämme Israels mit Davids Königreich Juda verhindert. Nach der Eroberung wurde sie als *Stadt Davids* zur Hauptstadt und zum Bindeglied zwischen den beiden Teilen. Vollends als David die Heilige Lade, ein bedeutendes Heiligtum aller israelitischen Stämme, in seine Stadt überführte, wurde Zion der religiös wie politisch zentrale Ort des Königreichs.

Davids Sohn und Nachfolger Salomo ließ das Regierungsviertel auf dem nördlichen Teil des Osthügels von Jerusalem erbauen: den Königspalast und vor allem den Tempel. Damals ging der Name »Zion« auch auf den Tempelberg über. Später wurde ganz Jerusalem als *Tochter Zion* Trägerin des alten Namens. Schließlich wanderte er auf den südwestlichen Hügel über, auf dem nach einer späteren Überlieferung das Davidsgrab liegen soll.

2.2 Berg Gottes und Tempel

Der Zion gewann seit der Königszeit für die Frömmigkeit Israels hervorragende Bedeutung – ein Beispiel dafür, wie sehr die Traditionen des Volkes in konkreten geschichtlich-geographischen Gegebenheiten verwurzelt sind.

Im festlichen Gottesdienst vergegenwärtigte sich die in Jerusalem versammelte Gemeinde die Grundlagen des Reiches: Gott hat David erwählt und Gott hat Zion erwählt.

»Der Herr hat David einen Eid geschworen, davon wird er sich wahrlich nicht wenden:
Ich will dir auf deinen Thron setzen einen, der von deinem Leibe kommt ...
Denn der Herr hat Zion erwählt, und es gefällt ihm, dort zu wohnen.
›Dies ist die Stätte meiner Ruhe ewiglich; hier will ich wohnen, denn das gefällt mir‹ ...«

(Psalm 132,11–14)

Diese Erwählung wird als ein Akt der Liebe Gottes verstanden. Sie ist nicht in irgendwelchen besonderen Qualitäten – weder Davids noch des Berges, noch des Volkes – begründet und kann deshalb auch nicht als Privileg in Anspruch genommen und gegen andere ausgespielt werden.

Der Zion ist der Ort der Offenbarung Gottes. Von dort aus führt er Israel und die Völkerwelt. Ziel seines Handelns ist die Verwirklichung von Gerechtigkeit und Frieden in der Welt, für die Israel als Zeuge steht.

»Es wird zur letzten Zeit der Berg, da des Herrn Haus ist, fest stehen, höher als alle Berge und über alle Hügel erhaben,
und alle Heiden werden herzulaufen, und viele Völker werden hingehen und sagen:
Kommt, laßt uns auf den Berg des Herrn gehen, zum Hause des Gottes Jakobs, daß er uns lehre seine Wege und wir wandeln auf seinen Steigen!
Denn von Zion wird Weisung ausgehen und des Herrn Wort von Jerusalem. Und er wird richten unter den Heiden und zurechtweisen viele Völker.
Da werden sie ihre Schwerter zu Pflugscharen und ihre Spieße zu Sicheln machen. Denn es wird kein Volk wider das andere das Schwert erheben, und sie werden hinfort nicht mehr lernen, Krieg zu führen.«

(Jesaja 2,2–4)

Die Überzeugung, daß der Zion nicht nur ein besonders erwählter, sondern sogar der alleinige Ort der Gottesoffenbarung und -verehrung sei, zerbrach nicht mit dem Niedergang des judäischen Königtums und der Deportation der Juden ins babylonische Exil

(596 v. Chr.). Sehnlich erwarteten sie einen neuen Anfang des Gottesdienstes am alten heiligen Ort.

»An den Wassern zu Babel saßen wir und weinten, wenn wir an Zion gedachten. Unsere Harfen hängten wir an die Weiden dort im Lande.

Denn die uns gefangen hielten, hießen uns dort singen und in unserm Heulen fröhlich sein: ›Singet uns ein Lied von Zion!‹

Wie könnten wir des Herrn Lied singen im fremden Land? Vergesse ich dich, Jerusalem, so verdorre meine Rechte ...«

(Psalm 137,1–5)

Der Tempel ist nach der Rückkehr aus dem babylonischen Exil wiederhergestellt worden, und später erbaute ihn König Herodes (37–4 v. Chr.) neu auf dem um das Doppelte erweiterten Platz. Dieser Prachtbau auf dem Zion wurde sogar von den Pharisäern, die Herodes ablehnten, als religiöses Zentrum anerkannt und bewundert. So heißt es im Talmud: »Wer den Tempelbau des Herodes nicht gesehen hat, der hat seiner Lebtage keinen schönen Bau gesehen; wer die Freude an der Stätte des Schöpfens nicht gesehen, hat seiner Lebtage keine Freude gesehen.«

Nach dem Krieg gegen die Römer, in dem die Juden ihre Unabhängigkeit wiedergewinnen wollten, wurde im Jahr 70 n. Chr. Jerusalem samt dem Tempel zum zweiten Mal zerstört und der jüdische Staat aufgelöst. Auch ein letzter Versuch der Befreiung von der Fremdherrschaft unter Führung des Simon Bar Kochba (132–135 n. Chr.) scheiterte. An der Stelle Jerusalems wurde nun eine römische Kolonie mit Namen Aelia Capitolina erbaut, auf dem Tempelplatz entstand ein Jupiter-Heiligtum. Den Juden war das Betreten des Platzes bei Todesstrafe verboten. Obwohl Juden sich an jedem Ort als Laiengemeinden in den Synagogen zum Wortgottesdienst um das in Schriftrollen transportable Heiligtum, die Tora, versammelten, wurden diese Ereignisse doch als grundstürzende Katastrophe verstanden.

2.3 »Das kommende Jahr in Jerusalem!«

Die Bindung an »Erez Israel«, das Land Israel, das nach römischem Willen jetzt Palästina (Philisterland) heißen mußte, blieb auch nach dem Ende des alten Jerusalem und seines Tempels bestehen. Zu jeder

Zeit haben Juden im Lande gewohnt. Allen Schwierigkeiten zum Trotz gab es weiterhin – unter Arabern, Kreuzfahrern und Türken – jüdische Gemeinden in Palästina. Diasporajuden unternahmen Pilgerfahrten nach »Erez Israel«, und ihr frommer Wunsch war es, wenigstens dort zu sterben und begraben zu werden. So wanderten während des Mittelalters immer wieder Juden ins Land – einzeln wie der spanische Arzt und Dichter Jehuda Halevi (um 1140) oder in kleinen Gruppen.

Die meisten Juden wohnten freilich fern vom Land Israel und ertrugen – abgesondert, teils verfolgt von der christlichen, meist geduldet von der moslemischen Mehrheit – die Leiden der Diasporaexistenz. Je schwerer sie auf ihnen lastete, um so stärker wurde die Zionsliebe und Zionssehnsucht. Sie hat sich tief in die jüdische Frömmigkeit eingeprägt und in Gebeten und Festen ihren Ausdruck gefunden. So heißt es in dem großen Achtzehn-Bitten-Gebet, das täglich gesprochen wird:

»Blase die große Posaune zu unserer Freiheit und erhebe das Zeichen, unsre Verbannten zu sammeln, und sammle uns alle von den vier Enden der Erde. Gepriesen seist du, Ewiger, der da sammelt die Zerstreuten seines Volkes Israel ...

Nach Jerusalem deiner Stadt kehre zurück in Erbarmen und wohne in ihrer Mitte wie du gesprochen. Und baue sie bald, in unsern Tagen, einen ewigen Bau, und den Thron Davids richte bald auf in ihrer Mitte. Gepriesen seist du, Ewiger, der Jerusalem baut ...

O daß unsre Augen schauen mögen, wie du nach Zion zurückkehrst in Erbarmen. Gepriesen seist du, Ewiger, der seine Gegenwart zurückkehren läßt nach Zion ...«

Jedes Jahr im Sommer gedenken die Juden mit einem Festtag – *Tischa beaw* – der beiden Tempelzerstörungen. Bei der häuslichen Feier des Pessachfestes sagt der Hausvater, während die Tischrunde die Schüssel mit den ungesäuerten Broten hochhält:

»Sieh da das ärmliche Brot, das unsre Väter in Ägypten gegessen haben. Jeder, der hungrig ist, komme und esse, jeder der bedürftig ist, komme und halte Pessach. Dieses Jahr hier, nächstes Jahr im Lande Israel; dieses Jahr Knechte, nächstes Jahr Freie.«

Und am Schluß der Feier folgt der Ruf der Zionssehnsucht:

»Das kommende Jahr in Jerusalem!«

Durch die Jahrhunderte klingt dieser Ruf fort: in den Zionsliedern des Jehuda Halevi; in den Messias- und Rückkehrerwartungen, die immer wieder aufbrachen, am heftigsten im 17. Jahrhundert, als der Pseudomessias Sabbatai Zvi auftrat; in dem Brauch, in jedem jüdischen Haus eine Stelle an der Wand unfertig zu lassen zur steten Erinnerung an das zerstörte Jerusalem; in der Regel, alle Synagogen nach Jerusalem auszurichten und alle Gebete mit dem Blick dorthin zu verrichten. Der Rabbiner Jakob Israel Emden, 1776 in Altona gestorben, schrieb – und er ist nur eine von vielen jüdischen Stimmen:

»Es ist bekannt, daß wir verpflichtet sind, beim Gebet unseren Blick auf Jerusalem zu richten. Darin allein aber darf sich noch lange nicht unsere Liebe zur Heiligsten Stätte, die wir einst besaßen, erschöpfen. Unsere Pflicht ist vielmehr, zu jener Stätte zu gelangen, wo die Gebeine unserer Erzväter ruhen, um dort zu leben, dort Gott zu dienen. Denn wenn auch das Heiligtum eingeäschert wurde, diese Stätte hat ihre Heiligkeit nicht eingebüßt. Wenn es daher nur irgend möglich ist, trachte, nach Zion zu gelangen, um dort auf diese Weise beizutragen, das zerstörte, verwüstete Land der Verheißung wieder aufzurichten und urbar zu machen.«

3. Der Zionismus in der Neuzeit

3.1 Assimilation und Antisemitismus in Westeuropa

Seit dem Ende des 18. Jahrhunderts erfuhr die Situation der Juden zunächst in Westeuropa eine grundlegende Änderung: Nach und nach wurde ihnen die bürgerliche Gleichberechtigung zuerkannt (*Emanzipation*). Dies hatte zur Folge, daß ein Teil der Juden bemüht war, sich stärker in die Völker und Nationen, unter denen sie lebten, zu integrieren (*Assimilation*); sie verstanden ihr Judentum nur noch als Religion oder Konfession. Darum lockerten sich damals für diesen Teil der Juden auch die Beziehungen zum Land Israel und zum konkreten geschichtlichen Verständnis des jüdischen Glaubens.

So erstrebte z. B. der 1893 gegründete »Centralverein deutscher Staatsbürger jüdischen Glaubens«, alle deutschen Juden »zu sammeln, um sie in der tatkräftigen Wahrung ihrer staatsbürgerlichen Gleichstellung, sowie in der unbeirrbaren Pflege deutscher Gesinnung zu bestärken«.

Noch 1897 protestierte der Ausschuß der deutschen Rabbiner: »Die Bestrebungen sogenannter Zionisten, in Palästina einen jüdisch-nationalen Staat zu gründen, widersprechen den messianischen Verheißungen des Judentums, wie sie in der Heiligen Schrift und in den späteren Religionsquellen enthalten sind. ... Das Judentum verpflichtet seine Bekenner, dem Vaterland zu dienen und dessen nationale Interessen mit ganzem Herzen und mit allen Kräften zu fördern.«

Diese Assimilationsbemühungen blieben im wesentlichen auf Westeuropa und später auch auf Nordamerika beschränkt. Trotzdem griff auch in diesen Ländern eine neue Form der Judenfeindschaft, der moderne »Antisemitismus«, um sich. Immer wieder wurde den Juden durch judenfeindliche Literatur und Propaganda und durch vielerlei Diskriminierungen zum Bewußtsein gebracht, daß starke

Kräfte in der »christlichen« Gesellschaft nicht bereit waren, sie als gleichberechtigt anzuerkennen.

3.2 Das osteuropäische Judentum: Autoemanzipation

Noch ausgeprägter war die Judenfeindschaft in Osteuropa. Besonders im zaristischen Rußland kam es häufig zu Judenverfolgungen, zu Pogromen, bei denen viele Juden ihr Leben lassen mußten. Hier blieben die Juden eine verfolgte und weithin recht- und schutzlose Minderheit.

Im Laufe des 19. Jahrhunderts entstanden vor allem in Rußland an verschiedenen Stellen und unabhängig voneinander Bewegungen, die nach Lösungen für das Schicksal der Juden suchten. Dabei spielte einerseits der Gedanke eine wichtige Rolle, daß die Juden sich wieder verstärkt als ein Volk, eine Nation begreifen, d. h. sich selbst emanzipieren müßten. »Autoemanzipation« war der Titel eines der wichtigsten Bücher zu diesem Thema (von Leo Pinsker, 1882 erschienen).

Damit hing der zweite Gedanke unmittelbar zusammen: daß die Juden ein eigenes Land haben müßten, um darin wie alle anderen Völker ihr eigenes nationales Leben ohne Zwang zur Anpassung an die Mehrheit und ohne Angst vor Unterdrückung führen zu können. Dies Land konnte aber, trotz einiger anderer Vorschläge, nur das Land der Väter sein, das so tief im Denken und Glauben der Juden verwurzelt war. Den Mittelpunkt dieses Landes bildete für jüdisches Bewußtsein immer Jerusalem mit dem Zion. So entstand der Name dieser Bewegung: *»Zionismus«*. Dieser Name zeigt deutlich, daß die Bewegung, obwohl sie politische und gesellschaftliche Ziele verfolgte und obwohl ihre Führer vielfach selbst nicht mehr bewußt in der religiösen Tradition standen, dennoch zutiefst in der Geschichte der jüdischen Religion wurzelte.

3.3 Theodor Herzl und der moderne Zionismus

Zum eigentlichen Begründer des modernen Zionismus wurde *Theodor Herzl*. Im Jahr 1896 erschien sein Buch *»Der Judenstaat – Versuch einer modernen Lösung der Judenfrage»*, in dem viele der früher schon geäußerten Gedanken erneut ausgesprochen wurden. 1897 trat unter Herzls Leitung in Basel der erste Zionistenkongreß zusammen. Als entscheidendes Ziel wurde hier formuliert:

»Der Zionismus erstrebt für das jüdische Volk die Schaffung einer öffentlich-rechtlich gesicherten Heimstätte in Palästina. Zur Erreichung dieses Zieles nimmt der Kongreß folgende Mittel in Aussicht:

1. Die zweckdienliche Förderung der Besiedlung Palästinas mit jüdischen Ackerbauern, Handwerkern, Gewerbetreibenden.
2. Die Gliederung und Zusammenfassung der gesamten Judenschaft durch geeignete örtliche und allgemeine Veranstaltungen nach den Landesgesetzen.
3. Die Stärkung des jüdischen Volksgefühls und Volksbewußtseins.
4. Vorbereitende Schritte zur Erlangung von Regierungszustimmungen, die nötig sind, um das Ziel des Zionismus zu erreichen.«

Damit war das wichtigste politische Ziel ausgesprochen, das von Anfang an für den Zionismus im Mittelpunkt stand. Jedoch ist der Zionismus keineswegs eine ausschließlich politische Bewegung, wie es vielleicht von der Position Theodor Herzls aus erscheinen könnte. Vielmehr haben sich sehr verschiedenartige, teilweise auch gegensätzliche Strömungen und Interessen darin zusammengefunden.

So wurden von bestimmten Gruppen die geistigen und kulturellen Traditionen des Judentums nachdrücklich betont. Dieser »Kulturzionismus«, dem es in erster Linie um die innere Erneuerung der Juden ging, erstrebte nicht von Anfang an einen jüdischen Staat, sondern Palästina sollte vor allem ein jüdisches Kultur- und Geisteszentrum werden. Als Vertreter des Kulturzionismus ist bei uns besonders *Martin Buber* bekannt geworden. In diesen Kreisen wurde auch die Bildung eines binationalen jüdisch-arabischen Staates befürwortet, ein Gedanke, der bis heute in der innerisraelischen Diskussion lebendig ist (siehe Abschnitt 4.4).

Andere Gruppen legten das Gewicht auf die religiösen Traditionen des Judentums, denen sie auch innerhalb der zionistischen Bewegung Geltung verschaffen wollten. Sie gründeten unter dem Namen »Misrachi« (geistiges Zentrum) eine eigene Vereinigung innerhalb der zionistischen Organisation. Die religiöse Gesetzestreue ging ihnen vor der nationalen Idee, und so lief ihr Ansatz in der

Konsequenz auf einen theokratischen Staat hinaus. Schließlich gab es starke ideologische Spannungen innerhalb des Zionismus zwischen mehr sozialistisch und mehr nationalistisch orientierten Strömungen.

Allen diesen Gruppen gemeinsam war jedoch die Überzeugung, daß die Verwirklichung ihrer Ziele nur im eigenen Lande und in einem völkerrechtlich gesicherten Rahmen möglich sein würde.

3.4 Die jüdische Einwanderung in Palästina

Der Verwirklichung dieses Zieles stellten sich jedoch große Schwierigkeiten entgegen. Zwar wanderten seit dem Ende des 19. Jahrhunderts Juden in kleineren und größeren Gruppen nach Palästina ein. Die allgemeine weltpolitische Lage, insbesondere der Niedergang der türkischen Herrschaft im östlichen Mittelmeerraum, erschwerten aber eine rechtliche Absicherung der Ansiedlung der Juden und die Schaffung einer nationalen »Heimstätte«. Palästina geriet erneut in das Interessenfeld der damaligen Großmächte.

Einen wichtigen Schritt in der Entwicklung stellte die Erklärung des britischen Außenministers Lord Balfour dar, die dieser im Namen seiner Regierung im Jahre 1917 abgab, die sogenannte *Balfour-Deklaration.* In ihr heißt es:

> »Die Regierung Seiner Majestät betrachtet die Schaffung einer nationalen Heimstätte in Palästina für das jüdische Volk mit Wohlwollen und wird die größten Anstrengungen machen, um die Erreichung dieses Zieles zu erleichtern, wobei es sich versteht, daß nichts getan werden soll, was die bürgerlichen und religiösen Rechte bestehender nicht-jüdischer Gemeinschaften in Palästina oder die politische Stellung der Juden in irgendeinem anderen Lande beeinträchtigen könnte.«

Damit war eine Entwicklung eingeleitet, die schließlich trotz vieler Schwierigkeiten und Komplikationen zur Gründung des Staates Israel führte. Zugleich wird hier ein Problem angedeutet, das sich bald als das schwierigste und gefährlichste erweisen sollte: das Verhältnis zur arabischen Bevölkerung Palästinas und der angrenzenden Gebiete.

Nach dem Ersten Weltkrieg übernahm Großbritannien das Mandat über Palästina. In den folgenden Jahren und Jahrzehnten kam es zu häufigen Auseinandersetzungen zwischen Juden und Arabern. Der Grund dafür war ein doppelter. Einerseits war die Einwanderung der Juden ständig gestiegen: Seit dem Beginn der ersten *»Alija«* (Einwanderung) im Jahre 1882 hatte sich die jüdische Bevölkerung in Palästina von 24000 auf etwa 90000 im Jahre 1924 vermehrt; allein in den Jahren 1924 bis 1931 kamen aber etwa 82000 jüdische Neueinwanderer ins Land, so daß der Anteil der Juden an der Gesamtbevölkerung ständig größer wurde.

3.5 Teilung Palästinas

Andererseits war in den Jahren seit dem Ersten Weltkrieg ein neues arabisches Nationalbewußtsein entstanden, das in den vorangegangenen Jahrhunderten der türkischen Herrschaft kaum existiert hatte. Von den arabischen Nationalisten wurden die Juden als Konkurrenten und als Gefahr empfunden.

Die wachsenden Spannungen zwischen Juden und Arabern wurden allerdings auch durch Fehlhaltungen und Fehleinschätzungen der Zionisten verursacht. So gaben sie in ihren Überlegungen der Tatsache ein zu geringes Gewicht, daß in Palästina ja eine arabische Bevölkerung lebte; vielmehr gingen sie von der Vorstellung eines Landes aus, das überhaupt erst besiedelt und kultiviert werden müsse. Im Rückblick wird deutlich, daß dabei auch »kolonialistische« Gedanken und Vorstellungen, wie sie damals in Europa allgemein verbreitet waren, mit im Spiele waren. Als dann die Siedlung in Palästina begann, wurde der zionistische Grundsatz der »Avoda Ivrit« (Jüdische Arbeit) praktiziert: der Aufbau der jüdischen Wirtschaft sollte nur mit jüdischen Arbeitskräften geschehen. Dieser antikolonialistische Ansatz führte ungewollt dazu, den Abstand zwischen Juden und Arabern zu vergrößern.

Durch all diese Konflikte wurden die Ansätze zu einem friedlichen Zusammenleben und einer gemeinsamen Entwicklung des Landes aufs höchste gefährdet und schließlich zunichte gemacht. Die unentschiedene Politik der britischen Mandatsmacht konnte zur Lösung dieses Problems kaum etwas beitragen.

Die Lage wurde wesentlich verschärft durch den Beginn der großangelegten Judenverfolgungen im nationalsozialistischen Deutschland seit 1933. Die jüdische Einwanderung stieg sprunghaft an;

andererseits versuchten die Engländer, die Einwanderung zu drosseln, so daß es zu Auseinandersetzungen und vielfach zu illegalen Einwanderungen kam, weil die jüdischen Flüchtlinge aus dem von Hitler beherrschten Europa keinen anderen Ausweg sahen. Die jüdische Bevölkerung wuchs schließlich bis 1948 auf 650000 an.

Im Jahre 1937 schlug zum ersten Mal eine Kommission der britischen Regierung die Teilung Palästinas in einen jüdischen und einen arabischen Staat vor. Nach dem Ende des Zweiten Weltkrieges erreichten die Auseinandersetzungen über die Frage der Teilung ihren Höhepunkt. Die britische Mandatsregierung sah sich nicht in der Lage, eine Lösung herbeizuführen, und gab Anfang 1947 ihr Mandat an die Vereinten Nationen zurück.

Am 29. November 1947 faßte die Vollversammlung der Vereinten Nationen eine Resolution über die *Teilung Palästinas*. Die Vertreter der jüdischen Bevölkerung des Mandatsgebiets erklärten sich mit der Teilung einverstanden, obwohl die vorgesehenen Grenzen für sie sehr ungünstig waren. Die Araber lehnten die Teilung ab. So bedeutete die Geburtsstunde des jüdischen Staates zugleich den Beginn des ersten jüdisch-arabischen Krieges.

4. Der Staat Israel

4.1 Israel, nationale Heimstätte der Juden

Am 14. Mai 1948 wurde zugleich mit der Beendigung des britischen Mandats über Palästina die *Gründung des Staates Israel* proklamiert. Der jüdische Teil der Bevölkerung des Mandatsgebietes vollzog damit die Resolution der Vereinten Nationen. Die arabische Bevölkerung eröffnete jedoch gemeinsam mit den umliegenden arabischen Ländern einen Krieg gegen den neuen jüdischen Staat mit der Absicht, ihn wieder zu beseitigen. Die Juden konnten diesen Waffengang für sich entscheiden. Nach langwierigen Waffenstillstandsverhandlungen wurden schließlich im Jahre 1949 Waffenstillstandslinien vereinbart, die bis 1967 Bestand hatten. Zu einem Friedensschluß und zur Herstellung völkerrechtlich verbindlicher Grenzen haben sich die Araber aber nie bereit gefunden. Der Staat Israel versteht sich selbst als die *nationale Heimstätte der Juden*, von der schon der erste Zionistenkongreß gesprochen hatte. Insofern ist er ein »zionistischer« Staat, als in ihm die Zionssehnsucht, die sich durch die Jahrtausende hindurch erhalten und schließlich im modernen Zionismus neuen Ausdruck gefunden hatte, ihr Ziel erreicht hat: daß die Juden wieder im eigenen Lande leben können, ohne Verfolgung und Diskriminierung und ohne Einschränkung der nationalen und bürgerlichen Rechte. Die Proklamationsurkunde des Staates Israel beginnt folgendermaßen:

> »Im Lande Israel entstand das jüdische Volk; hier wurde sein geistiges, religiöses und politisches Wesen geformt; hier lebte es ein Leben in staatlicher Unabhängigkeit; hier schuf es seine nationalen und universellen Kulturgüter und schenkte der Welt das ewige ›Buch der Bücher‹. Nachdem das jüdische Volk mit Gewalt aus seinem Lande vertrieben worden war, bewahrte es ihm in allen Ländern der Zerstreuung die Treue und hörte nicht auf, um die Rückkehr in sein Land und um die Erneuerung seiner politischen

Freiheit in ihm zu beten und darauf zu hoffen.

Aufgrund dieser geschichtlichen und moralischen Verbundenheit versuchten Juden in allen Generationen, zurückzukehren und in ihrem alten Heimatlande Fuß zu fassen; in den letzten Generationen kamen sie in großen Scharen in ihr Land zurück.«

Israel steht jedem Juden offen. Eines der wichtigsten Gesetze ist das *»Gesetz der Rückkehr«*. Sein erster Satz lautet: »Jeder Jude hat das Recht, in dieses Land einzuwandern.« Das bedeutet, daß jeder Jude, der nach Israel kommt, die Staatsbürgerschaft dieses Landes erwirbt. Damit hat sich die Situation der Juden nach zweitausend Jahren grundlegend gewandelt: es gibt wieder einen jüdischen Staat, und jeder Jude kann, wenn er den Wunsch dazu hat, Bürger dieses Staates werden. Seither ist Israel zur Zuflucht für Hunderttausende von Juden geworden, die in anderen Ländern der Welt nicht frei und ohne Verfolgung oder Diskriminierung leben konnten. Für unzählige andere, denen die Ausreise nach Israel verweigert wird (wie beispielsweise vielfach in der Sowjetunion), ist Israel Ziel ihrer Sehnsucht und Symbol der Freiheit.

4.2 Juden in arabischen Ländern

Unter denen, die nach Israel kamen, waren neben den Flüchtlingen aus Europa vor allem Juden aus den arabischen Ländern. Durch Jahrhunderte hatten sie unter dem Regiment des Islam gelebt. Es gab relativ ruhige und glückliche Zeiten für sie. Im Blick auf das maurische Spanien des 12. Jahrhunderts sprach man sogar von einem »goldenen Zeitalter« jüdisch-islamischer Symbiose. Immer aber blieben sie Bürger zweiter Klasse, ungesichert und als dhimmi, als nichtislamische Untertanen, Opfer der fiskalischen Ausbeutung. Häufig genug waren sie der Isolierung und Diskriminierung ausgesetzt. Auch im 20. Jahrhundert gab es in islamischen Ländern Plünderungen und Pogrome gegen die Juden.

Nach der Gründung des Staates Israel und unter dem Druck des israelisch-arabischen Konflikts wurde der größte Teil der Juden, die lange vor dem Islam in Nordafrika und dem Nahen Osten gewesen waren, aus ihren Heimatländern vertrieben. So ist beispielsweise die jüdische Bevölkerung im Irak, deren Ursprünge auf die Zeit des babylonischen Exils (seit 596 v. Chr.) zurückgehen und die im Jahr

1948 ungefähr 125 000 Menschen umfaßt hatte, heute praktisch erloschen. Anderswo, wie etwa in Syrien, werden die noch vorhandenen kleinen jüdischen Gruppen festgehalten und gravierenden Einschränkungen ihrer menschlichen und bürgerlichen Rechte unterworfen. So hat die Existenz Israels als Heimstätte und Zuflucht gerade für die orientalischen Juden eine unschätzbare Bedeutung gewonnen.

4.3 Kulturelle und religiöse Vielfalt

Die jüdische Bevölkerung Israels ist aus mehr als hundert verschiedenen Ländern nach Israel gekommen. Von den heute in Israel lebenden Juden ist allerdings schon fast die Hälfte im Lande selbst geboren. Die Vielfalt der Herkunft bedeutet zugleich eine große Vielfalt kultureller, geistiger und sozialer Traditionen. Daraus ergeben sich einerseits Anstöße für die Herausbildung und Entfaltung eines neuen jüdischen Lebens, in das all die mitgebrachten Traditionen einfließen und sich zu neuen Formeln gesellschaftlichen, geistigen und kulturellen Lebens verbinden. Andererseits entstehen dadurch aber auch Schwierigkeiten, nicht zuletzt durch den sehr unterschiedlichen Bildungsstand, z. B. zwischen den aus Mitteleuropa und den aus den arabischen Ländern Eingewanderten. Diese Gegensätze und Spannungen werden erst allmählich durch das Zusammenwachsen der im Lande geborenen Generationen überwunden.

Ein weiteres Problem bildet die unterschiedliche Art der Beziehungen zur religiösen Tradition des Judentums. Auf der einen Seite stehen streng orthodoxe Gruppen, die teilweise schon lange vor dem Beginn der zionistischen Einwanderung in Palästina gelebt hatten oder aus Gebieten mit einer ungebrochenen religiösen Tradition, wie z. B. in Teilen Osteuropas, nach Israel kamen. Auf der anderen Seite hatten gerade die politisch aktiven zionistischen Gruppen weithin kaum noch Beziehungen zur religiösen Tradition, und auch aus Mitteleuropa und Nordamerika kamen viele Juden nach Israel, deren religiöse Bindungen sehr gelockert waren. Das Zusammenleben dieser verschiedenen Gruppen stellt eins der wichtigsten innenpolitischen Probleme dar. Israel versteht sich zwar als säkularer Staat, jedoch schlagen sich religiöse Überlieferungen und Forderungen vielfältig in der Gesetzgebung und in anderen Regeln für das Gemeinschaftsleben nieder. Dadurch kommt es häufig zu Spannungen und Auseinandersetzungen, die erst im Laufe von Generationen zu neuen, allgemein anerkannten Formen des Zusammenlebens führen können.

Die innere Entwicklung Israels wird allerdings immer wieder durch die äußere Bedrohung und die damit verbundenen politischen Auseinandersetzungen belastet und gefährdet.

4.4 Zionismus und Antizionismus im heutigen Judentum

Die zionistische Bewegung war die treibende Kraft, die schließlich zur Verwirklichung des Staates Israel geführt hat. Wie vielseitig sie von Anfang an in ihren Ideen, Interessen und Zielen gewesen war, ist bereits dargestellt (siehe Abschnitt 3.3). Es ist fast selbstverständlich, daß diese Vielseitigkeit, freilich weiterentwickelt und durch die veränderte Situation stark modifiziert, auch heute weiterbesteht. So gibt es nach wie vor die Diskussion zwischen dem »nationalistisch-politischen« und dem »Kulturzionismus«. Sie entzündet sich heute vor allem am Problem des Verhältnisses zu den Arabern, insbesondere an der Frage, wie es Israel mit den seit 1967 besetzten Gebieten halten solle. Auf der einen Seite steht der Likud-Block, der mit Berufung auf Herzl eine »großisraelische« Lösung fordert. Auf der anderen Seite stehen, repräsentiert durch führende Mitglieder der sozialistischen Mapam-Partei und progressive Intellektuelle, die Kräfte, die sich für einen Verständigungsfrieden und eine möglichst weite Beteiligung der Araber in Staat und Gesellschaft einsetzen. Sie vertreten eher die Buber-Linie. Auch die Spannungen zwischen dem säkularen und dem religiös begründeten Zionismus sind keineswegs ausgeglichen.

Neben dieser innerzionistischen Diskussion gibt es, in Israel allerdings nur als Randgruppen, erklärte Gegner der zionistischen Idee und des zionistischen Staates. Es sind dies zum einen die streng orthodoxen Kreise, die nach wie vor einen theokratischen Staat fordern, also einen religiösen Antizionismus vertreten. Zum andern sind hier die Anhänger des linken Flügels der kommunistischen Rakach-Partei zu nennen. Schließlich gibt es eine Bewegung, die weder orthodox noch kommunistisch, aber radikal antizionistisch ist und die völlige Integration Israels in den vorderasiatischen Raum anstrebt.

Auch unter den Juden außerhalb Israels gibt es nach wie vor antizionistische Strömungen. Unter dem Druck des wachsenden Antizionismus in der Welt treten diese innerjüdischen Unterschiede und Gegensätze jedoch mehr und mehr in den Hintergrund. Man ist sich weithin einig in der Bejahung des jüdischen Selbstbewußtseins und im Willen zur staatlichen Eigenverantwortung. Der Krieg von 1967 und erst recht die UN-Resolution vom November 1975 haben einen Solidarisierungseffekt ausgelöst, der zu einer Verstärkung der zionistischen Tendenzen in Israel und im übrigen Judentum geführt hat.

4.5 Araber in Israel

Ein besonderes Problem stellt die Situation der arabischen Minderheit in Israel dar. Die Waffenstillstandslinien von 1949 brachten es mit sich, daß in verschiedenen Teilen des Landes, besonders im Norden (in Galiläa), eine größere Anzahl arabischer Bewohner im Staatsgebiet von Israel blieben. (Der größere Teil der arabischen Bevölkerung hatte allerdings das Land während der Kämpfe des Jahres 1948 verlassen – siehe Abschnitt 5.2). Sie stellten für den neuen Staat in doppelter Hinsicht ein Problem dar.

Einerseits bestanden nationale, politische und vielfältige verwandtschaftliche Beziehungen zwischen den Arabern in Israel und denen in den angrenzenden Ländern, die dem Staat Israel feindlich gegenüberstanden. Deshalb bedeuteten die Araber in Israel ein Sicherheitsrisiko. So wurden sie in den ersten Jahren unter eine besondere Militärverwaltung gestellt und unterlagen bestimmten Beschränkungen ihrer Bewegungsfreiheit außerhalb ihres Wohngebietes. Diese Einschränkungen wurden jedoch im Laufe der Jahre mehr und mehr gelockert und schließlich ganz aufgehoben. Allerdings werden die arabischen Bürger Israels nicht zum Militärdienst herangezogen.

Andererseits bestand das Problem, wie die arabische Minderheit in den jüdischen Staat integriert werden könnte. Die arabische Sprache galt von Anfang an neben dem Hebräischen als zweite Amtssprache. Die arabische Bevölkerung war durch ihren niedrigen Bildungsstand kulturell und sozial benachteiligt. Deshalb mußte ein eigenes arabisches Bildungssystem aufgebaut werden, das erst allmählich seine Auswirkungen haben konnte. Dies hat zur Folge, daß der Anteil der Araber an den geistig und gesellschaftlich führenden Schichten geringer ist als ihr Anteil an der Bevölkerung. Jedoch ist auch in dieser Hinsicht eine ständige Entwicklung zu erkennen. Ihr Ziel ist es, die arabischen Bürger Israels in die Lage zu versetzen, voll an dem geistigen, gesellschaftlichen und politischen Leben Israels teilzunehmen und dabei zugleich ihre kulturelle Selbständigkeit zu bewahren und weiterzuentwickeln. Daß diesem Ziel in der menschlichen und politischen Wirklichkeit auf beiden Seiten bis heute oft kaum überwindliche Hindernisse entgegenstehen, ist eine der tragischen Folgen des israelisch-arabischen Konflikts.

5. Der Vorwurf des Rassismus

5.1 Der Rassismusvorwurf – ein politisch-ideologisches Instrument

Eine der entscheidenden Triebkräfte zur Entstehung des Zionismus war der Kampf gegen den Rassismus. Denn der Begriff der »Rasse« im diskriminierenden Sinne wurde zuerst auf die Juden angewandt als angeblich wissenschaftliche Begründung des Antisemitismus. Der Zionismus als nationale Emanzipations- und Befreiungsbewegung war deshalb zugleich Kampf gegen den Rassismus. Wie konnte es dann aber zu der Behauptung kommen, der Zionismus sei eine Form des Rassismus?

Die Entschließung der Vereinten Nationen, die diese Behauptung enthält, richtet sich offensichtlich in erster Linie gegen die Politik des Staates Israel. Der Begriff »Rassismus« wird dabei als wirkungsvolles Schlagwort verwendet. Durch die Identifizierung von Zionismus und Rassismus wird einerseits an traditionelle antizionistische Gefühle appelliert. Andererseits gibt es heute in der Weltöffentlichkeit, zumal im Forum der Vereinten Nationen, kaum ein ideologisches Instrument, das eine so breite Reaktion auslösen könnte wie der Vorwurf des Rassismus. Mit der tatsächlichen Geschichte des Zionismus hat er allerdings so gut wie nichts zu tun. Man muß auch annehmen, daß der überwiegenden Mehrzahl der UN-Delegierten und der sie entsendenden Regierungen diese Geschichte unbekannt ist.

Hinter dem Rassismusverdikt stehen, wenn auch ideologisch verzerrt und politisch mißbraucht, Erfahrungen und Erwartungen der palästinensischen Araber.

Voraussetzung für die politische Entwicklung, die zu der Gleichsetzung von Zionismus und Rassismus geführt hat, ist die Lage im Nahen Osten, insbesondere seit dem arabisch-israelischen Krieg von 1967. Bis dahin galt in der Weltmeinung Israel allgemein als bedroht und schutzbedürftig. Das Problem der palästinensischen Flüchtlinge aus dem Jahr 1948 wurde zwar als schwierig und lösungsbedürftig angesehen, jedoch erwuchs daraus nur vereinzelt ein unmittelbarer Vorwurf gegen Israel. Denn in der Tat waren dafür arabische Führer in hohem Maße mitverantwortlich, die die palästinensischen Araber zur Flucht aufgefordert und ihnen versprochen hatten, daß sie bald mit den siegreichen arabischen Truppen zurückkehren könnten.

Die Lage änderte sich mit dem Jahre 1967. Der arabisch-israelische Krieg, der durch die einseitige Aufkündigung des Mandats für die Schutztruppen der UN und die Sperrung der für Israel lebenswichtigen Straße von Tiran durch Ägypten ausgelöst wurde, führte zu einem überlegenen israelischen Sieg und zur Besetzung ägyptischer, jordanischer und syrischer Territorien. Arabisch-palästinensische Kerngebiete – Ostjerusalem, die »Westbank« (das Westjordanland) und der Gazastreifen – kamen unter israelische Kontrolle. Durch seinen Sieg geriet Israel plötzlich in die Situation des Überlegenen und mußte zudem die Rolle einer Besatzungsmacht übernehmen. Obwohl anerkannt wird, daß Israel sich im großen und ganzen um eine liberale Besatzungspolitik bemüht hat, entstanden dadurch viele Ansätze zu einer Umkehrung der Sympathien in der Weltöffentlichkeit.

Hand in Hand mit dieser Entwicklung ging eine Wandlung im Bewußtsein und Selbstverständnis der Palästinenser. Verhindert durch die »kolonialistische« europäische Außenpolitik, durch die Eigeninteressen des haschemitischen Königreiches Jordanien, durch den Erfolg des jüdischen Zionismus und insbesondere ihren eigenen Mangel an nationalpolitischen Traditionen, war es den Palästinensern nach dem Zweiten Weltkrieg nicht gelungen, ihre Unabhängigkeit zu erreichen. Erst im Kampf verschiedener palästinensischer Befreiungsorganisationen, die sich teilweise in der Palästinensischen Befreiungsorganisation (PLO) zusammenschlossen, gegen Israel und in der oft blutigen Auseinandersetzung mit den arabischen

Nachbarstaaten (Vernichtung der Streitmacht der Palästinensischen Bewegung 1970 in Jordanien und 1976 im Libanon) profilierte sich das palästinensische Eigenbewußtsein und verschaffte sich die palästinensische Stimme Gehör. Der Begriff »Palästinenser« wurde jetzt zu einer nationalen Bezeichnung für diese Gruppe von Arabern, die sich als Volk zu verstehen begann – und zwar als ein Volk, dem das elementare Recht auf Selbstbestimmung und auf ein Leben in dem ihm historisch zugewachsenen Raum verweigert wurde.

Den Palästinensern stellte es sich so dar, daß die entscheidende Schuld daran die zionistische Politik Israels trug, da Israel sich weigere, seine nationalstaatlichen oder gar großisraelischen Ziele aufzugeben und der arabischen Bevölkerung die Selbstbestimmung zu ermöglichen. Sie empfanden diese Haltung als Fortsetzung des Kolonialismus und als »rassistische« Diskriminierung.

Am Beginn der palästinensischen Volkwerdung stehen die Leiden der Flüchtlingslager und des »Schwarzen September«, aber auch die terroristischen Unternehmungen der Befreiungsorganisationen, die sich zunächst in Bombenanschlägen in Israel und den besetzten Gebieten entluden, dann aber mit Flugzeugentführungen, dem Massaker während der Olympischen Spiele in München 1972 usw. in die ganze Welt hinausgetragen wurden. Doch verlagerten sich die Aktivitäten der Befreiungsbewegungen vom reinen Terror immer mehr auf die politische Ebene, wo es der PLO gelang, die Anerkennung als Vertretung der Palästinenser zu gewinnen. Ein ideologischer Rahmen wurde entwickelt. Man forderte einen »demokratischen, einheitlichen, säkularen Staat« in Palästina. Dies würde die Wiederansiedlung von Palästinensern und die »Entzionisierung« Israels bedeuten, freilich die Juden zu einer Minderheit in dem neuen Staat machen und ihnen damit wieder die eben erst gewonnene Sicherheit und Selbstverantwortung nehmen. Höhepunkt dieser Entwicklung war der Auftritt des PLO-Führers Jassir Arafat vor der Vollversammlung der Vereinten Nationen im November 1974 und die Bestätigung der »unveräußerlichen Rechte« des palästinensischen Volks, insbesondere seines Rechts auf Selbstbestimmung und Souveränität und auf Rückkehr in Heimat und Eigentum.

Der Gegensatz zwischen Juden und Palästinensern ist besonders tragisch, weil so viele gleichartige geschichtliche Erfahrungen und Hoffnungen die beiden Gemeinschaften verbinden. So sagte der israelische Schriftsteller Amos Oz kürzlich in einem Interview:

»Im Mittelpunkt steht der Konflikt zwischen Israelis und Palästinensern. Er ist voller tragischer Dimensionen. Das unterscheidet ihn von der israelisch-ägyptischen und israelisch-syrischen Konfrontation. Bei Palästinensern und Israelis handelt es sich um verfolgte Volksgemeinschaften. Beide haben sie ihre nationalen Bewegungen geschaffen und ihre nationalistischen Sehnsüchte entdeckt. Beide haben sie recht, und beide sind sie blind, unfähig, die Gegenseite aus der Gegenwart und nicht bloß aus der Vergangenheit heraus zu verstehen.«

5.3 Palästinensisch-arabischer Antizionismus

Der Konflikt, der zum heutigen Antizionismus und zum Vorwurf des Rassismus führte, muß indes noch in einer weiteren Dimension gesehen werden. Der arabische Widerstand gegen die Existenz des Staates Israel in Palästina hängt mit islamischen Grundüberzeugungen zusammen. Der Islam war zu Beginn von einem starken expansiven Impuls getragen und erreichte die politische und religiöse Vorherrschaft über den Nahen Osten und Nordafrika. Sie blieb in den meisten dieser Gebiete lange erhalten, so daß sie weithin durch eine gemeinsame Kultur und Sprache geprägt sind und sich als die »arabische Nation« verstehen. Sie ist der Kern des »Dar al Islam« (Haus des Islam), der islamischen Welt. Es ist dem Islam von seinem Selbstverständnis her unmöglich, aus diesem geschlossenen Reich des »Dar al Islam« ein wesentliches Stück, das zudem noch Stätten von hoher religiöser Bedeutung für die Muslime enthält, wieder herausgebrochen zu sehen. Deshalb war es unvermeidlich, daß der israelische Staat von den Arabern als Fremdkörper und der Zionismus als feindliche, gegen die höchsten Werte der arabischen Nation gerichtete Ideologie empfunden wurde.

Alle diese Motive bündelten sich zum palästinensisch-arabischen Antizionismus, der den Vorwurf der rassistischen Diskriminierung, Unterdrückung und Ausbeutung einschließt. Die jüdische Autorin Wanda Kampmann hat den Katalog der Vorwürfe im einzelnen zusammengestellt:

- »Israel ist ein Relikt des Kolonialismus, es hat die Epoche der Freiheitsberaubung und Demütigung der arabischen Völker durch europäische Kolonialherren fortgesetzt.

- Die Zionisten haben mit dem Boykott arabischer Arbeit in Palästina begonnen; Isolierung, Exklusivität und Hochmut der jüdischen Einwanderer haben sich später schlimmer ausgewirkt als die alten Formen der kolonialen Herrschaft.
- Die Theorie vom ›jüdischen Volk‹ und die Definition des Juden ist nichts als Rassismus. Es sind rassistische Tendenzen, wenn Zionisten die Assimilation der Juden in anderen Ländern zu hindern suchen und ihnen die nationale jüdische Identität aufdrängen wollen.
- Der jüdische Nationalismus gründet sich auf den Erwählungsglauben; Religion wird von den Zionisten zu politischen Zwecken mißbraucht; die in Palästina angesiedelten Juden sind selber nur Marionetten im politischen Programm des Zionismus.
- Die Zionisten haben den zivilisatorischen Hochmut Europas in den Orient getragen (sie wollten ›das Licht unter den Völkern‹ sein) und einen künstlichen Staat im Herzen der arabischen Heimat gegründet, der niemals integriert werden kann.
- Die zionistischen Weltkongresse und die Jewish Agency sind Organe der zionistischen Weltverschwörung, sie stellt die Juden der Welt in den Dienst Israels.«

5.4 Zionismus ist ein wesentliches Element im Judentum

Schließlich wird bei den Angriffen auf den Zionismus häufig der Versuch gemacht, zwischen Zionismus und Judentum einen grundsätzlichen Unterschied zu konstruieren. Es wird oft der Anschein erweckt, als handle es sich bei den Zionisten um eine Art Clique, die der Mehrheit der Juden ihre rassistische Politik aufzwinge. Es gibt aber auch ernsthafte Stimmen, etwa von christlichen Arabern, die zwischen Judentum und Zionismus unterscheiden. Sie sind der Überzeugung, daß im Nahen Osten Religionen nebeneinander leben können, wenn sie sich nicht zu Staaten verhärten und verabsolutieren. Allerdings müßte sich der darin enthaltene Vorwurf genauso gegen die Mehrzahl der islamisch geprägten Staaten und gegen entsprechende christliche Bestrebungen etwa im Libanon richten. Im übrigen wird dabei jedoch völlig außer acht gelassen, daß der Zionismus eine Bewegung ist, die aus der Tiefe des jüdischen Volkes und seiner geschichtlichen und religiösen Tradition herausgewachsen ist.

Judentum und Zionismus können nicht wirklich unterschieden werden. Es ist nicht möglich, die jüdische Religion und das jüdische Volk von der Bindung an »Erez Israel« zu lösen; einer Bindung, die im Zionismus zur geschichtlichen und politischen Wirkung gekommen ist. Daran ändert auch die Tatsache eines jüdischen Antizionismus (siehe Abschnitt 4.4) nichts.

Deshalb bedeutet der moderne Antizionismus letzten Endes einen Angriff auf die Juden überhaupt, für deren überwältigende Mehrheit die Schaffung des Staates Israel die Erfüllung ihrer jahrtausendealten Hoffnungen und Wünsche darstellt. Insofern ist es berechtigt, im Antizionismus eine neue Form antijüdischer Bewegung zu sehen: »Antisemitismus im Kleide des Antizionismus« ist »ehrbar« geworden (Jean Amery). Dieser Tendenz muß mit Nachdruck entgegengetreten werden.

6. Christliche Solidarität mit den Juden

6.1 Christliche Kirchen gegen den ideologischen Antizionismus

Zahlreiche Christen und christliche Kirchen haben die Herausforderung aufgenommen, die die Resolution der Vereinten Nationen über den Zionismus (siehe Abschnitt 1.1) darstellt. Sie erkannten, daß sie dazu nicht schweigen dürfen, und haben der Resolution widersprochen, weil sie die geschichtliche und religiöse Bedeutung des Zionismus mißachte, ihn ideologisch und politisch mißbrauche und lediglich geeignet sei, den Konflikt im Nahen Osten weiter zu verschärfen.

Der Vorsitzende des Rates der Evangelischen Kirche in Deutschland, Landesbischof Claß, erklärte:

> »... Die Bezeichnung des Zionismus als eine Form von Rassismus und Rassendiskriminierung ist historisch und sachlich falsch ... Es ist eine schlimme Verdrehung von Tatsachen, wenn nun eine Staatenmehrheit in der UN ein Volk des Rassismus bezichtigt, das sich unter dem Druck der ihm selbst widerfahrenden Rassendiskriminierung mit Billigung der UN ein Staatswesen schuf ...
> Die eigentliche Bestürzung muß der Tatsache gelten, daß die Weltorganisation der UN, die für ihre Arbeit an der Sicherung des Friedens in der Welt des Vertrauens und der Mitarbeit aller Staaten bedarf, selbst den Frieden gefährdet und darüber in eine tiefe Krise stürzt ...
> Dieses Signal gilt nicht zuletzt der Christenheit in der Welt. Ich bin nicht sicher, ob sie allen ihren Gliedern klar genug gezeigt hat, daß der Vater Jesu Christi der Gott Abrahams, Isaaks und Jakobs ist und daß darum das Schicksal des Volkes und auch des Staates Israel keinem Christen nebensächlich sein kann. Christen und Juden sind nach Gottes Willen unlösbar aneinander gewiesen. Jedenfalls kann Israel in diesen Tagen und Wochen mit Recht auf Zeichen unserer Solidarität mit ihm warten ...«

Die leitenden Geistlichen der Evangelischen Kirchen in der Deutschen Demokratischen Republik, die der UN-Resolution zugestimmt hatte, erklärten:

»... Wir haben diese Mehrheitsentscheidung mit ernster Besorgnis zur Kenntnis genommen ... Wir haben nicht zu vergessen:

- Als Christen sind wir nach dem Zeugnis der Bibel in die Geschichte Gottes mit dem Volk Israel gestellt,
- als Deutsche haben wir in der Vergangenheit das Existenzrecht des jüdischen Volkes in einem erschreckenden Maße verneint,
- als Kirchen in der DDR haben wir uns nachdrücklich für das Programm des Ökumenischen Rates zur Bekämpfung des Rassismus eingesetzt.

Wir sind für das klare Wort des Generalsekretärs des Ökumenischen Rates der Kirchen, Dr. Philip Potter, zu der UNO-Resolution dankbar. Mit diesem Wort ist unzweideutig klargestellt, daß wir die Gleichsetzung von Rassismus und Zionismus nicht mitvollziehen können ...«

Der Ökumenische Rat der Kirchen hatte in seiner Erklärung »unzweideutig der Gleichsetzung von Rassismus und Zionismus« aus folgenden Gründen »widersprochen«:

- der Zionismus sei in der Geschichte eine Bewegung gewesen, »die sich für die Befreiung des jüdischen Volkes aus Unterdrückung, einschließlich rassischer Unterdrückung, einsetzte«;
- es gebe keinen Beweis, daß der Zionismus im Sinne der UNESCO-Definition (siehe Abschnitt 1.2) »offenkundig rassistisch« ist;
- die Gleichsetzung habe »die ernsthafte schädigende Wirkung, die bereits explosive Situation im Nahen Osten zu verschärfen«.

»Daher appellieren wir an die UN-Vollversammlung, diese Resolution noch einmal zu bedenken und rückgängig zu machen ...«

6.2 Christlicher und jüdischer Glaube haben gemeinsame Wurzeln

Die zitierten kirchlichen Erklärungen, wie nahezu alle christlichen Äußerungen, betonen, daß die Christen in besonderer Weise mit dem jüdischen Volk verbunden sind. Die Solidarität mit Israel ist Zeichen und Erweis dieser inneren Verbundenheit. Sie hält in einer kritischen Situation daran fest, daß der Glaube der Christen und des jüdischen Volkes gemeinsame Wurzeln haben.

Jesus war Jude, die Heilsgeschichte der Christen – Geburt, Kreuzigung, Auferstehung Jesu – ereignete sich mitten im jüdischen Volk und im jüdischen Land. Jesus nahm teil am jüdischen Gottesdienst im Tempel und in der Synagoge. In seiner Predigt nahm er die Glaubenserfahrungen und -überlieferungen des jüdischen Volkes auf. So ist der Glaube von Juden und Christen durch viele Gemeinsamkeiten bestimmt: sie bekennen sich zu dem einen Gott, dem Schöpfer und Erlöser; sie gründen ihren Glauben auf die »Schrift«; sie verstehen sich beide als Volk Gottes; sie sind in ihrem Handeln bestimmt durch die Wechselbeziehungen zwischen Gerechtigkeit und Liebe; sie leben aus der gemeinsamen Geschichte Gottes mit seinem Volk, deren Vollendung sie erwarten.

Die Wege der Juden und der Christen gingen trotz der gemeinsamen Wurzeln im Lauf der Jahrhunderte immer weiter auseinander. Der Gegensatz entzündete sich an dem Neuen, das die Botschaft Jesu und der Apostel brachte: daß in der Person Jesu der erwartete Messias gekommen und mit seiner Auferweckung die Endzeit angebrochen sei. Damit war auf beiden Seiten die Wahrheitsfrage gestellt. Aus Abgrenzung und Widerspruch wurde allmählich eine offene und scheinbar unversöhnliche Feindschaft. Auch der moderne Antisemitismus ist nicht denkbar ohne diesen durch die Jahrhunderte gehenden Konflikt, dessen Opfer zum allergrößten Teil die Juden wurden.

Dennoch konnten diese Gegensätze die Gemeinsamkeiten nur überdecken, nicht aber völlig aufheben.

Die besondere Beziehung und Verbundenheit der Christen zu Israel hat sich heute, wo das jüdische Volk in seinem Staat von einer weltweiten Isolierung bedroht ist, zu bewähren. Es kommt in der Tat darauf an, wie ernst die Christen es nehmen, »daß der Vater darum das Schicksal des Volkes und auch des Staates Israel keinem Christen nebensächlich sein kann« (Landesbischof Claß, vgl. Seite 21–22).

6.3 Jerusalem, die heilige Stadt

Vom Glauben und von der Geschichte der Juden legt das Alte Testament, die Heilige Schrift der Juden, Zeugnis ab. Da das Alte Testament zur Heiligen Schrift der Christen gehört, hat der biblische Zionismus auch für Christen Gewicht. Daran erinnert im kirchlichen Festkalender der vierte Sonntag der Passionszeit, der »Laetare« genannt wird, gemäß dem Wort »Freuet euch (= laetare) mit Jerusalem und seid fröhlich über die Stadt, alle, die ihr sie liebhabt« (Jesaja 66,10). Jerusalem ist für Juden und Christen eine Stadt der Hoffnung: es ist Sinnbild für die Einlösung der Verheißung Gottes. Weil Jerusalem eine konkrete Bedeutung für ihren Glauben hat, müssen sich Christen – zusammen mit den Juden – das Wohlergehen dieser Stadt und ihres Landes angelegen sein lassen. Dabei werden sie allerdings zweierlei zu beherzigen haben.

Zum einen ist das Jerusalem des Glaubens nicht eins mit der irdischen Stadt Jerusalem und ihrer politischen Existenz – sei es als Teil des Staates Israel, sei es unter einem anderen völkerrechtlichen Status. »Es kommt die Zeit«, sagte Jesus zu der samaritischen Frau, »daß ihr weder auf diesem Berge noch zu Jerusalem werdet den Vater anbeten ... Gott ist Geist, und die ihn anbeten, die müssen ihn im Geist und in der Wahrheit anbeten« (Johannes 4,21 und 24). Auch wenn sich insbesondere die orientalischen Christen der Stadt Jerusalem mit ihren Heiligtümern und heiligen Bezirken tief verbunden fühlen, können Christen nie im selben Sinne »Zionisten« sein wie Juden.

Zum andern ist Jerusalem nicht nur für Juden und Christen, sondern auch für Muslime ein heiliger Platz und eine Stadt der Hoffnung. Auch sie verstehen sich als Söhne des Vaters Abraham. Von ihrem Glauben her ist es ihnen besonders schwer, Jerusalem, eines der wichtigsten Zentren in »Dar al Islam«, unter einer anderen als islamischer Hoheit zu sehen (siehe Abschnitt 5.3). Ihr Kampf gegen den israelischen Zionismus, der den Christen oft rein machtpolitisch und ideologisch motiviert zu sein scheint, hat geschichtliche Wurzeln und religiöse Tiefe.

6.4 Gemeinsame Verantwortung für Gerechtigkeit und Frieden

Alle ausgewogeneren Stimmen zum Nahostkonflikt laufen darauf hinaus, daß eine Lösung, die unaufgebbare Rechte auf beiden Seiten wahren will und den Frieden sichern kann, heute nur möglich ist, wenn

- die Existenz und Lebensfähigkeit des Staates Israel innerhalb international anerkannter Grenzen gewährleistet ist. Ein friedliches Zusammenleben der Israelis und aller arabischen Palästinenser in einem Staat ist gegenwärtig nicht realisierbar. Deshalb ist der Staat Israel der unerläßliche Rahmen jüdischer Existenz im Nahen Osten.
- das palästinensische Volk die Möglichkeit erhält, sein Recht auf Selbstbestimmung und Staatlichkeit auszuüben und seine Identität in Freiheit zu gestalten. Dazu braucht es einen garantierten und von den Palästinensern als Heimat auch angenommenen Lebensraum im Nahen Osten.

Nach wie vor sind die Kräfte und Bewegungen, die den Staat Israel tragen, »zionistisch«. Wo der Zionismus an seiner Wurzel getroffen werden soll, können die Christen und die Kirchen deshalb nicht schweigen, sondern müssen öffentlich für die Juden und ihren Staat eintreten. Dies bedeutet nicht, daß die Politik des Staates Israel und das Verhalten seiner Einwohner in allen Einzelheiten gebilligt werden müßte. Vielmehr sollten gerade diejenigen, die entschlossen dem Antizionismus entgegentreten wollen, zugleich darauf hinarbeiten, daß die israelische Regierung sich nach allen Kräften um eine Lösung des Nahostkonflikts bemüht, die die Rechte beider Seiten wahrt und den Frieden sichert.

Es gibt heute bereits erste Ansätze zu gemeinsamen Gesprächen zwischen Juden, Christen und Muslimen. Eine der wichtigsten Aufgaben ist es, diese Begegnungen zu fördern und zu vertiefen, denn die Probleme der Nahost-Region lassen sich nicht auf der politischen Ebene allein lösen. Sie reichen tief in die geschichtlichen, kulturellen und religiösen Wurzeln der dort lebenden Menschen und Völker hinein. Die zionistische Bewegung im jüdischen Volk ist dafür das beste Beispiel. Sie war nie in ihrer Geschichte auf nationalpolitische Ziele beschränkt und reicht deshalb auch in Zukunft über die äußeren und inneren Grenzen eines jüdischen Staates hinaus. Die alte »zionistische« Verheißung ist noch unabgegolten:

»... viele Völker werden hingehen und sagen: Kommt, laßt uns auf den Berg des Herrn gehen ... Denn von Zion wird Weisung ausgehen und des Herrn Wort von Jerusalem ... Da werden sie ihre Schwerter zu Pflugscharen und ihre Spieße zu Sicheln machen ...«

(Jesaja 2, 3 und 4)

Nur indem sie geduldig miteinander reden und aufeinander hören lernen, können Juden, Christen und Muslime Mißtrauen und Mißverstehen abbauen und ihrer gemeinsamen Aufgabe nachkommen, der Gerechtigkeit und dem Frieden zu dienen.

Die Studienkommission »Kirche und Judentum« der Evangelischen Kirche in Deutschland arbeitet zusammen mit dem Arbeitskreis »Kirche und Judentum« der Vereinigten Evangelisch-Lutherischen Kirche in Deutschland und des Deutschen Nationalkomitees des Lutherischen Weltbundes.

Neben der Information »Was ist Zionismus?« ist in dieser Zusammenarbeit ein Faltblatt »Zionismus« erschienen, das vom Arbeitskreis »Kirche und Judentum« der VELKD in der Reihe »Was jeder vom Judentum wissen muß« herausgegeben wurde und beim Lutherischen Kirchenamt der VELKD, 3000 Hannover 51, Postfach 510409, bezogen werden kann.

Außerdem hat das Institut »Kirche und Judentum« bei der Kirchlichen Hochschule Berlin 1977 ein Arbeitsheft zum Thema »Zionismus« herausgegeben, das diese beiden Texte weiterführt und durch eine Materialsammlung ergänzt.

Chronologische Übersicht über die Denkschriften im 1. Band dieser Gesamtausgabe

Die christliche Friedensbotschaft, die weltlichen Friedensprogramme und die politische Arbeit für den Frieden. Handreichung eines Theologischen Ausschusses des Rates der Evangelischen Kirche in Deutschland zur Friedensfrage. Dezember 1962.

Die Lage der Vertriebenen und das Verhältnis des deutschen Volkes zu seinen östlichen Nachbarn. Eine evangelische Denkschrift. Mit einem Vorwort von Präses D. Kurt Scharf. Verlag des Amtsblattes der Evangelischen Kirche in Deutschland Hannover 1965. Gesamtauflage 260000.

Vertreibung und Versöhnung.
Erklärung der in Berlin-Spandau zu ihrer Tagung vom 13. bis 18. März 1966 versammelten Mitglieder der Synode der Evangelischen Kirche in Deutschland. Vom 18. März 1966.
Erklärung der in Potsdam-Babelsberg zu einer Arbeitstagung vom 14. bis 16. März versammelten Mitglieder der Synode der Evangelischen Kirche in Deutschland. Vom 16. März 1966.
Entschließung der in Frankfurt a. M. zu einer Arbeitstagung vom 8. bis 10. November 1965 versammelten Mitglieder der Synode der Evangelischen Kirche in Deutschland. Vom 9. November 1965.

Friedensaufgaben der Deutschen. Eine Studie. Vorgelegt von der Kammer der Evangelischen Kirche in Deutschland für öffentliche Verantwortung. Gütersloher Verlagshaus Gerd Mohn 1968.

Aufgaben und Grenzen kirchlicher Äußerungen zu gesellschaftlichen Fragen. Eine Denkschrift der Kammer für soziale Ordnung der Evangelischen Kirche in Deutschland. Herausgegeben vom Rat der Evangelischen Kirche in Deutschland. Gütersloher Verlagshaus Gerd Mohn 1970.

Der Friedensdienst der Christen. Eine Thesenreihe zur christlichen Friedensethik in der gegenwärtigen Weltsituation. Erarbeitet von der Kammer der Evangelischen Kirche in Deutschland für öffentliche Verantwortung. Gütersloher Verlagshaus Gerd Mohn 1970.

Der Entwicklungsdienst der Kirche – ein Beitrag für Frieden und Gerechtigkeit in der Welt. Eine Denkschrift der Kammer der Evangelischen Kirche in Deutschland für Kirchlichen Entwicklungsdienst. Herausgegeben vom Rat der Evangelischen Kirche in Deutschland. Gütersloher Verlagshaus Gerd Mohn 1973.

Gewalt und Gewaltanwendung in der Gesellschaft. Eine theologische Thesenreihe zu sozialen Konflikten. Erarbeitet von der Kammer der Evangelischen Kirche in Deutschland für öffentliche Verantwortung. Gütersloher Verlagshaus Gerd Mohn 1973.

Die Menschenrechte im ökumenischen Gespräch. Ein Beitrag der Kammer der Evangelischen Kirche in Deutschland für öffentliche Verantwortung. Vom 26. September 1975.

Christen und Juden. Eine Studie des Rates der Evangelischen Kirche in Deutschland. Herausgegeben im Auftrag des Rates von der Kirchenkanzlei der Evangelischen Kirche in Deutschland. 3 Hannover 21, Herrenhäuser Straße 2 A. Gütersloher Verlagshaus Gerd Mohn 1975.

Soziale Gerechtigkeit und internationale Wirtschaftsordnung. Memorandum der Gemeinsamen Konferenz der Kirchen für Entwicklungsfragen zur 4. Konferenz der Vereinten Nationen für Handel und Entwicklung (UNCTAD IV) 1976. Chr. Kaiser Verlag, München. Matthias-Grünewald-Verlag, Mainz 1976.

Stellungnahme des Rates der Evangelischen Kirche in Deutschland zur CCIA-Konsultation über Fragen der KSZE-Schlußakte, der Menschenrechte und der Religionsfreiheit. Vom 10. Juli 1976.

Was ist Zionismus? Erarbeitet von der Studienkommission »Kirche und Judentum« der Evangelischen Kirche in Deutschland. Information Nr. 66 X/76 der Evangelischen Zentralstelle für Weltanschauungsfragen, Stuttgart

Literaturhinweise

1. Quellen

Kirchliches Jahrbuch für die Evangelische Kirche in Deutschland. Begr.: Johannes Schneider. Hg.: Joachim Beckmann; Jg. 101: 1974ff.: Wolf-Dieter Hauschild, Georg Kretschmar, Eduard Lohse, Erwin Wilkens. Jg. 72–75: 1945–48ff. Gütersloh 1950ff.

Berichte über die Tagungen der Synode der Evangelischen Kirche in Deutschland. Hg.: Kirchenkanzlei d. EKD. Bd. 1: 1948ff. Hannover 1951ff.

Kundgebungen. Worte u. Erklärungen d. Evang. Kirche in Deutschland 1945–1959. Hg.: Friedrich Merzyn. Hannover o. J.

Ordnungen und Kundgebungen der Vereinigten Evangelisch-Lutherischen Kirche Deutschlands. Hg.: Johann Frank, Erwin Wilkens. 2. Aufl. Hamburg 1972. Loseblattausg.

Hat die Kirche geschwiegen? Das öffentl. Wort d. evang. Kirche aus d. Jahren 1945–64. Hg.: Günter Heidtmann. 3. Aufl. Berlin 1964.

Odin, Karl-Alfred: Die Denkschriften der EKD. Texte u. Kommentar. Neukirchen-Vluyn 1966.

Glaube im Ansturm der Zeit. Zeugnisse u. Manifeste d. evang. Kirche aus d. Jahren 1933–1967. Hg.: Günter Heidtmann. Hamburg 1968 (Stundenbücher Bd. 78).

Das *Wort* der Kirche zu politischen Tagesfragen (1945–1968). Eine Materialsammlung. Hg.: Evang. Kirchenamt für d. Bundeswehr. Bad Godesberg 1968.

2. Lexika, Handbücher, Zeitschriften

Evangelisches Staatslexikon. Hg.: Hermann Kunst, Roman Herzog, Wilhelm Schneemelcher. 2. Aufl. Stuttgart 1975.

Evangelisches Soziallexikon. Hg.: Friedrich Karrenberg. 6. Aufl. Stuttgart 1970.

Entwicklungspolitik. Handbuch u. Lexikon. Hg.: Hans Besters, Ernst E. Boesch. Stuttgart 1966.

Handbuch des Staatskirchenrechts der Bundesrepublik Deutschland. Hg.: Ernst Friesenhahn, Ulrich Scheuner. Bd. 1.2. Berlin 1974–75.

Evangelischer Erwachsenenkatechismus. Kursbuch d. Glaubens. Hg.: Werner Jentsch, Hartmut Jetter u. a. 3. Aufl. Gütersloh 1977.

Jetter, Hartmut: Werkbuch zum Evangelischen Erwachsenenkatechismus. Gütersloh 1977.

Hampe, Johann Christoph: Was wir glauben. Taschenbuch zum Evang. Erwachsenenkatechismus. Gütersloh 1977 (Gütersloher Taschenbücher/Siebenstern 228).

Aufschlüsse. Ein Glaubensbuch. Im Auftr. d. Bundes d. Evang. Kirchen in d. DDR hg. von d. Arbeitsgruppe Glaubensbuch. Gütersloh 1977.

Wie stabil ist die Kirche? Bestand u. Erneuerung. Ergebnisse e. Meinungsbefragung. Hg.: Helmut Hild. Gelnhausen 1974.

Erneuerung der Kirche. Stabilität als Chance? Konsequenzen aus e. Umfrage. Hg.: Joachim Matthes. Gelnhausen 1975.

Schmidtchen, Gerhard: Gottesdienst in einer rationalen Welt. Religionssoziolog. Untersuchungen im Bereich d. VELKD. Stuttgart; Freiburg 1973.

Gottesdienst und öffentliche Meinung. Kommentare u. Untersuchungen zur Gottesdienstumfrage d. VELKD. Hg.: Manfred Seitz, Lutz Mohaupt. Stuttgart; Freiburg 1977.

Evangelische Kommentare. Monatsschrift zum Zeitgeschehen in Kirche u. Gesellschaft. Jg. 1 ff. Stuttgart 1968 ff.

Lutherische Monatshefte. Jg. 1 ff. Berlin, Hamburg 1962 ff.

Evangelische Theologie. Jg. 6 = N. F. Jg. 1 ff. München 1946/47 ff.

Kerygma und Dogma. Zs. für theol. Forschung u. kirchl. Lehre. Jg. 1 ff. Göttingen 1955 ff.

Zeitschrift für evangelische Ethik. Jg. 1 ff. Gütersloh 1957 ff.

Die *Mitarbeit.* Zs. zur Gesellschafts- u. Kulturpolitik. Jg. 1 ff. Berlin (1971 ff.: Göttingen) 1952/53 ff.

Dokumentation. Ein Informationsdienst d. Zentralredaktion d. Evang. Pressedienstes. Frankfurt a. M. (Friedrichstr. 2–6) 1969 ff.

3. *Monographien, Sammelbände und Aufsätze zur Sozialethik und zur öffentlichen Verantwortung der Kirche*

Atomzeitalter, Krieg und Frieden. Hg.: Günter Howe. Witten 1959 (Forschungen u. Berichte d. Evang. Studiengemeinschaft 17).

Wilkens, Erwin: Theologie und Politik. 2. Aufl. Berlin 1963.

Die Zehn Artikel über Freiheit und Dienst der Kirche. Theol.-polit. Kommentar. 2. Aufl. Stuttgart 1964.

Appell an die Kirchen der Welt. Dokumente d. Weltkonferenz für Kirche u. Gesellschaft. Hg.: Ökumen. Rat d. Kirchen. Dt. Ausg. bes. v. Hanfried Krüger. 2. Aufl. Stuttgart 1967.

Osner, Karl: Kirchen und Entwicklungshilfe. Ziele, Leistungen u. Arbeitsweise kirchl. Organisationen in Deutschland. 2. Aufl. Stand: Febr. 1967. Bonn o. J.

Dickinson, Richard: Richtschnur und Waage. Die Kirchen u. d. sozialökonom. Entwicklung. 2. Aufl. Genf 1968.

Howe, Günter: Kriegsverhütung und Friedensstrukturen. Eine Studie über d. Vertrag zur Nichtverbreitung von Kernwaffen. Gütersloh 1968.

Die *Zukunft* der Kirche und die Zukunft der Welt. Die Synode d. EKD 1968 zur Weltverantwortung d. Kirche in e. revolutionären Zeitalter. Hg.: Erwin Wilkens. München 1968.

Essener Gespräche zum Thema Staat und Kirche. Hg.: Joseph Krautscheidt, Heiner Marré. 1 ff. Münster 1969 ff.

Studien zur Friedensforschung. Hg.: Georg Picht, Heinz Eduard Tödt, Heinz Theo Risse. 1 ff. Stuttgart; München 1969 ff.

Fischer, Hans Gerhard: Evangelische Kirche und Demokratie nach 1945. Ein Beitr. zum Problem d. polit. Theologie. Lübeck 1970 (Histor. Studien H. 407).

Kirchlicher Entwicklungsdienst. Erste Bilanz, Loccumer Konferenz. Berichte u. a. Texte. Hg.: Günter Linnenbrink. Witten 1970 (epd-Dokumentation Bd. 2).

Anti-Rassismus-Programm der Ökumene. Dokumentation e. Auseinandersetzung. Hg.: Klaus-Martin Beckmann. Witten 1971 (epd-Dokumentation Bd. 5).

Honecker, Martin: Konzept einer sozialethischen Theorie. Grundfragen evang. Sozialethik. Tübingen 1971.

EKD und Kirchlicher Entwicklungsdienst. Dokumentation zur 6. Tagung d. 4. Synode d. EKD in Bremen vom 3. bis 6. Jan. 1973.

Hg.: Günter Linnenbrink. Witten 1973 (epd-Dokumentation Bd. 9).
Freispruch und Freiheit. Theol. Aufsätze für Walter Kreck zum 65. Geburtstag. Hg.: Hans-Georg Geyer. München 1973.
Frieden und Völkerrecht. Hg.: Georg Picht, Constanze Eisenbart. Stuttgart 1973 (Forschungen u. Berichte d. Evang. Studiengemeinschaft Bd. 27).
Gewalt, Gewaltfreiheit und der Kampf um soziale Gerechtigkeit. In: Ökumenische Rundschau. Jg. 22, 1973, S. 533–548.
Hild, Helmut, Erwin Wilkens: Zur politischen Verantwortung der Kirche. Göttingen 1973 (Bensheimer Hefte H. 45).
Huber, Wolfgang: Kirche und Öffentlichkeit. Stuttgart 1973 (Forschungen u. Berichte d. Evang. Studiengemeinschaft Bd. 28).
Pflicht zum Frieden. Evang. Militärseelsorge. Dokumente u. a. Texte zu Geschichte u. Situation d. evang. Militärseelsorge. Hg.: Rudolf Orlt. Witten 1973 (epd-Dokumentation Bd. 10).
EKD und Kirchen im südlichen Afrika. Das Problem d. kirchl. Einheit im Rassen-Konflikt. Dokumente u. a. Texte. Hg.: Klaus Kremkau. Bielefeld 1974 (epd-Dokumentation Bd. 12).
Meyer, Olaf: »Politische« und »Gesellschaftliche Diakonie« in der neueren theologischen Diskussion. Göttingen 1974 (Arbeiten zur Pastoraltheologie Bd. 12).
Zum politischen Auftrag der christlichen Gemeinde. Barmen II. Votum d. Theol. Ausschusses d. Evang. Kirche d. Union. Hg.: Alfred Burgsmüller. Gütersloh 1974.
Adler, Elisabeth: Ökumene im Kampf gegen Rassismus. Ein erster Anfang. Programm d. Ökumen. Rates d. Kirchen zur Bekämpfung d. Rassismus. Bielefeld 1975 (epd-Dokumentation Bd. 14).
Dickinson, Richard: Entwicklung in ökumenischer Sicht. Frankfurt a. M. 1975 (Texte zum Kirchl. Entwicklungsdienst Bd. 12).
Schlaich, Klaus: Der Öffentlichkeitsauftrag der Kirchen. In: Handbuch des Staatskirchenrechts der Bundesrepublik Deutschland. Hg.: Ernst Friesenhahn, Ulrich Scheuner. Bd. 2, S. 231–272. Berlin 1975.
Frieden, Gewalt, Sozialismus. Studien zur Geschichte d. sozialist. Arbeiterbewegung. Hg.: Wolfgang Huber, Johannes Schwerdtfeger. Stuttgart 1976 (Forschungen u. Berichte d. Evang. Studiengemeinschaft Bd. 32).
Gottes Recht und Menschenrechte. Studien u. Empfehlungen d.

Reformierten Weltbundes. Hg.: Jan Milič Lochman, Jürgen Moltmann. Neukirchen-Vluyn 1976.
Kirche zwischen Krieg und Frieden. Studien zur Geschichte d. dt. Protestantismus. Hg.: Wolfgang Huber, Johannes Schwerdtfeger. Stuttgart 1976 (Forschungen u. Berichte d. Evang. Studiengemeinschaft Bd. 31).
Protestanten und ihre Kirche in der Bundesrepublik Deutschland. Hg.: Hans-Wolfgang Heßler. München 1976 (Geschichte u. Staat Bd. 203–205).
Schmidt, Helmut: Als Christ in der politischen Entscheidung. Gütersloh 1976 (Gütersloher Taschenbücher/Siebenstern 206).
Soziale Gerechtigkeit und internationale Wirtschaftsordnung. Hg.: Hermann Kunst, Heinrich Tenhumberg. München; Mainz 1976 (Entwicklung u. Frieden. Dokumente, Berichte, Meinungen 4).
Grünbuch zu den Folgewirkungen der KSZE. Hg.: Jost Delbrück, Norbert Ropers, Gerda Zellentin. Köln 1977 (DGFK-Veröffentlichungen Bd. 3).
Honecker, Martin: Sozialethik zwischen Tradition und Vernunft. Tübingen 1977.
Huber, Wolfgang, Heinz Eduard Tödt: Menschenrechte. Perspektiven e. menschl. Welt. Stuttgart 1977.
Kirche im Spannungsfeld der Politik. Festschrift für Hermann Kunst zum 70. Geburtstag am 21. Jan. 1977. Hg.: Paul Collmer, Hermann Kalinna, Lothar Wiedemann. Göttingen 1977.
Kirchliches Amt und politisches Mandat. Dokumentation zum Bremer Verfassungsrechtsstreit. Entscheidungen u. Texte. Hg.: Detlef Dahrmann. Hannover 1977.
Müssen Christen Sozialisten sein? Zwischen Glaube u. Politik. Hg.: Wolfgang Teichert. 2. Aufl. Hamburg 1977.
Wilkens, Erwin: Politischer Dienst der Kirche. Gütersloh 1978 (Gütersloher Taschenbücher/Siebenstern 260).

4. *Zu den Denkschriften*

Odin, Karl-Alfred: Die Denkschriften der EKD. Texte u. Kommentar. Neukirchen-Vluyn 1966.
Honecker, Martin: Die Schwierigkeit, Denkschriften zu formulieren. Aporien e. evang. Sozialethik. In: Zeitwende. Jg. 41, 1970, S. 211–226.

Stammler, Eberhard: Denkschriften der EKD. In: Praktisch-theologisches Handbuch. Hg.: Gert Otto. 2. Aufl. Hamburg 1975, S. 113–120.

Simon, Helmut, Martin Honecker: Aufgaben und Grenzen kirchlicher Äußerungen zu gesellschaftlichen Fragen. In: Verhandlungen der Landessynode der Evang. Landeskirche in Baden. Ordentl. Tagung vom 21. bis 26. 4. 1974. Karlsruhe 1974, S. 55–91 (einschl. Diskussion).

Honecker, Martin: Die Denkschriften der EKD als Paradigma ethischer Argumentation. In: Kirche im Spannungsfeld der Politik. Festschrift für Hermann Kunst zum 70. Geburtstag. Hg.: Paul Collmer u. a. Göttingen 1977, S. 131–142.

Möglichkeit und Grenze politischer Wirksamkeit der Kirche. Wie konkret sollen kirchl. Denkschriften sein? Hg.: Wolfgang Böhme, Erwin Wilkens. Stuttgart 1970 (Projekte 32).

Müller, Eberhard: Evangelische Ratschläge zur Sozialpolitik. Aus d. Arbeit d. Kammer d. EKD für soziale Ordnung. In: Kirche im Spannungsfeld der Politik. Festschrift für Hermann Kunst zum 70. Geburtstag. Hg.: Paul Collmer u. a. Göttingen 1977, S. 119–129.

Schulze, Hans: Ethik im Dialog. Kommentar zur Denkschrift d. EKD »Aufgaben und Grenzen kirchlicher Äußerungen zu gesellschaftlichen Fragen«. Gütersloh 1972.

Raiser, Ludwig: Kirche und Politik. In: Jenseits vom Nullpunkt? Christsein im westl. Deutschland. Hg.: Rudolf Weckerling. Kurt Scharf zum 70. Geburtstag. Stuttgart 1972, S. 221–231.

Braune, Hans-Peter: Die Kammern der Evangelischen Kirche in Deutschland. In: Zeitschrift für evangelisches Kirchenrecht. Bd. 21, 1976, S. 131–182.

Raiser, Ludwig: Das »Recht auf Heimat« als Schlüssel zum deutschen Ostproblem? In: Zeitschrift für evangelische Ethik. Jg. 7, 1963, S. 384–390.

Vertreibung und Versöhnung. Die Synode d. EKD zur Denkschrift »Die Lage der Vertriebenen und das Verhältnis des deutschen Volkes zu seinen östlichen Nachbarn«. Hg.: Erwin Wilkens. Stuttgart 1966.

Raiser, Ludwig: Deutsche Ostpolitik im Lichte der Denkschrift der evangelischen Kirche. In: Europa-Archiv. Jg. 21, 1966, S. 195–208.

Motschmann, Jens: Zur Denkschrift der Evangelischen Kirche in Deutschland »Die Lage der Vertriebenen und das Verhältnis des deutschen Volkes zu seinen östlichen Nachbarn«. Literaturbericht u. Bibliographie. Stand: 15. 3. 1967; Nachträge Stand: 31. 10. 1967. Frankfurt a. M. 1968. Aus: Jahresbibliographie d. Bibliothek für Zeitgeschichte, Stuttgart. Jg. 38, 1966, S. 485–548.

Gundermann, Iselin: Bewahrung des Erbes. 30 Jahre Schrifttum über dt. evang. Kirchen im Osten, 1945–1975. Eine Handreichung. Hannover 1976.

Deutschland und die östlichen Nachbarn. Beiträge zu e. evang. Denkschrift. Hg.: Reinhard Henkys. Stuttgart 1966 (Protestant. Texte Sonderbd.).

Versöhnung oder Haß? Der Briefwechsel d. Bischöfe Polens u. Deutschlands u. seine Folgen. Eine Dokumentation mit e. Einf. v. Otto B. Roegele. Osnabrück 1966.

Raiser, Ludwig: Bericht über die Denkschrift der Evangelischen Kirche in Deutschland »Die Lage der Vertriebenen und das Verhältnis des deutschen Volkes zu seinen östlichen Nachbarn«. In: Bericht über d. Arbeitstagung d. 3. Synode d. EKD vom 8. bis 10. 11. 1965 in Frankfurt a. M. Hannover 1968, S. 81–90.

Wilkens, Erwin: Die Denkschrift »Die Lage der Vertriebenen und das Verhältnis des deutschen Volkes zu seinen östlichen Nachbarn« als kirchlich-theologisches Dokument. In: Bericht über d. Arbeitstagung d. 3. Synode d. EKD vom 8. bis 10. 11. 1965 in Frankfurt a. M. Hannover 1968, S. 90–97.

Scharffenorth, Gerta: Bilanz der Ostdenkschrift. Echo u. Wirkung in Polen. Hamburg 1968 (Stundenbücher Bd. 77).

Begegnung mit Polen. Evang. Kirchen u. d. Herausforderung durch Geschichte u. Politik. Hg.: Jürgen Moltmann, Martin Stöhr. München 1974.

Der *Friedensdienst* der Christen. Beiträge zu e. Ethik d. Friedens. Hg.: Werner Danielsmeyer. Gütersloh 1970.

Raiser, Ludwig: Der Beitrag der Evangelischen Kirche in Deutschland zur Wiedervereinigung. In: Was soll aus Deutschland wer-

den? Neue Aspekte zur Deutschlandpolitik. Hg.: Leonhard Froese. München 1968, S. 133–157.
Menschenrechte in einer gespaltenen Welt. In: Evangelische Kommentare. Jg. 8, 1975, S. 199–203.
Scheuner, Ulrich: Die Menschenrechte in der ökumenischen Diskussion. In: Ökumenische Rundschau. Jg. 24, 1975, S. 152–164.

Ökumenischer Taschenbuchkommentar zum neuen Testament

Herausgegeben von Erich Gräßer
und Karl Kertelge
Gütersloher Verlagshaus
Gerd Mohn /
Echter Verlag Würzburg

Das Taschenbuch hat im heutigen Wissenschaftsbetrieb einen festen Platz. Mit dem Lukaskommentar des Neutestamentlers Gerhard Schneider, der eine neue Kommentarreihe zum Neuen Testament eröffnet, wird erstmalig das Taschenbuch auch für diesen Zweig exegetischer Arbeit genutzt.
Das Kommentarwerk informiert über die modernen exegetischen Erkenntnisse zu den einzelnen Schriften des Neuen Testamentes auf der Grundlage historisch-kritischer Auslegung in zuverlässiger Weise und verständlicher Form.
Wissenschaftlich verantwortete Exegese ohne fachspezifischen Ballast wird dadurch einem weiten Interessentenkreis zugänglich gemacht. Zum Verstehen der Reihe ist die griechische Sprache nicht notwendig.
Durch die Zusammenarbeit von evangelischen und katholischen Theologen zeigt sich erneut, daß im Neuen Testament nicht nur der gemeinsame Glaube des Urchristentums bezeugt wird, sondern auch, daß die Bibelauslegung des Neuen Testamentes eine gemeinsame Basis des christlichen Glaubens heute und des theologischen Gesprächs unter den Christen bereiten hilft.
Das Werk umfaßt 27 Bände und soll bis 1985 abgeschlossen vorliegen.

GTB Siebenstern 500/501
Gerhard Schneider
Das Evangelium nach Lukas
ÖTK Band 3/1: Kapitel 1–10
280 Seiten. Kt. 16,80 DM
Fortsetzungspreis 14,80 DM
ÖTK Band 3/2: Kapitel 11–24
304 Seiten. Kt. 16,80 DM
Fortsetzungspreis 14,80 DM

GTB Siebenstern 502
Klaus Wengst
Der erste, zweite und dritte Brief des Johannes
ÖTK Band 16: 288 Seiten.
18,80 DM
Fortsetzungspreis 16,80 DM

Gütersloher Verlagshaus Gerd Mohn